Die zwei Gesichter der Mona Lisa

Die zwei Gesichter der Mona Lisa

Christian Rupprecht

Louisoder Verlag

Rupprecht, Christian: Die zwei Gesichter der Mona Lisa
Erste Auflage 2018

Textredaktion: Gerdt Fehrle
Lektorat: Johanna von Koppenfels
Korrektorat: Ilona Buth
Umschlaggestaltung: Regina Berg-Esmyol
Umschlagmotiv: © chuwy, Getty Images
Satz: Fotosatz Amann, Memmingen
Druck: Friedrich Pustet GmbH & Co. KG, Regensburg
Printed in Germany
ISBN: 978-3-944153-48-3
www.louisoder-verlag.de

Prolog

Still saß sie auf ihrem Schemel. Vor ihr stand die Staffelei, darauf das Gemälde. Ihre Augen wanderten über das weltberühmte Motiv.

„Was für ein tragischer Augenblick!“, flüsterte sie dann. Millionen von Menschen waren für immer berührt von diesem unnachahmlichen Lächeln, wenn sie dieses Kunstwerk sahen. Gefangen, verzaubert, ja besessen. Sie aber spürte nichts, schon gar keine freudvolle Ergriffenheit, obgleich sie diesen Moment herbeigesehnt hatte wie kaum einen anderen. *Mona Lisa* war jetzt bei ihr.

Sie sah das Bild an, ruhig und unumwunden. Schließlich streckte sie den Arm aus. Berührte. Lästerte Gott, indem sie das ihr Allerheiligste berührte. Vorsichtig ertastete sie mit dem schlanken Zeigefinger den Holzrahmen, ließ ihn wandern, spüren. Die Zartheit, mit der sie das tat, entsprang einer fast mütterlichen Zuneigung für das einzig wahre Kunstwerk, das die Menschheit je erschaffen hatte. Oder lag in ihren beherrschten Zügen etwa eine Begehrlichkeit, eine Geste schmachtenden Verlangens? Sie räusperte sich und schüttelte missbilligend den Kopf. Tränen stiegen ihr in die Augen. Sie genoss sie.

„Warum nur?“ So verstrichen Sekunden, Minuten, eine Ewigkeit. Immer wieder streichelte ihr Finger das wertvolle Rahmenholz, wanderte ihr Blick über das Kunstwerk, als wäre es der geöffnete Mund einer Geliebten.

„Ob du spüren wirst, was gleich geschieht?“, fragte sie das ewige Lächeln der Menschheit.

„Oder ist es dir egal?“ Die Geliebte blieb stumm und freundlich. Aus dem Rahmen heraus erwiderte sie ihren Blick mit dem immer gleichen weltberühmten Lächeln, das sie wie eine Hure jedem schenkte, der dafür bezahlte.

Schließlich brach sie das Tabu, schaudernd und elektrisiert zugleich. Ganz behutsam gestattete sie ihren suchenden, findenden Fingern, die ganze Wahrheit, die feinen Unebenheiten im Antlitz der schönen uralten und ewig jungen Frau, ihr Geheimnis ans Licht zu bringen. Hart fühlte sie sich an, diese Wahrheit aus Ritzen, Rillen, jahrhundertealten Pinselstrichen. Farbe, Firnis und Zeit. Sie versuchte unwillkürlich, das Lächeln der berühmten Frau zu imitieren, Echo, Spiegelbild von ... ja, wovon eigentlich?

„La Gioconda!“, flüsterte sie. „Du Wunderschöne!“ Sie spürte die Anziehungskraft. Die Stärke. Den Reiz dieser stillen, demütigen Kraft, den wollüstigen Schmerz, in dieses vollkommene Antlitz eindringen zu können. Wenn sie nur wollte. Die Zeit verging ungezählt. Ein stummes Gespräch unter Frauen. Eine oben. Eine unten. Die eine aktiv. Die andere erduldend. Wehrlos. Schön. Es war ein ungleiches Ringen. Dann war sie reif. Sie griff neben sich, suchte, fand, griff sachte, um sich an der scharfen Klinge des Skalpells nicht zu verletzen.

„Du weißt, was jetzt kommt.“ Sie atmete schwer, obwohl ihr mit einem Mal wunderbar leicht zumute war. Sie konnte es tun, war Herrin der Lage, ihr Meister. Nicht da Vinci, nein, sie würde der Meister sein, der Herrscher über eine der schönsten Frauen, die die Menschheit je gesehen hatte. Nicht ihr Schöpfer, nein. Ihr Zerstörer.

„Verzeih mir, schöne Lady, aber es muss sein.“

Santa Maria della Pace, Rom

Maria Felicella stieg von ihrem Gerüst in der Santa Maria della Pace, auf dem sie eine Armlänge unterhalb des Gewölbes die letzten Stunden auf dem Rücken gelegen hatte. Der Atem der Ewigen Stadt, die Ausdünstungen ihrer jahrhundertelangen Geschichte, der Ruß vieler Kohlefeuer, Brandschatzungen und Verbrennungsmotoren hatten das Deckengemälde der Kirche so stark verschmutzt, dass es dringend renoviert werden musste. Wie so vieles in Rom. Am Fuß des Gerüsts angekommen streckte sie sich und klopfte genüsslich den Staub von ihrem Arbeits-Overall. Dann suchte sie nach ihrem Telefon. Es hatte zuvor mehrfach geklingelt und sie schließlich aus der für ihre Arbeit so dringend nötigen Konzentration gerissen.

„Maria, können Sie bitte sofort herkommen? Es ist wichtig." Die Mailbox.

„Bitte, es ist dringend." Wieder die Mailbox.

„Es ist dringend." Zum Dritten.

Maria streifte noch immer gut gelaunt das Haarband von ihrem Zopf, schüttelte das Haar und band es wieder fest zusammen. Jetzt war sie zwar nicht alarmiert, zumindest aber neugierig geworden, was Signor Fabrizio Rocca quälte. Nun, gleich würde sie es erfahren. Es läutete kaum einmal, und Signor Rocca war dran.

„Herr Kollege …?“

„Bewegen Sie Ihren hübschen Hintern hierher, Signora, und zwar sofort. Ich muss dringend mit Ihnen reden.“ Maria zog missbilligend ihre rechte Augenbraue hoch. Wie redete er eigentlich mit ihr? Sie wartete.

„Bitte!“, kauzte Rocca und legte auf.

„Puh.“ Maria merkte plötzlich, wie ihr vom langen Liegen unter der malerischen Decke von Santa Maria della Pace der Rücken schmerzte. Für einen Augenblick starrte sie auf das dunkel werdende Display ihres Mobiltelefons. Was ist da wohl passiert, dachte sie schließlich. Sie wählte eine Nummer, die sie auswendig kannte. Dididididi didi, sang das Telefon unter ihren flinken Fingern.

„Bist du's?“ Das war vor gefühlt siebenundzwanzig Sekunden. Sie hatte in Steno gesprochen, war im Zeitraffer auf das Ausgangsportal von Santa Maria zugeeilt und flitzte jetzt mit Lichtgeschwindigkeit, drei quietschenden Reifen, zwei fuchtelnden Armen und einem dauerfluchenden, rot geschminkten Mund auf ihrer Ape durch die ewigen Blechlawinen der Ewigen Stadt. Dabei überfuhr sie selbstverständlich sämtliche roten Ampeln. Aber das war ja normal. Auch die lustige Jagd auf rechthaberische Teutonen, die von ihrem aus der Heimat gewohnten Recht auf gefahrlose Benutzung des Zebrastreifens Gebrauch machten, war normal. Fairerweise nutzte sie ihre kleine Hupe, um Schlimmeres zu verhindern. Nicht normal war der Mittelfinger, den sie einem sie staatstragend mit der Pfeife antrillernden Carabiniere zeigte. Im Augenwinkel sah sie bei Vollgas noch das selige Grinsen, die mannhafte Männergeste, mit der der Ordnungshüter, Hand am Schritt, zu parieren wusste. Ach Rom, was für ein herrliches Leben hier. Es war eben nicht immer von Nachteil, eine schöne Frau zu sein. Zumindest nicht hier in dieser schönen Stadt. Sie drückte sich noch dreister zwischen all den Wagen, Motorrädern und Vespas ans ersehnte Ziel. Es hatte einen Namen: Emma.

Maria sah Emma schon von weitem. Aber Emma sah sie nicht. Sondern strich sich, als befände sie sich in einem Dauer-Flirt-Wettbewerb um einen unsichtbaren Superlover, eine Haarsträhne aus der Stirn und starrte dabei Löcher in die Gegend.

Die träumt doch vom …, dachte Maria vage und eierte mit ihrer Ape an den, na ja, Bürgersteig konnte man das ehemalige Trottoir mit seinen über Jahrzehnte runtergejuckelten Bordsteinen eigentlich nicht mehr nennen. Nun, auch das war Rom, die Ewige Stadt, *ihre* ewige Stadt, und dafür liebte sie die Urbs. Und seit sich Rom zum Heiligen Jahr Zweitausend so kräftig wie unredlich aufgehübscht hatte, waren Gott sei Dank ja auch schon wieder fast zwei Jahrzehnte vergangen.

Maria stoppte ihr geliebtes Dreirad und legte den Daumen an die Hupe.

Die träumt wirklich vom ..., dachte sie nochmals und konnte sich ein kleines, fieses und neidisches Grinsen nicht verkneifen. Sie drückte auf den Knopf.

Möööp!

Die Freundin sah zu ihr herüber und winkte.

„Jetzt hast du mich aber erschreckt", sagte Emma lässig, „vielleicht solltest du dein Signalhorn mal ölen lassen ... und manches andere an dir auch, Schätzchen. Du schaust ja wie, wie ... wie soll ich sagen ... so ungef..."

„Sehr witzig. Und du weißt ja: Ich liebe deine Fürsorge. Vor allem, wenn sie sich um mein Liebesleben dreht ..."

„... um dein nicht vorhandenes, wohlgemerkt ..."

Maria zog eine Grimasse. „Spiel du ruhig den Vamp, aber lass' mich damit in Ruhe. Ich hab genug von Männern!" Wenig elegant entstieg Maria ihrem Dreirad.

„Ächz, also zumindest meine Hüften, die gehören wirklich mal wieder geölt ..."

„Aber so richtig, Schätzchen, so richtig ..." Lachend umarmten sich die beiden Freundinnen, Bussi eins, Bussi zwei, Bussi drei.

„Hier, Süße, deine Sachen. Höschen, frischer BH, leider nicht passend. Einen zum Höschen passenden habe ich nicht ..."

„Hörst du schon auf, du … du … kleines Miststück?“ Spielerisch holte Maria aus und schlug die Freundin.

„Aua! Das tut weh!“ Etwas schockiert rieb sich Emma den rechten Oberarm, nicht ohne dabei kokett ihre Brust auf und ab zu schieben.

„Sollte es auch. Du nervst. Ich habe ein mittelgroßes Problem staatstragender Bedeutung, und du denkst nur an das eine.“ Strahlend blickten sich die Freundinnen an. Emma war für Marias Geschmack zwar etwas sexversessen. Aber der beste Kumpel auf der Welt.

„Emma, Schatz, magst du mich vielleicht fahren?“

„Gern!“

„Gut. Dann kann ich mich unterwegs umziehen.“

„Ah, ein Strip quer durch Rom, das gefällt mir. Wird auch den Carabinieri gefallen, die hier in der Innenstadt ja ganz selten unterwegs sind …“

„Ruhe und los jetzt!“ Maria schnappte sich die Klamotten, die natürlich nicht aus Höschen und BH, sondern aus einer hübschen fliederfarbenen Bluse und einer Jeans bestanden, und kletterte auf den Beifahrersitz.

„Jetzt fahr schon, wir haben keine Zeit!“

„Ich weiß, die Uhr tickt schon längst bei uns beiden, aber die Trottel vom anderen Geschlecht haben ja nicht mal den geringsten Dunst, was sie an uns und unserem Nachwuchs verpassen." Sie waren jetzt beide siebenunddreißig. Doch während Emma sich scheinbar spielerisch durchs Leben treiben, sich mal hier, mal da pflücken ließ und dabei ihren Spaß hatte, herrschten in Marias Leben Regeln und Moralvorstellungen, die von ihrer kalabresischen Großmutter hätten stammen können. Und in ihrem Leben somit die Vergnügungs-Dauer-Ebbe.

„Ich weiß halt, was ich will", behauptete sich Maria gegen die verführerischen Einflüsterungen der Freundin. Und glaubte sogar selbst daran.

„Pizza? Gern! Aber nur bei *Da Poeta*. Unschlagbar dort. Und Trastevere ist und bleibt der römischste Teil Roms. Panettone? Von Gustini. Macht fett um die Hüften und glücklich. No-Gos: Johannisbeeren und alle anderen roten Früchte. Pullover diesseits von Kaschmir. Pelzmäntel. Sugardaddys. Ferrarifahrer. Berlusconi. Die Mafia."

„Niemand anderen als Paolo, *giusto*?" Inzwischen hatte Emma dank eines konsequenten Bleifußes mit Marias Ape Kamikaze gespielt. Während die Freundin sich bei ihrem Freiluft-Strip doch erstaunlich gelenkig gezeigt hatte, waren beide von Emma alles andere als sicher zum Ziel kutschiert worden: der Villa Borghese mit ihrer Galeria im gleichnamigen Park. Eine wenn auch nicht gerade gestylte, so doch umgezogene Maria schälte sich aus dem Gefährt, knallte die Seitentür zu und lief wort- wie grußlos über den schotterbestreuten Platz vor dem Palazzo auf die doppelseitigen Treppen des Eingangs zu.

„Danke, dass du mich gerade jetzt an meinen wunderbaren Ex erinnerst."

„Na hör mal, Schätzchen. Das ist dreizehn Jahre her …" Was nicht stimmte. Es waren nur zehn. Aber das konnte Maria nicht mehr richtigstellen. Entschlossenen Schrittes hatte sie bereits die Freitreppe hinauf zum Piano nobile genommen, in Gedanken ausnahmsweise nicht bei ihrem vergötterten Ex, sondern bei der berühmtesten Frau der Welt.

Galeria Borghese, Rom

„Was soll das heißen, die *Mona Lisa* kommt nicht?", platzte Maria heraus, als sie die Tür zum Büro von Fabrizio Rocca aufstieß und so impulsiv, wie sie nun einmal war, zur Sache kam. Drei Augenpaare starrten auf den mit Neugier, Leidenschaft und Ungeduld aufgeladenen Wirbelwind.

„Ah, Maria, da sind Sie ja endlich!" Fabrizio Rocca, der über gute Verbindungen zur politischen Landschaft Roms verfügende Direktor der Villa Borghese, saß seines Zeichens wie ein Häufchen Elend hinter seinem Schreibtisch und schaute sie aus großen Augen an. Ein ziemlich gut aussehendes Häufchen Elend, musste Maria wider Willen und einmal mehr zugeben. Hinter dem schönen Direktor die Signora Garibaldi und Silvio Bariello. Auch sie starrten Maria mit großen Augen an. Dann starre ich doch einfach mal mit großen Augen zurück, entschloss sich Maria, starrte und sagte erst einmal nichts.

„Nun, meine Liebe. Sie wird nicht kommen. Ganz einfach, hihi. Verzeihung. Ich werde ja hysterisch, hihi. Ja. Nun. Die verdammten Frö... ich meine unsere hochverehrten französischen Nachbarn und EU-Partner und NATO-Verbündeten und was weiß ich noch alles ... Scheiße! Sie kommt nicht!"

„Die *Mona Lisa* kommt nicht?"

„Nein! Diese verf… Franzosen wollen uns partout sabotieren. Diese … diese … Verbündeten!“ Jetzt schrie sich der schöne Fabrizio richtig in Rage. Auch das stand ihm gut.

„Es ist, wie es ist. *Mona Lisa* wird nicht nach Rom kommen. Die Franzosen wollen es einfach nicht. Es ist eine Katastrophe. Alle Plakate sind gedruckt, die Einladungen sind fertig. Und nun das!“ Erläuterte Antonia Garibaldi. Ja, richtig: „Die“ Garibaldi, Kunstkoryphäe und direkte Nachfahrin des *Helden zweier Welten* und Italien-Einigers Guiseppe Garibaldi.

„Dieser Nemours vom Louvre, ein solcher Idiot, hat doch tatsächlich am Telefon gesagt, dass er uns seine, ja, er sagte *seine Mona Lisa* auf gar keinen Fall ausleihen wird. Am Telefon! Stillos. Entwürdigend. Demütigend!“

So hab ich den schönen Fabrizio noch nie erlebt, dachte Maria fasziniert. Für einen Augenblick schien alles andere vergessen. Da war nur noch dieser attraktive Mann, der völlig außer sich geriet. Und der offensichtlich ihre Hilfe benötigte. Wie süß. Und dann fiel ihr, warum auch immer, Paolo ein. Der war auch immer so süß, wenn er wütend … Nein. Stopp. War er nicht. Paolo war ein Scheißkerl, wenn er wütend war. Maria schüttelte den Kopf und gelangte so wieder in die Gegenwart. Die *Mona Lisa*. Richtig.

„Und jetzt?“

„Keine Ahnung. Diese Franzosen sind doch so was von arrogant."

„Und der dumme Enrico ganz besonders."

„Enrico?" Maria zeigte sich wieder einmal von ihrer begriffsstutzigen Seite.

„Er heißt Henry. Henry Nemours. Er würde sich schwarzärgern, wenn er wüsste, dass Fabrizio ihn Enrico nennt. Mein Fabrizio." Geruhte die Garibaldi zu erläutern. Man lachte herzlich.

„Kindergarten", entfuhr es Maria. Niemand protestierte.

„Wir können ihn uns vorknöpfen", gab Maria sich kämpferisch. Schiefe Lächeln, dreimal, Kopfschütteln, auch dreimal. Kein Lachen.

„Nun, die großartige *Grand Nation* hat ein kleines bisschen Angst um das schönste Lächeln der Welt. Schließlich gehört es ja uns."

„Und das lukrativste", kam es von Maria.

„Wie meinen Sie das? Die *Mona Lisa* ist unbezahlbar", rief die Garibaldi empört.

„Quatsch. Die ist bares Geld wert. Was wäre der Louvre denn ohne sie?", erwiderte Maria aufmüpfig.

„Also, das ist doch ...", echauffierte sich die Garibaldi, inzwischen ganz rot im Gesicht.

„Aber meine Damen!", ging der schöne Fabrizio erschöpft dazwischen.

„Signor Rocca sagte doch gerade, dass Henry

Nemours höchstpersönlich angerufen hat", versuchte nun Silvio Bariello die eskalierende Lage mit etwas Sachlichkeit zu beruhigen.

„Er ist der Diktator ... äh ... Verzeihung ... Direktor vom Louvre. Sozusagen der Halbgott unter der Pyramide ... der Herr der Untendrunterwelt ..."

„Werden Sie nicht poetisch, Bariello, das steht Ihnen nicht", frotzelte der schöne Fabrizio.

„Wie Sie meinen, Cappo", erwiderte Bariello spitz, „wie Sie meinen. Auf jeden Fall hat Nemours nur noch den Minister über sich. Wenn Sie mich fragen, Herrschaften, dann ist das ein abgekartetes Spiel. Die haben Angst, dass die Grand Nation mit der Ausleihe den ersten Schritt macht auf dem Weg, die *Mona Lisa* abgeben zu müssen. Weil wir sie zurückhaben wollen."

„Es fragt Sie aber niemand, Bariello, das ist ja das Gute."

„Wie Sie meinen, Cappo."

„Und nennen Sie mich nicht immer Cappo, Bariello!"

„Sehr wohl, Cappo."

Kindergarten. Dachte Maria.

„Weiß Nemours, dass ich die Lady untersuchen möchte?"

„Aber selbstverständlich. Maria. Ich bitte Sie. Das geht doch gar nicht anders. Warum fragen Sie, Maria?"

Erstaunt sah Maria ihren Auftraggeber an. War Rocca so blöde oder tat er nur so?

„Weil das erklären würde, warum sie sie nicht hergeben. Bisher ist die *Mona Lisa* noch nie von jemandem untersucht worden, der unbefangen ist. Damit meine ich: von keinem, der nicht Franzose war. Meine Studien sollten ..." Maria stockte.

„Ja, bitte sprechen Sie, Maria."

„Es muss einen Weg geben, das Bild hierherzubekommen."

Schweigen.

Schließlich räusperte sich Fabrizio Rocca, kratzte sich am Kinn und ruckelte einmal, zweimal, dreimal mit selbigem, wie das seine Art war, bevor er etwas Unangenehmes oder Schönes sagte.

„Signora Garibaldi, Sie haben sich doch maßgeblich dafür eingesetzt, dass die *Mona Lisa* zu uns kommt", nuschelte er träge, „was eine gute Idee war. Haben Sie jetzt nicht vielleicht zufällig wieder eine gute Idee? Eine, wie es weitergehen könnte?"

Antonia Garibaldi blickte angewidert aus dem Fenster. In Rom saßen immer die falschen auf den entscheidenden Stühlen. Wie der da, dieser Rocca. Was für eine grandiose Fehlbesetzung dieser Mann als Museumsdirektor doch war. Schlapp. Willenlos. Ohne Gespür für ihre Belange. Ihre Karrierevorstellungen. Die Krönung ihrer Laufbahn: Die *Mona Lisa* in Rom. Ihr Vorfahre, der *Held zweier Welten*, hätte ihn, dachte sie wollüstig, auf der Stelle mit blankem Oberkörper auspeitschen und im Anschluss füsilieren lassen.

„Wir werden das nicht hinnehmen", sagte sie würdig, ohne ihren Blick den anderen Anwesenden wieder zuzuwenden. Ihre Stimme klang entschlossen, hart und eine Spur alt.

„Ja", entfuhr es Maria, „wir finden uns damit nicht ab." Maria stützte sich auf den Schreibtisch vor Rocca und beugte sich ihrem Chef entgegen, bis sie sah, wohin dessen Blick wanderte. Innerlich schmunzelnd richtete sie sich wieder auf.

„Wir unternehmen etwas. Wenn die Franzmänner spielen wollen, bitte. Spielen wir! Immerhin ist das *Mona Lisa*-Gutachten die Aufgabe meines Jahres. Ach, was sage ich, meines Lebens! Verabredungen wurden deshalb abgesagt. Flüge gebucht. Hotelzimmer reserviert. Alles nur, um die Vorskizzen von Leonardo in Augenschein zu nehmen. Und dann natürlich die Grande Dame höchstpersönlich!" Maria war schüchtern und zurückhaltend. Eine vorsichtig lebende, vorsichtig liebende, umsichtig arbeitende Person. Nur wenn in ihrer Arbeit etwas nicht so lief, wie sie sich das dachte, wenn sie im Job auf Ungerechtigkeiten oder Inkompetenzen stieß, wurde sie laut, ja zur Furie. Ihre Kollegen kannten das. Einmal in Rage, unterbrach nicht einmal mehr die Garibaldi das Schauspiel, das Maria bot.

„Na, na“, beschwichtigte der schöne Fabrizio Rocca seine leidenschaftliche Kollegin, „das Leben lassen wir hier mal aus dem Spiel. Ein Menschenleben ist die *Mona Lisa* nämlich nicht wert. Habe ich recht, Herrschaften?“ Niemand stimmte zu. Und Rocca fuhr fort.

„Dann ziehen Sie diese Studien doch vor. Ihre Arbeit wird ja nicht umsonst sein. Und wer weiß, vielleicht haben wir in Mister … in Mister … wie heißt er doch gleich, dieser Amerikaner …?“

„Shepherd, *il mio direttore*. Richard Shepherd.“

„Nennen Sie mich nicht *il mio direttore*, Bariello. Sie wissen, dass ich das nicht ausstehen kann. Wir sind hier nicht bei der Faschistischen Partei. Und auch nicht bei der Müllabfuhr!“

„Wie Sie meinen, *il mio* …“ Bariello setzte seine stoische Miene auf. Aber innerlich jauchzte etwas in ihm. Wieder einmal war es ihm gelungen, seinen Chef aus dem Gleichgewicht zu bringen. Wie schön!

„Vielleicht kann sich der Ami ja bei den Franzosen für uns einsetzen. Hat er nicht mit Nemours zusammengearbeitet, bevor er Direktor in New York wurde?

Vielleicht legt er ein gutes Wort für uns ein. Wenn Sie recht lieb zu ihm sind, liebe Maria …“ Breites Grinsen. Maria kannte die Kollegen. Sexistisch waren die alle. Mal mehr, mal weniger. Auf Fabrizios doch eher plumpe Leistung in Sachen Unter-der-Gürtellinie hob sie nur müde ihre rechte Augenbraue.

„Ein sehr netter Kollege übrigens“, schwärmte Bariello etwas übertrieben, „geradezu reizend …“

Kunstpause.

„Ich durfte ihn kennenlernen. Ich habe ihm neulich einen Caravaggio verkauft …“

„Sie haben was …?“, kreischten Maria und die Garibaldi unisono.

„Hmm ja, meine Damen. Aber das bleibt bitte unter uns.“

„Sie haben einen Caravaggio verkauft?“, stotterte Antonia Garibaldi entgeistert.

„Welchen?“, rief Maria entsetzt.

„Welches Gemälde haben Sie veräußert?“ Auch die Garibaldi ließ nicht locker.

„Wir mussten uns leider vom *Narziss* trennen! Uns fehlt das Geld. Die Krise hat uns voll erwischt.“

„DEN *Narziss*?“ Maria und die Garibaldi – wieder unisono.

Wieso sich die Garibaldi so echauffiert gab, war Maria schleierhaft. Und auch egal. Sie selbst war schlicht entsetzt. Für einen Augenblick vergaß Maria sogar die Tragödie um die *Mona Lisa*. Silvio Bariello nickte unbeeindruckt. Und lächelte gönnerhaft.

„Aber wenn Sie demnächst ohnehin in Manhattan sind, dann können Sie ihn dort bewundern. Ich denke, Shepherd wird Ihnen Zugang zu dem Werk gewähren, bevor er es der Öffentlichkeit übergibt. Wir haben ohnehin ein zweijähriges Stillhalteabkommen geschlossen, wenn ich das einmal so ausdrücken darf. Ähem …"

„Wieso das denn?", fragte Maria.

„Das ist doch hanebüchen!", empörte sich die Garibaldi.

„Und lächerlich. Wir wissen doch, dass sich die Amerikaner nie an eine Vereinbarung halten. Die machen einfach, was sie wollen, mein Bester. Und begründen das gar nicht. Oder so: Wozu haben wir denn unsere schönen Stützpunkte überall auf der Erde? Etwa, um fair zu sein und uns an die Regeln zu halten? NEIN!"

Zum ersten Mal seit sie sich kannten, betrachtete Maria die große Kunst-Diva Garibaldi mit einer gewissen Sympathie. Sollte die alte Schachtel die Amerikaner etwa auch nicht …

„Bitte, meine Dame, bitte, wir wollen hier nicht pseudopolitisieren und schon gar keine Klischees auspacken. Unsere lieben Verbündeten sind manchmal auch recht anständig", säuselte Bariello. Glaubwürdig.

„Sie denken also, dass die Amerikaner sich daran halten?“, fragte die Garibaldi aufgebracht.

„Natürlich – nicht“, rief Bariello vergnügt aus, klatschte in die Hände und lachte. „Das wollen wir doch auch gar nicht!“

Hä? Maria verstand nur Bahnhof. Die Garibaldi stand genauso auf dem Schlauch. Fabrizio Rocca lächelte verschmitzt. Kurz herrschte Stille. Antonia Garibaldi wirkte jetzt sehr, sehr wütend. Die Lady schätzte es keineswegs, wenn man sie auf den Arm nahm. Sie galt als durchaus humorvoll, so war das nicht. Aber ein Humor, der auf ihre Kosten ging? Das ging zu weit.

„Aber meine Gnädigste. Hat Ihnen Ihre Tochter nichts von unserer zugegeben traurigen Transaktion erzählt? Die arbeitet doch in New York mit Shepherd zusammen. Mit Verlaub, ich hätte niemals gedacht, dass diese Tratschtan… äh – dass Ihre werte Tochter derart diskret sein könnte. Respekt vor der jungen Dame, Respekt, Respekt …“

„Hören Sie schon auf, sich über mich lustig zu machen, Sie Gimpel“, fauchte die Garibaldi.

Maria hörte zu. Blickte von der einen zum anderen und biss sich auf die Unterlippe.

Aha, dachte sie leicht benommen bei sich. Das war jetzt also schon die zweite Hiobsbotschaft innerhalb einer knappen halben Stunde. Noch zwei, und sie würde einen Nervenzusammenbruch erleiden. Oder einen Burn-out. Oder beides. Sie wusste nicht, worüber sie mehr entsetzt war. Und genau dieser Umstand versetzte sie in Panik. Bei der ins Stocken geratenen Ausleihe der *Mona Lisa* hoffte sie, dass das letzte Wort noch nicht gesprochen war. So weit, so gut. Und vielleicht würde sie in New York doch noch etwas ausrichten. Der Verkauf des *Narziss* machte sie jedoch sprachlos. Und wütend. Und verzweifelt. Und traurig. Denn der *Narziss*, dieser schöne, unglückliche Junge, der in sich selbst verliebt ist und daran zugrunde geht, dieses Meisterwerk von Caravaggio war für Maria etwas ganz Besonderes. Es war, ja, wie sollte sie das nur in Worte fassen? Eben nicht nur ein Bild. Auch nicht der Schlüssel zur Malerei, obwohl das Meisterwerk zweifellos schuld daran war, dass ihr Leben diese Richtung eingeschlagen hatte: Bilder, Museumsbesuche, Kunst und noch mehr Kunst, und dann der Entschluss, Restauratorin zu werden, mit Haut und Haar. Nein, dieser verschlossene, autistische, verlorene, tödlich in sich selbst verdrehte Jüngling schien Sinnbild, Parabel und Allegorie auf ihr Denken, Fühlen und Handeln zu sein. Auf sie selbst, die hoffnungslos Ausgeschlossene, hoffnungslos Betrachtende, für immer unglücklich Liebende.

„Komm wieder runter“, pflegte Emma die Freundin auf ganz und gar prosaische Art und Weise wieder auf den Boden der Tatsachen zu holen. „Du bist nicht Echo und Paolo ist nicht der *Narziss*, den du bis ans Ende des Universums anbeten musst. Auch wenn er sich selbstverständlich genauso idiotisch verhalten hat. Nämlich ichbezogen, hyperegozentrisch und dumm. Und ja, du bist etwas durchgeknallt und brauchst wirklich dringend mal wieder Sex, meine Liebe."

„Wirst du wohl …", protestierte Maria dann errötend und mit glänzenden Augen, um gleich darauf in das Kichern der Freundin einzustimmen.

„Der Junge war der Schlüssel zu meiner großen Leidenschaft: den alten Meistern!" Maria.

„Mehr Schlüssel, die ins Schlüsselloch passen, meine Liebe! Mehr Leidenschaft für junge Stümper, wenn ich bitten darf. Das würde dir guttun …" Emma.

„Themawechsel!" Lachen. Kreischen.

Die Liebe zur Kunst hatte Maria aber tatsächlich als kleines Mädchen gefunden. Sie hatte einen seltsam frühreifen Spleen in Bezug auf Kunstwerke entwickelt, der sie in diesem Alter eigentlich noch überforderte. Mit acht oder neun Jahren war sie mit ihrem Onkel zum ersten Mal in einem neapolitanischen Museum gewesen. Und sofort verliebt in Tusche- und Kreideskizzen. In Stillleben mit geöffneten Austern, halb geschälten Zitronen und toten Hasen. Oder lustig verkleidete, irgendwie aber immer seltsam traurig aussehende Frauen. Absolute Highlights waren jedoch die Riesenschinken von Rembrandt. Und ebender *Narziss*, Caravaggio, die Vorwegnahme ihres so unerfüllten Liebeslebens. Andere Mädchen spielten mit Puppen, sie bewunderte Kunstwerke. Andere Mädchen spielten mit Jungs, sie analysierte Gemälde. Andere Mädchen heirateten und brachten Kinder zur Welt, sie wurde Restauratorin und schuf frischeres Licht, dunklere Schatten, klarere Landschaften, indem sie den Staub, die falsche Patina und den Schmutz von Jahrhunderten von den Meisterwerken kratzte und die ursprüngliche Schönheit der Linien, Striche und Flächen erneut zutage förderte. Und immer wieder war es der *Narziss*, der sie anzog. Fast sinnlich war das Verhältnis zu dem schönen Jungen. Sinnlich, unheilvoll und kalt. Ohne es sich einzugestehen, wusste sie, dass es sich bei *Narziss* nicht nur um ihren ersten und besten, sondern, wenn sie nicht aufpasste, auch um ihren letzten Freund handelte.

„Aber seid ihr denn verrückt geworden?“, rief Maria und schüttelte ihren Tagtraum ab. „Meinen Gel… ich meine, so ein Gemälde kann man doch nicht einfach verscherbeln. Das ist ja, als würde man die eigene Großmutter verkaufen … oder sich selbst …!“ Aufgebracht stand Maria da und blickte in die Gesichter ihrer Kollegen. Etwas im Saal hatte sich mit einem Mal verändert. Die Stimmung. Die Atmosphäre. Selbst die strenge Garibaldi lächelte sie wohlwollend an.

„Hab ich, ich meine, habe ich etwas Dummes gesagt? Oh mein Gott! So sagt doch was …!“

„Solange du uns nicht die Daphne gibst“, spöttelte der schöne Fabrizio, und alle außer Maria lächelten weiter.

„Also: Wieso jetzt?“, fauchte Maria.

„Wirtschaftliche Zwänge, meine Liebe. Die Eurokrise. Unsere liebe Europäische Union, weißt du …“

„Ach was“, unterbrach Maria ihren Chef voller Leidenschaft, „kommt mir doch nicht mit solchem Zeug!“ Alle außer Maria lachten.

„Es ist aber so, mein Schätzchen. Der schnöde Mammon, weißt du? Aber Shepherd hat sich äußerst diskret und anständig verhalten. Die Amerikaner verhalten sich doch stets superkorrekt. Man kann sich immer vollkommen auf sie verlassen, nicht wahr, ihr Lieben?“ Heiteres Gelächter.

„Ich bin mir sicher, dass er uns hilft“, fügte Bariello versöhnlich hinzu, und das heitere Gelächter verebbte.

„So oder so: Für meine Studie brauche ich die *Mona Lisa*! Ohne Original fehlt meiner Arbeit das Herz.“ Maria hatte sich gefangen. Sie kehrte zum eigentlichen Thema zurück, auch, um jeden Gedanken an ihren narzisstischen Exfreund Paolo zu verdrängen. Paolo war doch der Obernarziss gewesen, mit all seinem scheinheiligen Schmelz, seinen kleinen Lügen, mittleren Intrigen und großen Betrügereien. Dieser … dieser … Schuft!

„Wie auch immer“, lenkte Maria die Unterhaltung im Allgemeinen und ihre Gedanken im Speziellen auf dieses andere, auch nicht eben nebensächliche Thema: „Ich muss die *Mona Lisa* untersuchen. Und ich werde sie untersuchen. Punkt.“ Trotzig verschränkte sie die Arme unter der Brust, die sich dadurch in einen Balkon verwandelte und die Blicke der Männer auf sich zog. Und die der Garibaldi. Nie im Leben würde die Garibaldi zugeben, dass sie Maria insgeheim beneidete. Und zwar genau um diesen Balkon.

„Also Maria, Kind, Ihr beruflicher Egoismus in allen Ehren, wir wollten schließlich alle mal vorankommen. Aber wirklich, wir stehen hier vor einem viel größeren, ja im eigentlichen Sinne nationalen Problem: Die Ausstellung wird nicht stattfinden. Denken Sie mal an die öffentliche Wirkung! Und an unseren Ruf! Wir werden doch zum Gespött der Massen! … Was für ein Desaster! So eine Schande!“ Mit theatralischer Geste riss die Garibaldi ihren Blick von Marias Busen los, warf den Kopf in den Nacken und einen leidenden Blick knapp über Rocca hinweg an die freskenverzierte Decke. Es war ganz offensichtlich: Die Dame litt unsäglich.

„Ach was“, ereiferte sich Maria, löste ihre Arme und damit ein klitzekleines Beben an ihrem attraktiven Körper aus.

„Ich gebe jedenfalls nicht so leicht auf. Nicht hier und nicht jetzt. Ihr werdet schon sehen. Mir fällt noch was ein. Wir kriegen das Prachtstück nach Rom. So wahr ich Maria heiße!“

„Sie haben ja so recht, Schätzchen“, stimmte Antonia Garibaldi ihr zu. „Wir sollten unter keinen Umständen zulassen, dass unser geliebtes Italien Schaden nimmt …“

„… oder unsere Karrieren …“, kam es von Rocca.

„… und das nur wegen des liederlichen Verhaltens dieser Froschfresser!“ Jetzt sahen alle auf die Garibaldi.

„Jawohl, Herrschaften, ich wiederhole es nur zu gerne: Frosch-fres-ser! So!“ Im triumphalen Vollgefühl ihrer Vulgarität trotzte sie den Blicken ihrer Kollegen. Und genoss die ihr entgegengebrachte Zustimmung.

„Richtig so, machen wir Druck. So wie die Amerikaner das auch immer machen.“

„Wäre doch gelacht, wenn wir das nicht schafften!“ Zum Spaß ballte sie die Linke und streckte sie gegen die Fresken an der Decke.

„Avanti popolo …“, begann sie mit dünnem Stimmchen zu singen. Die beiden Männer lachten gutmütig.

„Also jetzt machen Sie aber mal einen Punkt, meine

Liebe!", gab die Garibaldi den Spielverderber. Nun ja. Der Name verpflichtete natürlich auch. Links, behauptete die Garibaldi gerne, war er nun wirklich nicht gewesen, der große Vorfahr. Das Krisentreffen endete mit dem Beschluss, dass Maria erst einmal nach New York fahren würde. Danach könne man ja immer noch über geeignete Maßnahmen contra Louvre nachdenken. Und vielleicht war Shepherd ja tatsächlich ein möglicher Verbündeter.

Rom, Altstadt

Was für ein großartiger Weg nach Hause, dachte Maria wieder einmal. Einfach aus der Villa Borghese ins Freie treten, vorbei an dem stets von benutzten Kondomen und gebrauchten Spritzen verseuchten Parkplatz, die paar hundert Meter Richtung Piazza Popolo. Von dort aus per Bus, Metro oder mit der Ape in Richtung ihres heißgeliebten Viertels Trastevere. Gut. Trastevere war enorm touristisch geworden. Die besten Lofts und Gartenhäuschen gehörten inzwischen längst Amerikanern, Österreichern oder Russen. In den urigsten Bars sah man ohne weiteres Leute um elf, zwölf Uhr oder gar nach dem Mittagessen Cappuccino trinken, eigentlich zu jeder Tages- und Nachtzeit. Was für ein Frevel an der italienischen Küche. Ausländer, klar, allesamt Ausländer. Und natürlich hörte man an manchen Tagen mehr Englisch als Italienisch in den Gassen des Viertels. Aber was sollte es? Leben und leben lassen ... war das nicht das heimliche Motto aller Italienerinnen und Italiener? Leben und leben lassen. Selbst die Touristen? Ja natürlich, fand Maria. Und außerdem hatte Rom den finanziellen Zufluss durch die vielen Fremden auch bitter nötig.

Hatte sie etwas Zeit, verzichtete sie auf ihre geliebte Ape, spazierte hinüber zur Kirche Santa Trinità dei

Monti und die ebenfalls immer von Touristen aus aller Welt belagerte Spanische Treppe hinab. Ihre Wohnung lag von dort aus ein gutes halbes Stündchen zu Fuß entfernt. Vorausgesetzt, sie war mit flachen Schuhen unterwegs. In High Heels brauchte sie über eine Stunde. Aber, und da unterschied sich Maria ganz grundsätzlich von all ihren Freundinnen, wann war die pragmatische, von den Männern im Allgemeinen und von Paolo im Speziellen so enttäuschte und deshalb jeglichem Styling abholde Restauratorin denn schon mal in High Heels unterwegs? Richtig: Nie! Also.

Der Weg nach Hause, ja. Wunderbar. Aber ihre Wohnung erst! Gleich hinter der Santa Cecilia in der überaus malerischen, überaus engen Vicolo dei Tabacchi gelegen. Abgeschieden, getrennt vom stinkenden, lärmenden Rest der Stadt und versteckt hinter einer hohen Mauer, über der eine ausladende, sicher mehrere hundert Jahre alte Zeder ihre Äste ausbreitete und turmhohe Pinien den kühlenden Vorgarten erahnen ließen. Das grüne, doppelflügelige Portal mit seinen messing-goldenen Türklopfern gewährte nur erwünschten Besuchern Einlass. Was niemand von der Straße aus sehen konnte: Es gab einen kleinen Rasen, der selbst im August stets beschattet und von den Hausbesitzern Signora und Signor Monti regelmäßig gegossen immer saftig grün blieb. Es gab einen kleinen Handbrunnen, aus dem das ganze Jahr über köstliches, eiskaltes Wasser sprudelte. Es gab uralte Rosensträucher, eine von Trauben überrankte Pergola und einen alten Holztisch, der den *Sacco di Roma* von 1527 nahezu unbeschadet überstanden hatte und jetzt seit Generationen in der Pergola zum Verweilen einlud. Denn das Thermometer stieg an diesem paradiesischen Fleckchen nie über 29 Grad, nicht einmal während der Hundstage. Allerdings gab es auch Signora und Signor Monti. Nette Leute, keine Frage. Nett und fürsorglich. Vielleicht sogar ein bisschen zu nett und fürsorglich – vor allem, was Marias nicht stattfindendes Liebesleben betraf.

„Es ist doch nicht gesund, wenn eine so schöne junge Dame wie Sie, Signorina Maria, ständig alleine lebt! Wir leben doch nicht mehr im neunzehnten Jahrhundert." Emma als Echo.

Doch Maria dachte an Paolo, der ihr so übel mitgespielt hatte.

Und deshalb blieb sie allein in ihrem gusseisernen Ehebett, das sie beim Trödler erstanden hatte. Oft starrte sie an die Balkendecke ihres mit Kunst und Kitsch garnierten Schlafzimmers oder wandelte rastlos durch ihre Wohnung, um sich einen Schluck Wasser oder ein Glas Rotwein zu holen.

„Paolo ist mir doch längst völlig egal", redete sie sich ein, was natürlich nicht stimmte. Das unterstrich allein schon die Tatsache, dass es seit der unguten Trennung von ihrem Prinzen noch kein einziges männliches Wesen über die Schwelle ihrer schicken Wohnung, geschweige denn auf die Matratze ihrer gusseisernen Antiquität im Schlafzimmer geschafft hatte. Von Kater Franziskus, einem wilden und kämpferischen Streuner aus der Nachbarschaft, einmal abgesehen.

„Du bist doch mein Allerliebster", schmuste Maria, wenn Franziskus sie wieder einmal beehrte, um sich eine warme Milch und eine Runde Streicheleinheiten abzuholen. Und natürlich machte es sich Maria zwischen Arbeitsaufträgen, Kunst und dem Kitsch, den sie leidenschaftlich gerne auf Floh- und Trödelmärkten dieser Welt aufstöberte, feilschend erwarb und dann in ihren vier Wänden neben Originalen befreundeter Künstler gekonnt in Szene setzte, gemütlich. Kurz, ihr feines, verstecktes Refugium, ihr kleines geschmackvoll eingerichtetes Reich in der Vicolo dei Tabacchi bot Maria stets den nötigen Rückzugsraum vor der bösen Welt und den eigenen unerfüllten Sehnsüchten. Doch heute klappte es mit dem Rückzug nicht. Zu groß war ihre Angst vor Amerika, der lange Flug, die plötzliche Veränderung, zu laut die Stimmen in ihrem Kopf … und dann war da auch noch Emma:

„Sieh es doch mal positiv." Ewig diese Ewige Stadt, also bitte. Ja. Millionen Menschen zahlen eine Menge

Geld, nur um sie zu sehen, die Sehenswürdigkeiten hier, das Forum Romanum, das Kolosseum, den Petersdom. Na und? Als echte Römerin langweilt dich das ganze antike Zeug doch sowieso nur! Jetzt hast du endlich die Gelegenheit, mal herauszukommen. Big Apple. Auf Staatskosten. Bestimmt fliegst du *business*. Die Politiker fliegen doch immer *business* ..."

„Ich weiß nicht ...", erwiderte Maria zögerlich.

„Maouuu", beschwerte sich Franziskus. Maria hatte für einen Augenblick aufgehört, den anspruchsvoll auf ihrem Schoß flätzenden Herrn Kater weiter zu streicheln.

„Ein paar Tage New York sind doch nicht falsch."

„Aber der Plan war anders." Ärgerlich warf Maria den verdutzten Kater auf den Boden und erhob sich.

„Schätzchen, das Gute an der Sixtinischen Kapelle ist doch, dass sie dir nicht davonlaufen kann. Sie steht da schon ein paar hundert Jahre. Und wenn alles auch nur einigermaßen läuft wie geplant, steht sie dort auch noch ein paar weitere Jahrhunderte. Du hast jedenfalls genug gearbeitet. Und jetzt schenkt dir das Leben eine Abwechslung. Vielleicht wär's endlich auch mal an der Zeit, einen Mann kennenzulernen. Wie lange bist du schon Single?"

Maria betrachtete ihren neuesten Fund, einen kleinen Buddha aus Messing, der seinen Weg wie auch immer in die katholischste aller Städte und dann zu ihr gefunden hatte und den sie von Belone, ihrem Lieblingsrahmenbauer, in ein kleines schwarzes Kästchen hatte setzen lassen. Seltsam, aber irgendwie erinnerte sie dieser fernöstliche Nippes an Paolo. Im Grunde war er es, Paolo, der sie an Rom kettete und verhinderte, dass sie sich jemals weiter von der Stadt entfernte als Orvieto im Norden oder Frascati im Osten. Und viel zu selten Positano. Man konnte schließlich nie wissen: Paolo könnte ja zum Beispiel verunglücken und sie aus dem Krankenhaus heraus um Hilfe bitten. Oder im Lotto gewinnen und feststellen, dass ihm für die jetzt anstehende Weltreise die passende Reisebegleitung fehlte. Oder, oder, oder …

„Gut, dann sage ich es dir: viel zu lange! Dass Paolo dich damals von jetzt auf gleich hat sitzenlassen, ist Geschichte. Hast du gehört: Ge-schich-te! Ich sage es nur ungern, aber: Es ist aus. Aus und vorbei. Und zwar seit mehr als zehn Jahren. Willst du, dass er der Einzige bleibt?“, fragte Emma.

„Ist er ja nicht“, gab Maria zurück.

„Enzo zählt nicht. Oder höchstens halb. Es kam ja nicht einmal zum Vollzug!“, erwiderte Emma.

„Klar kam es zum Vollzug …“, rief Maria empört.

„Aber doch nur halb“, setzte Emma nach.

„Stimmt“, gab ihr Maria kichernd recht.

„Na siehst du. Paolo war also zumindest der Einzige, bei dem du es ernst gemeint hast.“

Maria erwiderte nichts.

„Es nützt nichts, wenn du immer nur grübelst, ob du etwas falsch gemacht hast."

„Was weißt du denn schon?"

„Emma weiß alles." Sie strahlte Maria an. „Und jetzt gehen wir erst mal einen netten Prosecco trinken, du und ich. Wirf den Kater raus und los geht's."

Die große weite Welt

New York. Der Big Apple. Die große, weite Welt. Der John F. Kennedy Airport empfing Maria an einem herbstlich milden Oktobertag. Durch das offene Fenster des Taxis wehte ein laues Lüftchen, in dem allerdings die Drohungen eines New Yorker Winters schon mitschwangen. Auf ihre distanziert-kritische Art allem gegenüber, was nicht Rom war, betrachtete sie die Stadt, die Skyline und die Amerikaner um sich herum mit einer Mischung aus Reserviertheit und verhaltener Neugier.

Aha, dachte sie, das also war der Big Apple, von dem Frank Sinatra sang: Wenn du es hier schaffst, schaffst du es überall. Nun gut, man würde sehen. Sie ließ ihren Blick über den East River schweifen, während sie über die Brooklyn Bridge nach Manhattan zuckelten, versuchte, die Freiheitsstatue zu erspähen, und entschied, ohne Stop-over am Hotel direkt zum Metropolitan Museum weiterzufahren. Dort war sie mit Richard Shepherd verabredet. Dem Richard Shepherd. Ihren Koffer würde sie schon irgendwo unterstellen können.

„Stimmt so“, rief sie dem Taxifahrer zu. Der war zu ihrer großen Freude ein rastalockiger Jamaikaner, wie in jedem guten Film, der in New York spielte. An seiner überfreundlichen Reaktion merkte sie, dass sie es mit dem Trinkgeld offenbar reichlich übertrieben hatte.

„Ach, was soll's", murmelte sie vor sich hin und stieg direkt vor dem Museum aus.

Scheußlich, durchzuckte es sie, wie unsere „Schreibmaschine"! In der Tat erinnerte die pompöse Fassade von Richard Morris Hunt in ihrem neoklassizistischen Stil, dem Säulenwerk, den Giebeln und Treppen an das mitten in Rom an der Piazza Venezia aufragende Monumente Vittorio Emanuele II., erbaut zur ewigen Erinnerung an die glorreiche Einigung der Länder und Ländchen auf dem Stiefel zum Königreich Italien. Aber während der Monumentalbau Sacconis am Ende der Via del Corso eigentlich zu nichts Nutze war, beherbergte das Metropolitan Museum einen erklecklichen Teil des Menschheitskunstschatzes. Wenn auch zu einem ebenso erklecklichen Teil illegal. Man denke nur an den endlosen Skandal um den Sarpedon-Krater des Euphronios. Erst 2006 ging die weltberühmte Vase, bei einer Raubgrabung in Cerveteri entdeckt und dann im Metropolitan ausgestellt, an Italien zurück. Der „*Krater*", wie die Sarpedon-Vase in ihrem Kunstgeschichte-Kurs nur genannt wurde, befand sich jetzt in der Villa Giulia. Selbstverständlich würde sie mit Shepherd nicht über derart heikle Dinge sprechen, solange es nicht nötig wäre.

Aber immerhin, dachte Maria trotzig, während sie

mit ihrem kleinen Trolley die Stufen zum Eingang des Museums erklomm. Wir haben es geschafft. Warum also sollten wir, der David, nicht noch ein weiteres Mal gegen Goliath gewinnen und auch die *Mona Lisa* zurückholen können?

Mit ihrem Trolley behinderte sie nicht nur die Touristen. Sie zog auch die Aufmerksamkeit des Sicherheitspersonals auf sich. Die Welt war wirklich eine andere geworden in den letzten Jahren. Und keine bessere. Schließlich trat sie ein.

„Oh!" Maria hielt kurz inne. Klar, sie hatte natürlich Bilder gesehen. Aber die Wirkung, die das Foyer des Museums auf die Kunsthistorikerin ausübte, war doch erstaunlich. Erst war es nur ein leichtes Kratzen in der Kehle, dann ein Glucksen, und schließlich kam es, dieses herzliche, befreiende Lachen.

„Diese Amerikaner ...", rief sie entzückt und blickte sich unter den misstrauischen Blicken weiterer Sicherheitsleute um, denen lachende Menschen offenbar suspekt waren. Ja, das Foyer erinnerte tatsächlich an eine große Basilika und nicht an den Zugang zu einer wenn auch geradezu göttlichen Sammlung. Aber im Gegensatz etwa zum Eingangsbereich des British Museum mit seiner überwältigenden Modernität erschienen der verwöhnten Römerin die über Rundbögen aus Sandstein thronenden Kuppeln mit ihrem üppigen Licht wie die Parodie eines Gotteshauses.

Und jetzt? Sie hatte sich zuvor keine Gedanken gemacht, wie sie Mister Shepherds Büro finden oder ihn erkennen könnte, falls er sie tatsächlich, wie vereinbart, am Eingang des Museums abholen würde. Aber als sie ihn dann sah, bestand kein Zweifel. Der gutaussehende Herr mit Gehstock. Schlank, durchtrainiert trotz offensichtlicher Behinderung, lässig, aber ausgewählt lässig gekleidet, blasiert. Ostküstenadel vom Scheitel bis zur Sohle.

„Herr Direktor Shepherd", rief sie ihm erfreut entgegen. „Hallo! Hi! Ich bin Maria Felicella."

Der Herr Direktor lächelte ein gar nicht mal so unsympathisches, gar nicht mal so unechtes Lausbubenlächeln. Diese Ivy-League-Typen werden doch nie richtig erwachsen, dachte Maira und war aufrichtig gespannt, was jetzt wohl auf sie zukam.

„Hi! Ich bin Shepherd, Richard Shepherd. Aber nennen Sie mich bitte einfach Richard."

„Sehr erfreut, äh, Richard." Sie schüttelten sich die Hände, wobei Shepherd seine Armlänge eher dazu benutzte, sein temperamentvolles südländisches Gegenüber auf Abstand zu halten, als mit diesem Gruß eine Brücke zu schlagen. Neugierig sahen die Kollegen sich an. Das war er also, der große Richard Shepherd. In Fachkreisen galt Shepherd als aufmerksamer, sehr kompetenter, aber nicht eben umgänglicher Mensch. Hier im Metropolitan aber war er natürlich der Papst.

Hier hatte er das Sagen und Inszenierung offensichtlich nicht nötig. In seiner Kathedrale der Kunst war er das unbestrittene Oberhaupt.

„Verehrtes Fräulein Felicella, ich freue mich, dass Sie da sind." Shepherd sprach mit erstaunlich sanfter Stimme. Im Übrigen hatte auch Maria einen Ruf in Kunstkreisen.

„Hatten Sie eine gute Reise, Fräulein Felicella?" Fast hätte Maria laut aufgelacht. Es war vermutlich 1992 gewesen, ihre Großmutter, die Firmung, als sie zum letzten Mal jemand „Fräulein" genannt hatte. Zu köstlich, doch auf die Dauer nervig.

„Maria. Bitte nennen Sie mich doch Maria, Richard."

„Ja, also, Maria?"

„Ja, bestens. Ich habe ein Hotel gar nicht weit von hier." Und weil Shepherd nichts sagte, fügte sie hinzu: „Manhattan ist großartig."

„Sag ich auch immer. Es ist ein Universum für sich. Ein echter Schmelztiegel. Und erst die Galerieszene. Zurzeit haben wir hervorragende Nachwuchskünstler. So was wie, nun, wie soll ich sagen, vielleicht eine Mischung aus Keith Haring und euren neuen Leipzigern. Meine Frau findet es allerdings draußen in den Hamptons angenehmer. Am Wochenende fahren wir oft hinaus. Zu oft, für meinen Geschmack. Man verpasst ja doch so manches …" Für einen Augenblick schien es Maria, als überkäme ihren Gast- und

Auftraggeber Richard Shepherd so etwas wie eine peinliche Anwandlung. Zu viel Privates? Ohne sich anzusehen, ließen sie ihre Blicke über die Köpfe der Menschen, in die Kuppeln des Foyers, ins Irgenwo schweifen. Dann kehrten sie wieder zurück. Lächelnd.

„Nun, Sie wissen, worum es geht?", beendete Shepherd den Small Talk.

„Aber natürlich", erwiderte Maria lebhaft. „Ich freue mich, dass Sie mir einen Blick auf die viel zu wenig gewürdigten Skizzen gestatten. Ich hätte mir zwar gewünscht, meine eigentliche Arbeit …"

„… an der *Mona Lisa* beweisen zu können … Verstehe …", setzte Shepherd ihren Satz fort. Er war offensichtlich bestens informiert und lächelte charmant.

„Sie wissen natürlich längst Bescheid, nicht wahr?"

„Nun, Maria. Die Kunstwelt ist klein. Fast schon eine Familie, möchte ich sagen. Und Leute mit einem gewissen Ruf … nun … man weiß, woran die arbeiten, wer sie beauftragt, wovon sie träumen …"

„Sie kennen sogar meine Träume", rief Maria kokett aus und errötete sogleich.

„Nur die beruflichen, meine Liebe, nur die beruflichen …" Wie peinlich, schalt sich Maria, wieso laufe ich denn an wie eine Tomate? Emma hat recht, ich brauche wirklich mal wieder einen Mann.

„Aber ich habe die Hoffnung noch nicht aufgegeben. Ich werde es schon hinbekommen, da bin ich mir sicher. Noch ist nicht aller Tage Abend."

„Davon bin ich überzeugt, Maria. Sie sind eine großartige Kunstrestauratorin. Die beste derzeit, wenn ich das so frei heraus sagen darf. Und eine bemerkenswerte Frau obendrein. Man weiß allerdings, dass die Franzosen nicht sehr kooperativ sind." Maria sah zu Shepherd auf. Sie wollte den großen und wichtigen Mann nicht schon an der Türschwelle um Hilfe bitten. Aber der war nicht dumm. Er erwiderte ihren Blick und lächelte ein wenig.

„Verstehe."

„Ich finde immer einen Weg, wenn ich etwas erreichen will." Das klang aber jetzt ein bisschen trotzig, schalt sich Maria, und auch ein bisschen klein. Mist.

„Dann sind Sie ja schon eine richtige Amerikanerin!" Jetzt lachte Shepherd und machte eine Geste, die alles heißen konnte oder auch „man wird sehen".

„Aber kommen Sie, Maria, jetzt gehen wir erst mal ins Atelier. Ich hätte nämlich eine Bitte. Vielleicht wäscht ja eine Hand die andere. Sie verstehen?" Nein, Maria verstand nicht. Überrascht sah sie ihn an.

„Benötigen Sie meine Expertise?"

„Das erkläre ich Ihnen unterwegs. Kommen Sie, Maria, hier entlang. Unsere Aufgabe ist, nun: delikat. Sie bedarf äußerster Diskretion."

Auf dem Weg durch das Foyer, durch diverse Sicherheitsschleusen, Lichtschranken und Kontrollbarrieren hatte Richard Shepherd genug Zeit. Er holte erstaunlich weit aus und streifte den Bestand der Sammlung im aktuellen Zustand, plauderte über den Zustand, in dem sie sich bei seinem Amtsantritt befunden hatte und wie er sie dereinst zu übergeben gedachte. Und dass er immer wieder sehr interessante Neuerwerbungen tätigte. Dann ließ er die Katze aus dem Sack. Es ging natürlich um den *Narziss*.

„Wissen Sie davon?"

„Aber ich bitte Sie, Richard. Die Kunstwelt. Kleine Familie, nicht wahr?"

„Natürlich, Maria, natürlich." Jetzt war es an ihm, ein wenig rot zu werden. Der Mann verfügte also nicht nur über Kompetenzen. Er schien auch Gefühle zu haben.

„Ich war ziemlich überrascht, als Bariello es mir neulich erzählte", gestand Maria.

„Oh. Hat der gute Mann also doch geplaudert. Ich hätte es mir denken können. Das war gegen die Abmachungen. Die Öffentlichkeit, Sie verstehen …?" Sie verstand nicht.

„Wieso gibt es diese Zwei-Jahres-Frist?", erkundigte Maria sich mit unschuldiger Miene.

Shepherd sah sie von der Seite an. Im Blick: Sind Sie etwa doch nicht so gut informiert, wie ich dachte?

„Wir haben aus gutem Grund Stillschweigen vereinbart", erwiderte er nur.

„Wer?" Sie ließ nicht locker.

Jetzt lächelte Shepherd. Sie war nicht ohne, diese Maria, fand er. Nicht sein Typ. Nein, ganz und gar nicht sein Typ. Aber nicht ohne. Inzwischen waren sie quer durch das belebte Foyer und dann einen langen Flur entlanggegangen, der am Ende recht menschenleer wurde. Einen Aufzug in den zweiten Stock, einen weiteren, den man nur mit einem Schlüssel benutzen konnte, den Richard Shepherd an einer kleinen Kette befestigt aus seiner Hosentasche zog. Dann wieder einen Flur entlang. Erst kam der Verwaltungsbereich und schließlich der Bereich, der für die Wissenschaft reserviert war. Eine elegante, dicke Tür.

„Nach Ihnen."

„Danke." Sie traten ein.

„Wow. Was ist das hier? Raumschiff Enterprise?" Maria war erschlagen. Vor ihr lag eine Art Kommandozentrale. Ein Hightechstudio voller Monitore, Computer, Drucker, Scanner, Lasermikroskope und was sonst noch. Unter „Atelier", wie Shepherd ihr künftiges Arbeitszimmer nannte, hatte die Römerin sich etwas anderes vorgestellt. Und wieder lächelte Shepherd.

„In Ihrem Kopf herrscht noch das Quattrocento, richtig? Leonardo da Vinci, mindestens, habe ich recht? Aber die Zeiten haben sich geändert. Zumindest hier in New York."

„Nun ja. Ganz so zurückgeblieben sind wir in unserem gemütlichen, krisengeschüttelten Italien nun auch wieder nicht. Aber immerhin arbeite ich zurzeit an den Fresken in der Sixtinischen Kapelle. Das ist schon noch Old School."

„In Ordnung. Werden Sie klarkommen?"

„Klarkommen womit?"

„Mit der Technik."

„Selbstverständlich", erwiderte sie amüsiert.

Metropolitan Museum, Fifth Avenue, New York

„Das ist doch absurd", rief sie, und: „Gibt's doch gar nicht", und: „Ich glaube es nicht!" Zu abenteuerlich erschienen ihr die Ausführungen Shepherds zu ihrem *Narziss*.

„Okay, Mister Shepherd, ich fasse zusammen: Europa im Allgemeinen und Italien im Speziellen befinden sich in der Krise. Schön und gut. Für Europa mag das ungewöhnlich sein, aber für Italien nicht. Wir befinden uns seit 1945 in der Krise. Krise ist unser täglich Brot." Mildes Lächeln aufseiten Shepherds.

„Ich kann nicht glauben, dass Barillo wegen dem bisschen Finanzcrash eines seiner liebsten Werke verkauft. Noch dazu an die Yankees ... oh Pardon. Ich wollte nicht unhöflich sein ...!" Mildes Lächeln aufseiten Shepherds. Der geht mir auf die Nerven mit seinem gönnerhaften Gegrinse, dachte Maria und begann zum ersten Mal, seit sie Shepherd gegenüberstand, leichten Ärger zu empfinden. Und überhaupt! Was fiel den Herren eigentlich ein? Den Caravaggio zu verscherbeln. „Ihren" Caravaggio, wohlgemerkt. Nicht umsonst hatte sie mit dem schönen Jungen auf der Leinwand ihre ersten Liebeserfahrungen. Kunst und Küsse, sozusagen. Und das mit elf! Leider hatte das Tempo ihres sexuellen Erwachens sich dann alles andere als gehalten. Lange, viel zu lange Zeit blieb der

Kuss vor dem Caravaggio der einzige. Bis Paolo kam. Ach, Paolo … Und dieses wunderbare Gemälde, dieses Meisterwerk menschlichen Schaffens, diese Chiffre all ihres persönlichen Erlebens und Glücks, dieser *Narziss* nun sollte eine Fälschung sein?

„Das ist doch absurd“, empörte sie sich noch einmal und schüttelte energisch den hübschen Kopf.

Ein mildes Lächeln umspielte Shepherds Mundwinkel. „Schauen Sie mich nicht so *jeannedarkisch* an, Maria. Ich habe von Ihrer geheimen Leidenschaft bereits gehört … Aber wir müssen mit dem Schlimmsten rechnen.“

Pause.

„Und natürlich geht es, wie immer, um viel Geld, Sie verstehen? Um Versicherungen, diverse Bürgschaften und leider nicht zuletzt auch um Stiftungsvermögen.“

Pause.

Aha. Maria überlegte. Was hatte der Caravaggio wohl gekostet? Drei Millionen Dollar? Sieben Millionen? Fünfzehn?

„Aber das Geld ist doch in einem Caravaggio sehr gut angelegt.“

„Nicht, wenn es sich um eine Fälschung handelt.“ Er starrt mir tatsächlich auf den Busen, dachte Maria, während sie über Shepherds Antwort nachdachte.

„Kommt drauf an“, sagte sie schließlich. Ihre Professionalität hatte sie wieder. Und sie hatte recht.

„Da haben Sie recht“, echote Shepherd Marias Gedanken. Denn natürlich kam es ganz entschieden darauf an, wer die Fälschung begangen hatte. Ein Meisterschüler des Meisters? Dann war das Bild fast so viel wert wie aus der Hand des Genies selbst. Die Qualität des Werkes sprach jedenfalls dafür. Ein Schüler, der kein Meister war? Schon schlechter. Gar ein werkstattfremder Kopist? Der größte anzunehmende Unfall das! Maria schüttelte sich. Was für eine Vorstellung. Und noch etwas ließ sie erschaudern. In ihrer kindlich-direkten Art sprach sie diesen Gedanken auch gleich aus:

„Sie glauben also allen Ernstes, Bariello hat Sie reingelegt? Betrogen? Bariello? Nun, dann ist das, Bariello hin oder her, ein Fall für die Polizei.“

„Moment, Maria, Moment! Immer langsam mit den jungen Pferden. Ich habe nicht gesagt, Bariello hat uns reingelegt. Ich habe gesagt, dass wir sehr wahrscheinlich eine Fälschung erworben haben. So etwas kommt in den besten Familien vor.“ Mit beinahe offenem Mund sah Maria zu Shepherd auf. Sie hätte nie gedacht, dass ein so gebildeter Herr wie Shepherd eine so abgedroschene Redensart wie das von den jungen Pferden benutzen würde. Das war also die berühmte Ivy League?

„Bariello hat es wahrscheinlich, ich möchte sogar sagen, sehr wahrscheinlich nicht gewusst. Und: Wir wissen es ja auch noch nicht. Nicht mit Sicherheit. Deshalb sind Sie ja hier. Sie sollen es für uns herausfinden. Sie sind die Expertin auf dem Gebiet. Wir vertrauen Ihnen zu hundert Prozent."

„Danke. Nun ja, ich soll also …?" Ja. Sie sollte.

„Lassen Sie es mich so zusammenfassen, Maria: Wir gehen davon aus, dass Bariello nicht ahnt, dass sein *Narziss* unter Umständen kein echter Caravaggio ist. So weit, so gut. Aber wenn nicht, was ist er dann? Ein hervorragendes Gemälde auf alle Fälle. Erstklassig gemacht. Und ganz sicher auch aus der Zeit. Also ein genialer Zeitgenosse Caravaggios? Ein noch völlig unbekannter Meister? Die kunsthistorische Entdeckung des Jahrhunderts? Es geht, wie gesagt, um viel Geld. Um sehr viel Geld. Aber auch um Ruhm. Ruhm, Ehre und Erfolg. Oder um grausame Niederlage und den Sturz vom Olymp. Ich brauche also Gewissheit. Diskretion und Gewissheit."

Aha. Es ging um Geld und Ehre, dachte Maria. Es ging aber auch um Shepherds Existenz. Und zwar um die fachliche, berufliche und – ganz sicher auch – die finanzielle. Ivy League, ja. Aber altes Ostküstengeld war er wohl eher nicht. *Ecco!* Sie überlegte. Der *Narziss* eine Fälschung?

„Aber ich kenne den *Narziss*; ich habe ihn so oft im

Museum besucht. Das kann keine Fälschung sein! Bariello würde nicht …"

„Was würde er nicht?"

Maria sah Shepherd an. „Der *Narziss* ist das Lieblingsgemälde meines Onkels. Es kann einfach keine Fälschung sein."

„Liebe und hochverehrte Maria, wir haben ein Problem, das wir lösen müssen. Die kleinen Schwächen Ihres Onkels interessieren mich nicht, auch wenn er ein großes Renommee in der Branche hat."

„Sie kennen ihn?"

Pause.

„Ja. Natürlich. Man kennt sich. Jetzt kenne ich ja sogar Sie. Und in der Branche sind Sie noch ein Küken. Eins mit Renommee, aber ein Küken." Das sollte gewiss charmant sein, dachte Maria.

„Aber lassen Sie uns jetzt zur Sache kommen. Ich zeige Ihnen etwas …" Auf Knopfdruck fuhren Verdunklungsjalousien vor den Fenstern herab. Ein unsichtbarer Beamer begann zu leuchten, und Richard Shepherd präsentierte ein wahres Multi-Media-Spektakel. Der *Narziss* von allen Seiten, von vorne, von hinten, von oben und von unten. Wow, dachte die junge Römerin, das nenne ich mal eine Show! In brillantesten Bildern, Schnitten und Sequenzen zeigte ein

Autorenteam, warum es sich beim *Narziss* nur um eine Fälschung handeln konnte. Die Restauratorin aber erkannte wohl, dass der aufwendige Film eines nicht erbrachte: den Beweis.

„Warum hat es vor dem Kauf kein Gutachten gegeben?", fragte sie, als die Darbietung zu Ende war.

„Das habe ich zu verantworten", sagte eine Frauenstimme. Sie schnitt durch das Dunkel des Raumes. Oh, dachte Maria unwillkürlich, die hat aber Haare auf den Zähnen. Und: Woher kenne ich sie nur, diese Stimme? Ich kenne sie.

„Ich ging tatsächlich davon aus, dass ein Gemälde wie der *Narziss* einfach keine Fälschung sein kann. Punkt. Es war meine Entscheidung, kein Gutachten zu bestellen. Doppelpunkt. Nicht wahr, Richard?" Valentina Garibaldi. Tochter der Garibaldi.

„Nun ja, Valentina, nun ja", Richard räusperte sich. „Für gewöhnlich ja, Valentina. Aber darf ich Ihnen erst einmal Maria Felicella vorstellen? Vielleicht kennen Sie sich ja? Ihre Mutter ... Nun gut. Maria unterstützt uns bei der Expertise für den *Narziss*. Valentina, Maria. Maria, Valentina. Frau Garibaldi leitet unseren Ankauf."

„Angenehm." Und: gelogen.

„Ganz meinerseits." Gleichfalls gelogen.

Es amüsierte Shepherd immer wieder aufs Neue, mit welcher Gnadenlosigkeit Frauen sich ihrer gegenseitigen Abneigungen versicherten. Da genügten zwei Sekunden für eine veritable Kriegserklärung. Frauen sind halt anders als Männer, dachte der Ivy-League-Dandy. Na, das kann ja heiter werden!

„Kennen wir uns?" Valentina. Kalt. Herablassend. Keinerlei Versuch, Form zu wahren. Keinerlei Diplomatie. Das hier war ihr Territorium.

„Ich weiß nicht, Sie sind doch nicht …" Weiter ließ Valentina Garibaldi sie nicht reden.

„Ach, das geht mir immer so. New York ist so riesig, da kann man ja nicht jeden schon mal gesehen haben. Aber sicher haben Sie meinen letzten Aufsatz in *Bomb* gelesen? Nein? Ah. Na, ist ja auch nicht wichtig."

Valentina trug rote High Heels zu einem kleinen Schwarzen, eine Perlenkette um den noch immer frischen Hals und Lippenstift in der Farbe ihrer Schuhe. Sie sah sexy aus. Sexy, gefährlich und beeindruckend. So eine richtige New Yorker Kulturschlampe, dachte Maria nicht ohne Neid. Na, und wennschon.

Jetzt kam Valentina tatsächlich auf Maria zu und Shepherd beobachtete fasziniert, wie sich bei beiden Frauen die Nackenhaare aufstellten, während Maria die angebotene Hand ergriff.

„Auf gute Zusammenarbeit." Frost.

„Danke", erwiderte Maria. Südpol.

„Dann lassen Sie uns fortfahren“, verschaffte sich Shepherd wieder Gehör. „Wir müssen schnellstens klare Verhältnisse schaffen. Unser Ruf steht auf dem Spiel.“ Und dein Job, ergänzte Maria ein wenig boshaft in Gedanken, während Valentina ungefragt ihre These von sich gab:

„Mein Tipp: viel heiße Luft. Falsche Verdächtigungen. Blinder Alarm. Einen Caravaggio kann man nicht so einfach fälschen. Der ist echt. Zweifellos. In Rom hing schließlich nicht jahrelang eine Kopie. Sagt übrigens auch meine Mutter. Sie kennen meine Mutter?“ Ohne eine Antwort abzuwarten, schwatzte Valentina weiter.

„Meine Mutter ist eine Koryphäe, wenn es um Kunst geht. Sie sagt, es ist alles gut. Die Unterlagen sind einwandfrei. Zoll und Co., alles picobello! Sie ist davon überzeugt, dass der Bengel echt ist. Aber Frau Felice, Sie kommen doch aus Rom. Haben Sie noch nichts von meiner Mutter gehört?“

„Felicella“, sagte Maria kühl, „mein Name ist Maria Felicella.“

„Sag ich doch.“ Valentina musterte Maria und sah dann zu Shepherd.

„Ich habe die *press release* fertig. Die können wir morgen herausgeben, um unseren Neuzugang zu promoten. Hast du den Entwurf schon gelesen?“, wandte sie sich an Shepherd.

„Ich dachte, es gibt eine Schweigepflicht.“ Maria. Augenaufschlag Valentina. Lippenkräuseln Shepherd.

„Ach, Unsinn, das wollte der Bariello so. Aber daran müssen wir uns nicht halten. Wir lassen uns doch nicht von den Europäern diktieren, wie wir vorgehen.“ Sie suchte in Shepherds Blick eine Zustimmung. Der aber wich ihr aus.

„Wann kann die Ankündigung raus, Richard?“ Shepherd seufzte. Frauen sind eben keine Männer. Bei Männern weiß man einfach, woran man ist. Man hat Freunde. Mit denen geht man Bier trinken oder einen Cocktail oder zum Golfen. Und man hat Feinde, derentwegen lernt man boxen. Aber Frauen? Die konnten einem derart zusetzen. Ohne je ein böses Wort gesagt zu haben. Merkwürdige Wesen. Shepherd räusperte sich.

„Vielen Dank, Valentina. Leg mir den Text doch bitte ins Fach. Ich schaue ihn mir dann sehr gerne an. Ich möchte aber jetzt doch erst einmal mit Frau Felicella über das Werk sprechen, wenn du erlaubst. Bis dahin passiert nichts.“ Er lächelte. Maria lächelte. Valentina lächelte.

„Gut, gut. Wie du meinst, Richard. Du bist hier der Boss. Ich melde mich dann nachher bei dir. Wenn du mich entschuldigst? Ich habe ja diesen Termin. Du weißt schon, den ...“ Nein. Shepherd verbündete sich definitiv nicht so demonstrativ mit Valentina, wie diese es sich vielleicht erhofft hatte, stellte Maria mit Genugtuung fest. Man würde hier also trotz dieser impertinenten Person arbeiten können. Immerhin. Shepherd stieg deutlich in ihrer Achtung.

Valentina blickte auf ihre kleine goldene *Nautilus* von Patek Philippe. Und ließ nicht locker. „Ich denke, gegen sechs sollten wir spätestens damit raus." Null Reaktion. Schweigen. Valentina blickte ihren Chef unumwunden an. Nein, sie blickte ihn nicht an. Sie starrte. Sie hypnotisierte. Vergeblich.

„Bis später", sagte Richard Shepherd schließlich mit einem gewinnenden Harvard-Lächeln. Valentina legte den Kopf schief, was wohl „Wie Sie meinen" heißen sollte. Shepherd wartete, bis die junge Garibaldi den Raum verlassen hatte.

„Frau Garibaldi hat den Kauf zu verantworten."

„Aha."

„Intern. Versteht sich. Nach außen trage immer ich die Verantwortung. Nun, Chef sein ist nicht immer leicht." Für einen Augenblick sah sich Maria in eine Seifenoper versetzt. Shepherd schien doch tatsächlich Mitleid von ihr zu erwarten. Der Arme. Er hatte es ja auch so sehr schwer. Ein Penthouse in Manhattan, ein Häuschen in den Hamptons, ein schlappes Milliönchen Jahresgehalt. Nur zu dumm, dass mit dem ganzen schönen Luxus manchmal auch ein wenig Verantwortung einherging.

„Sie lassen sich aber davon bitte nicht stören. Ich möchte Ihre Meinung hören. Die beiden Garibaldis, so anerkannt sie auch sein mögen, sind nicht, wie soll ich sagen … nun: objektiv. Sie konzentrieren sich da ganz auf Ihre Arbeit. Aber das machen Sie ja ohnehin."

„Ganz recht, Richard, ganz recht." So schüchtern Maria auch Männern gegenüber war, so selbstbewusst konnte sie sich behaupten, wenn es um ihre Arbeit ging. Und diejenigen, die unberechtigterweise ihre Fähigkeiten in Frage stellten, konnten sich in der Regel warm anziehen.

„Wo waren wir stehengeblieben?" Mit einer herrlich weltläufigen Geste fasste sich Shepherd ans Kinn und sah so wunderbar ratlos auf die attraktive Italienerin herab. Gute Kurven, mochte er sich gedacht haben. Maria kannte diesen Blick bei den Männern. Er ließ sie kalt.

„Sie hatten mir eben erzählt, wie Bariello bei Ihnen angerufen hat, um sein Tafelsilber anzupreisen."

„Ach so, richtig. Nun ja, warum auch nicht. Ich bin ein gütiger Mensch. Ich helfe, wenn ich kann. Das ist doch selbstverständlich. Sein Museum war in Gefahr. Und wenn ein kleiner Vorteil für mein eigenes kleines Museum dabei herausspringt, dann helfe ich doch gleich noch mal so gerne. Ich schätze ihn sehr, den Signor Bariello. Und natürlich ist auch er bestürzt über diese Wendung."

„Sie haben ihm gesagt, dass …" Mit großen Augen sah Maria zu Shepherd auf. Der lächelte wieder nur sein Gentleman-Lächeln.

„Aber, aber, Maria. Angedeutet habe ich es. Schließlich wissen wir ja noch nichts. Er hält es für ausgeschlossen, dass bei ihm eine Kopie hing!" Ah. Jetzt stutzte Maria. Das Gespräch nahm plötzlich eine sehr interessante Wendung.

„Wieso glauben Sie, der *Narziss* könnte eine Kopie sein?"

„Interessant, dass Sie fragen, Maria. Im Gegensatz zu Valentina. Valentina hat nicht einmal nachgefragt, warum ich diese Vermutung habe."

„Und? Warum haben Sie diese Vermutung, Richard?"

„Intuition. Reine Intuition."

„Ist das Ihr Ernst?"

„Mein voller Ernst! Und wissen Sie, was wären wir denn in unserem Beruf ohne dieses, nun: Bauchgefühl. Nicht wahr?"

„Sicher."

„Nun, mein Gefühl sagt mir, hier stimmt etwas nicht. Deswegen freue ich mich, dass Sie nun da sind."

„Dann gibt es bis jetzt noch kein Gutachten?"

„Nein."

„Kein einziges?"

„Nein."

„Nicht das winzigste, klitzekleinste Gutachten …?“

„Nein.“

„Aber eine Expertise ist für die Versicherung vorgeschrieben.“

„Vorschriften! Papiere! Geht es bei Ihnen in Italien nur nach Anweisung?“ Nun, nein.

„Was ich denke, tut doch nichts zur Sache. Aber was ist mit den Versicherungen?“ Maria wusste eigentlich selbst nicht so genau, warum sie auf diesen Formalitäten so herumritt. Das alles war doch nicht ihre Sache.

„Auch deswegen sollten wir rasch zu einem wasserdichten Ergebnis kommen.“ Für einen Augenblick verging Shepherd sein überlegenes Lächeln. Aha, dachte Maria. Die Versicherungen. Sie saßen dem Herrn Direktor also im Nacken.

Shepherd nickte, als ob er Marias Gedanken gelesen hätte, und zog aus der Innentasche seines Sakkos eine Plastikkarte.

„Hier ist die Zugangsberechtigung für dieses Heiligtum. Und hier drüben“, er zeigte auf eine eigentümlich leere Wand, „ist der Altarraum ihrer neuen Kapelle. Legen Sie doch bitte Ihre Karte auf das Lesegerät am Tisch.“

Maria zog den Ausweis über die kleine Fläche. Mit einem Summen schob sich die Wand beiseite und gab den Blick frei in einen weiteren Raum. In dessen Mitte thronte auf einer futuristisch anmutenden Anlage – der Caravaggio. Beide näherten sich der vor einigen Jahrhunderten mit Ölfarbe behandelten Leinwand.

„Der Caravaggio." Shepherd. Besitzerstolz. Trotz allem.

„Und Sie glauben, das hier, dieses atemberaubende Werk, ist eine Kopie?"

„Voilà", deutete Shepherd, ohne auf ihre Frage einzugehen, mit einer formvollendeten Geste auf das Bild.

„Ja. Ich sehe es." Maria trat jetzt ganz nah an ihr Lieblingskunstwerk heran.

„Das ist das Corpus Delicti, Ihr neues Aufgabengebiet. Verzeihen Sie, dass ich Sie wegen der Da-Vinci-Skizzen hergelockt habe. Die dürfen Sie natürlich auch gerne untersuchen. Aber dies hier ist ganz bestimmt spannender. Und: Ich konnte den Job ja schlecht an die große Glocke hängen."

„Die Da-Vincis sind wirklich wichtig, ich muss diese Studien vorantreiben, damit ..."

„Versprochen ist versprochen. Aber bitte kümmern Sie sich erst um den Caravaggio. Ich stelle Ihnen alles zur Verfügung, was Sie brauchen. Alles. Ihre Arbeit hat allerhöchste Priorität. Forschen Sie, untersuchen Sie, fliegen Sie meinetwegen auch wieder nach Rom zurück, wenn es denn hilft. Nur am Ende muss ich Gewissheit haben."

„Ich soll nach Europa zurückkehren?" Große Augen. Hübscher, wenn auch offener Mund. Schmollmund.

„Ja doch, natürlich. Machen Sie sich kundig, machen Sie sich mit der Angelegenheit vertraut. Vielleicht haben wir ja alle Glück, und wir haben uns geirrt und das hier ist eine sehr gute Kopie direkt aus der Schule des Caravaggio, ebenso alt, ebenso wertvoll. Oder wir haben sogar das Original hier, ohne es zu ahnen. Ich würde es mir wünschen, aber dann möchte ich es aus Ihrem Mund erfahren und von Ihnen bestätigt haben. Sie sind die Expertin. Legen Sie los. Oder haben Sie noch Fragen?"

„Nehmen Sie mir das nicht übel, aber haben Sie schon mal das Wort *bitte* gehört?"

Pause.

Einen gefühlt endlos langen Augenblick sahen sich die beiden so unterschiedlichen Menschen, Frau, Mann, Europäerin, Amerikaner, Katholikin, Pietist, Expertin, Experte, schweigend an. So, dachte sich Maria, jetzt messen wir also unsere Kräfte. Wie zwei röhrende Hirsche auf einer Lichtung im Schwarzwald. Oder zwei Löwen in der Wüste Kalahari.

Männlich. Unvermeidlich. Albern. Schließlich lächelte Shepherd. War auch ihm, obwohl Mann, Hetero-Mann wohlgemerkt, die Absurdität der Situation bewusst geworden?

„Entschuldigen Sie, ich war wohl mal wieder zu vereinnahmend. Zu besitzergreifend. Meine Frau kritisiert mich diesbezüglich auch ständig. Nun, Maria, ich bitte Sie um diese Gefälligkeit. Die allerdings keine ist. Wir bezahlen ganz ordentlich.“ Maria schnitt ihre „Geld-interessiert-mich-nicht-Grimasse“ und verkniff sich ein Lächeln. Sie hatte das kleine Spielchen gewonnen, immerhin, war aber schlau genug, es nicht zu zeigen.

„Ich tue es auch für meinen Onkel“, ergänzte sie trotzig. „Stellen Sie sich einmal vor, er erfährt, dass sein Lieblingsgemälde nur eine Kopie ist.“

„Unterstehen Sie sich, mit ihm darüber zu reden!“, rief Shepherd beinahe erschrocken aus. Er schwieg einen Moment und sagte dann: „Äh, bitte!“

Aha, dachte Maria, geht doch. Und: Da kommt sicher noch etwas nach. Der Knabe hier war als harter Hund bekannt. Vor dem zitterten angeblich sogar die Chinesen. Was also hatte Shepherd wirklich mit ihr vor? Die Gedanken in ihrem Kopf kreisten. Nun gut. Sie würde sehen. Und inzwischen würde sie dafür sorgen, dass Shepherd in ihrer Schuld stand. *Ecco!* – eine Hand wusch die andere.

„Frau Felicella? Maria? Sind Sie noch bei mir?“

„Ja, natürlich, entschuldigen Sie, Richard, natürlich. Ich werde alles mit größter Diskretion handhaben. Sie wissen ja, wir Italienerinnen, und die aus Rom ganz besonders, sind weltweit für ihre Diskretion bekannt …“ Shepherd lächelte etwas gequält und nickte. Sie ging ihm, bemerkte sie mit einem leichten Anflug von Triumph, bereits jetzt schon auf die Nerven. Und das gab ihr dieses unglaublich gute Gefühl. So unglaublich gut, wie sie es das letzte Mal 2008 bei Paolo gehabt … Stopp! Falsche Richtung, liebe Gedanken, ganz falsche Richtung. Stopp und nochmals von vorne … gab ihr dieses unglaublich gute Gefühl, weil sie spürte, wie sich die Tür zur *Mona Lisa* und somit zur Rettung der Ehre Italiens wieder öffnete. Uff! Richtige Abzweigung. Sie würde heute Abend nicht in der Hotelbar versumpfen, an dieses feige Schwein von Paolo denken müssen und betrunken, verzweifelt und alleine unter eine amerikanische Bettdecke kriechen müssen. Zufrieden dachte sie, so einfach wie Rocca oder Bariello gab sie nicht auf. Sie nicht. Sie war ja schließlich kein Mann.

Das Atelier erstreckte sich über, nun ja, etwa so und so viel Meter. Im Schätzen und mit Zahlen war sie ganz schlecht. Auf der rechten Längsseite blickte sie durch eine Glasfront auf den Central Park. Wunderschön. Privilegiert. An drei Arbeitsinseln bot es Maria jede nur erdenkliche Gerätschaft für ihre Arbeit. Diese Amerikaner hatten echt einen Knall, dachte sie anerkennend. Materialschlacht. Immer nur Materialschlacht. Das konnten sie. Ja, so hatten sie Sizilien befreit. Hatte Nonno immer erzählt. Trotzdem. Mit Kunst jedenfalls ging man so nicht um. Als könnten Scanner, Mikroskope oder Computer, so zahlreich wie Sternschnuppen im August, gesunden Menschenverstand, Fingerspitzengefühl und vor allem den richtigen Riecher bei ihrer so sensiblen Arbeit auch nur im Entferntesten ersetzen. Sie trat näher und beugte sich über das vermeintliche Meisterwerk. Ihr *Narziss*. Betäubt, entseelt, angeschnallt. Ein sediertes Etwas, seiner Aura, seiner Würde, seiner Strahlkraft beraubt. Bereit, sich unter Skalpell, Rasierklinge, Messer zu begeben. Nein, ihr Lieben. So ging das entschieden gar nicht.

„Nun gut. Sie möge beginnen, die Suche nach der Wahrheit.“ Leises Selbstgespräch, wie sie es bei der Arbeit oft zu führen pflegte.

Aufmerksam sah sie den Jungen an, ließ ihren wissenden, suchenden, eigentlich aber liebenden Blick über die Leinwand gleiten, als würde sie dieses Abbild ewiger Jugend, ewiger Verdammnis nicht schon eine halbe Ewigkeit kennen.

„Schritt eins: Was sehen wir? Einen Jungen aus der

griechischen Mythologie. Er schaut aufs Wasser. Tragisch: Er ist in sein Spiegelbild verliebt, weil er eine Nymphe verschmäht hatte." Welch eine Strafe, dachte Maria und musste gähnen. Paolo hatte sie ebenfalls verschmäht, vögelte sich aber munter durch die römische Society, was sie so hörte. Nun, sie war ja leider auch keine Nymphe. Eher schon ein kleines Walrösschen. Hüften, Beine, Po, alles wenig nymphenhaft geraten. Wenig Caravaggio. Eher Rubens. Sie gähnte noch einmal. Die Zeitverschiebung machte ihr zu schaffen. Dann murmelte sie leise: „Elendig geht der junge Mann an seiner Sehnsucht zugrunde und die Götter verwandeln ihn in eine Narzisse. Warum eigentlich eine Narzisse?"

Die Tür surrte. In welche Blume würde sie Paolo verwandeln, wenn sie könnte? Hm. Ja. Ja genau. In eine Morchel. Aber war eine Morchel eine Blume? Nein. Eben! Richard Shepherd kam herein. „Frau Felicella, liebe Maria. Ich sagte zwar, dass es wichtig ist, aber morgen ist auch noch ein Tag. Jetzt kommen Sie doch erst mal an. Fahren Sie ins Hotel, packen in Ruhe Ihren Koffer aus, nehmen ein heißes Bad und schlafen ein bisschen. Ich habe uns heute Abend einen Tisch im *Scarpetta* reserviert. Da können wir dann gemütlich zusammensitzen und ich erzähle Ihnen etwas über die Da-Vinci-Skizzen."

Etwas verwirrt sah Maria von ihrem Liebling auf.

„Wie nett von Ihnen, Richard. Sie haben recht. Ich bin müde. Und Hunger werde ich heute Abend sicher auch haben."

„Wunderbar. Ich sage meinem Fahrer Bescheid. Der fährt Sie ins Hotel und holt Sie pünktlich um sechs wieder ab. Wir treffen uns dann im Restaurant an der Bar. Sie wissen ja, in New York wird man *geseated. A presto.*"

Paris, Place du Carrousel, Rue de Rivoli

Flavio Malandrolo schlenderte unter den Arkaden der nach wie vor imposant und repräsentativ wirkenden Rue de Rivoli entlang. Obwohl er nicht zum Spaß in Paris war, genoss er ein wenig das Flair der Stadt. Und ja. Zum ersten Mal seit er aus Rom angekommen war, hatte er gute Laune. Denn endlich konnte er zeigen, was in ihm steckte. Kein geschichtliches oder kunsthistorisches Wissen, versteht sich. Dass die Rue de Rivoli von Napoleon Bonaparte höchstpersönlich geplant und deren Bau angeordnet worden war, wusste Flavio ebenso wenig, wie dass es sich mit der großen Straße um den ersten der berühmten Haussmann-Boulevards handelte. Aber er konnte zeigen, dass er ein ganzer Kerl war und man sich auf ihn verlassen konnte. Nägel mit Köpfen. Kein Gefackel. Drauf und Schluss.

Er setzte sich an eines der kleinen, runden, messingumrandeten Tischchen des Café Rivoli Park und bestellte Pernod. Um acht Uhr fünfunddreißig. Morgens. Der Kellner zuckte nicht mit der Wimper. Ganz klar kam das Getränk, dazu eiskaltes Wasser in einer kleinen, vor Kälte schwitzenden Karaffe. Ah. Der erste Schluck unverdünnt, pur. Das tat gut. Dann Wasser nachgegossen. Klar zu Milch und dieser unnachahmliche Anisgeschmack. Lakritzschnecken. Kindheit.

So. Mal überlegen. Was bisher geschah: „Die *Mona Lisa* kommt nicht nach Italien. So weit, so gut. Aber so soll es nicht bleiben. Ich, Flavio Malandrolo, muss und werde also dafür sorgen, dass sich das ändert. Und wen darf ich dafür etwas bearbeiten? Henry Nemours. Der soll seine Meinung ändern. Hm."

Flavio nahm ein weiteres Schlückchen Pernod, genau im richtigen Verhältnis mit Wasser angereichert. Dann führte er sein Selbstgespräch fort.

„Ich habe genau zwei Angriffspunkte ausgemacht: der eine ist Paul, Nemours' zukünftiger Schwager. Was weiß ich über den? Später. Der andere ist Gustave Dupont. Über den weiß ich einiges. Und welcher jetzt?" Her, hin, hin, her, dazwischen immer wieder kleine Pernodschlückchen. Er entschied sich für Dupont. Was wusste Flavio über Dupont? So einiges. Etwa: Dupont arbeitete als Hausmeister im Louvre. Quatsch. Doch nicht als Hausmeister! Dupont war Security-Manager und damit für die Sicherheit sämtlicher Kunstwerke verantwortlich. Eigentlich ein verdammt cooler Job. Und daher verwunderlich, dass Dupont so gar kein Selbstbewusstsein hatte. Was aber noch viel wichtiger war, Gustave Dupont galt als enger Vertrauter von Nemours.

„Wenn ich mir den vornehme, ergibt sich der Rest." Jetzt blitzte die Sonne hinter den Dächern von Paris hervor. Und strahlte genau über Flavios Tischchen auf dem Gehweg. Er setzte seine Sonnenbrille auf und trank den letzten Schluck Pernod. Ja, das war's. Nicht nur die Sonne hatte geblitzt. Auch Flavios einzigartiges Hirn. Er griff nach seinem Mobiltelefon und wählte eine Nummer. Er führte ein kurzes, sehr liebenswürdiges Gespräch. Ja. Das könnte klappen, dachte er, als er aufgelegt hatte. Ein verwegener Plan. Er würde ihn umsetzen:

„Auf in den Louvre."

Ah. Da war er ja auch schon. Der Louvre.

Bestens gelaunt und begleitet von einer leichten Pastisfahne ignorierte Flavio die lange Schlange unterschiedlichster Menschen, große, kleine, dicke, dünne, rothaarige, vertrauenswürdige, zwielichtige, plappernde, schmollende. Paare, Pärchen, liebende, verliebte, treue, ehebrechende, händchenhaltende, langweilige, streitende, alberne, geheimnisvolle. Sie alle warteten in der langen Schlange vor dem wohl bekanntesten Museumseingang der Welt. Von überall her strömten die Menschen herbei, um so berühmte Kunstwerke zu betrachten wie etwa: die *Mona Lisa*. Sie kamen aus Argentinien, aus Österreich, dem Iran, aus Australien, Norwegen, England und Italien. Aus Burkina Faso, aus Lummerland, Luxemburg, Irland, dem Kongo oder aus China. Amerikaner. Wikinger, Weltenbummler, Bildungsreisende. Traumreisende. Doch Flavio waren sie alle gleichermaßen egal. Denn jenseits der Besucherschlangen, direkt an der Glasschräge der Pyramide neben dem Eingang, stand Gustave. Gustave Dupont, der dort schon mit allen Anzeichen kontrollierter Ungeduld auf ihn wartete. Ein weiches, weibliches Strahlen ging über Gustaves Antlitz, als er Flavio an der ergeben wartenden Menschenmenge vorbei auf sich zukommen sah. Was für ein Mann, dachte Gustave. Was für eine Selbstsicherheit.

„Flavio. Ich freue mich. Komm, wir gehen gleich rein." Gustave bat einen Kollegen, die Absperrung zu öffnen, die für das Personal bestimmt war. Niemand murrte. Auch der Kollege nicht.

Flavio staunte und zeigte dies auch.

„Ich dachte, bei euch im Louvre ginge es sicherheitstechnisch zu wie in St. Quentin. Und jetzt das! ‚Mach' mal bitte auf', und zack, bin ich drin? Einfach so? Ohne Dokumentation? Ohne Fingerprint, Bodyscan, Unterschrift?"

Gustave lächelte bescheiden, doch der Glanz in seinen Augen und die feinen Schweißperlen an der Oberlippe verrieten, dass Flavio richtig angesetzt hatte. Gustave genoss.

„Man muss halt die Richtigen kennen, mein Guter", ließ sich Gustave deutlich geschmeichelt vernehmen. Und schlug dann noch das allzu erwartbare Scherzchen, ob er, Flavio, sich denn in Sachen Sicherheitstechnik von St. Quentin, immerhin eines der berüchtigtsten Hochsicherheitsgefängnisse der Staaten, auskenne?

„Hahaha …" Augenzwinkern, Augenzwinkern. Und ein erfreulicher kleiner Stoß in die Rippen. Wow, dachte Gustave erfreut, ein Anfang. Ein guter Anfang.

„Na ja. So gut kennen wir uns ja nun auch noch nicht", plauderte Flavio.

„Noch nicht, hahaha, was nicht ist, kann ja noch werden, hahaha … Aber natürlich hast du recht, mein Lieber, man sollte niemandem trauen, nicht wahr, Flavio? Wer weiß, wozu du Schlingel noch fähig bist, hahaha …“

„Oh ja, Gustave, nimm dich in Acht. Ich bin ein ganz Schlimmer …“

„Hihihi. Ach wirklich? Allerhand …“ Gustave, sichtbar vergnügt.

Flavio blickte jetzt geradeaus, den langen Gang entlang, der vor ihnen lag. Kaum zu glauben, dachte er, aber der schnappte ja wirklich nach allem. Und er beobachtete halb verwundert, halb erschüttert, mit welch freudiger Erregung Gustave sein harmloses Flirtangebot aufnahm und ausbaute. Und wie dieses kleine Wortgeplänkel ein Strahlen in dessen Gesicht zauberte. Ein Gesicht, in das Flavio allein schon dieses Strahlens wegen gerne hineingeschlagen hätte.

Sie gingen also eine schier endlose Anzahl von Fluren entlang und stiegen, stets abseits der eigentlichen Ausstellungen, Treppen hinauf und Treppen hinab.

Flavio hatte Gustave bei einem Rundgang durch den Louvre zufällig entdeckt. Und unter anderen Umständen, weniger Gier, weniger kriminelle Energie, weniger Gewaltbereitschaft, hätte aus dieser Begegnung etwas Besonderes werden können. Denn Flavio hatte, und zunächst konnte er es selbst nicht fassen, tatsächlich vor sich selbst gestanden. Dieser Mensch da drüben neben der *Tourist Information* besaß wirklich dieselbe Visage wie er. Und nicht nur das. Die Statur, die Art, sich zu bewegen, den Kopf zu wenden, mit Leuten zu sprechen, alles er. Dazu die, sagen wir es doch, wie es war: Glatze. Das glanzlose Outfit der vom Leben zu wenig Beachteten. Ja, sie hätten Zwillingsbrüder sein können, so ähnlich sahen sie sich. Und ja, als Flavio sein Alter Ego zum allerersten Mal gesehen hatte, war sein Impuls ganz naiv: Ich geh da rüber, Mann, was für ein Ding! Doch bereits da erwachte der Verbrecher in ihm.

„Stopp“, rief etwas in ihm. Nur nicht so hastig. So etwas Ungewöhnliches war doch ein Geschenk, aus dem sich sicher etwas drehen lassen würde.

Und so entstand der Plan. Weil auch das Eis zwischen dem „Wachmann“ – der sich dann schicksalhafterweise auch noch als Sicherheitschef des ganzen Museums entpuppte – und dem Besucher – der sich zunächst nicht als das entpuppte, was er war, nämlich ein verdammtes, kriminelles Element – innerhalb weniger Minuten gebrochen war. Schrecksekunde, große Augen, offener Mund, ein irritiertes, ins Verlegene wechselnde Lächeln, schließlich ein befreiendes „Hallo“, Händeschütteln, Duzen. Und, nun ja, es gab wohl Menschen, die sich misstrauten, wenn sie sich selbst plötzlich gegenüberstanden, und Menschen, denen das eigene Antlitz Vertrauen einflößte. Flavio gehörte zur ersten, Gustave zur zweiten Sorte. Und auf Gustave kam es an.

Man unterhielt sich also. Zunächst von Fremdem zu Fremdem. Dann von Mann zu Mann. Gustave treuherzig und offen. Sehr offen für einen professionellen Security-Mann, fand Flavio. Und beobachtete, während er plauderte, sein Gegenüber mit dem Instinkt eines Killers. Samson war besiegbar, Herkules, Goliath, Siegfried. Es kam nur darauf an, die verwundbare Stelle zu entdecken. Das goldene Haar, die Ferse, das Blatt auf der Schulter des Recken. Jeder hatte sie, seine ganz persönliche offene Flanke. Es dauerte eigentlich nur wenige Augenblicke, bis Flavio, der alte Gangster, Gustaves Achillesferse sah. Und das geschah genau in dem Moment, als das Männergespräch in Schäkern, in Flirten, in eine Unterhaltung auf mindestens zwei, wenn nicht mehr Ebenen überging. Man trennte sich mit einer Verabredung. Zum Kaffee. Ganz klassisch.

„Was für ein Glück wir beide doch haben, plötzlich den einen Menschen zu treffen, nach dem man sich sein Leben lang gesehnt hat." Gustave schwärmte. Flavio lächelte. Am kommenden Tag also ein Date im Louvre, warum nicht?

„Ich zeig dir alles, mein lieber Flavio, alles. Und danach trinken wir bei mir zu Hause noch ein Gläschen, in Ordnung? Ich habe einen wunderbaren

Saint-Emilion zu Hause, einen 94er Grand Cru Classé. Das Beste vom Besten, mein Lieber."

In Ordnung. Dass Gustave andere Absichten als reine Freundschaft hegte, merkte Flavio sehr wohl. Dass es umgekehrt bei Flavio ebenso war, bemerkte Gustave allerdings nicht.

Für ein paar Schritte die stiller und stiller werdenden Gänge des Museums entlang hingen beide Männer ihren ganz privaten Träumen nach. Und die hatten so gar nichts Übereinstimmendes. Schließlich stoppten sie vor einer Tür.

Interdit. No entrance. Eintritt streng verboten. Stolz sah Gustave seinem Ebenbild in die gleichfarbigen Augen, stolz und glücklich lächelnd. Flavio unterdrückte mit Mühe den Faustschlag, lächelte aber scheinbar ebenso berührt.

„Hier schlägt es, das Herz des Louvre", prahlte Gustave. „Du wirst es sehen. Aber ..." Er stockte erschrocken.

„Was aber?" Verfluchter Hurensohn, du wirst doch jetzt keinen Rückzieher machen?

„Mein bester, teuerster Freund. Hinter dieser Tür liegt der absolute Sicherheitsbereich. Das ist wie Élysée und Force de frappe zusammen. Du darfst niemandem jemals davon erzählen, dass du hier drinnen warst. Kreuzritterehrenwort?"

„Bitte was? Ach so, ja. Na klar. Kreuzdingsbumsehrenwort."

„Bei der Jungfrau Maria und allen Heiligen?"

„Bei allen Jungfrauen und sogar beim Leben der hochheiligen Santa Eulalia …" Flavio wurde bleich. Er war zwar ein Verbrecher und Krimineller, aber mit der Jungfrau Maria spaßte man nicht. Verdammter Hurensohn. Jetzt brachte ihn dieser Käse doch noch aus der Fassung.

„Und bei allem, was du sonst noch willst, Gustave, was soll der Zinnober? Vertraust du mir, ja oder nein?" Zur Sicherheit hatte Flavio aber doch die Finger der rechten Hand in der Hosentasche gekreuzt. Und da er sich sicher war, dass es diese Eulalia überhaupt nicht gab, war er schon fast wieder ruhig.

Gustave schwebte zwar auf Wolke sieben. Dass sein neuer Freund ganz blass geworden war, hatte er dennoch bemerkt. Eine ehrliche Haut, dachte er bei sich, dem die Heiligen noch etwas bedeuteten. Ja, Flavio war ein Kerl, dem man vertrauen konnte. Dessen war er sich jetzt ganz sicher.

Mit wichtiger Miene trat Gustave an die Tür, zog eine Magnetkarte hervor, hielt sie lächelnd in die Höhe, zog sie durch ein Lesegerät, steckte sie selbstgefällig wieder weg, tippte, nachdem ein kleines rotes Pünktchen auf Grün umgeschaltet hatte, einen sechsstelligen Code in eine Tastatur, legte den rechten Daumen auf eine bläulich schimmernde Leuchtfläche unterhalb der Tastatur und „summmm", öffnete sich die von außen unscheinbare, im Öffnen aber beeindruckend dicke Stahltür. Mit einer galanten Verbeugung ließ Gustave seinem neuen Freund den Vortritt.

„Wow", gab Flavio von sich. Er war ehrlich beeindruckt. Das war James Bond und Geheimagent Maxwell Smart in einem.

„Die französischen Atomwaffen sind nicht besser geschützt, mein Bester."

„Was du nicht sagst!"

„Ja, wirklich. Vergleichbares System. Andere Kombinationen, natürlich, aber vergleichbares System. Derselbe Anbieter. Aus Deutschland, versteht sich."

„Was du nicht sagst. Habt ihr da nichts Eigenes?"

„Äh. Nein."

„Okay. Nicht weiter schlimm." Lächeln hier. Lächeln dort. Flirtmodus eben.

„Jetzt komm erst mal mit. Die Tür hier ist doch nur der Anfang. Gleich kommt das Herzstück der französischen Staatssicherheit. Du wirst staunen."

„Nun, Gustave. Du bist hier der Experte. Aber würde es nicht viel mehr Sinn machen, die Gemälde zu sichern, als diejenigen, die sie bewachen?"

Gustave kicherte. Dann mit erhobenem Zeigefinger: „Der Angriff kommt immer über die Flanken", erklärte der Sicherheitsmann.

„Aha."

„Es gab keinen Kunstraub, in dem nicht zuvor die Sicherheit ausgetrickst wurde. Kann man uns nicht ausschalten, kann man es drüben an den Wänden gleich vergessen. Wir sehen alles. Wir hören alles. Wir fühlen alles. Nichts entgeht uns. Wir wissen, wer sich heute in unseren Sälen verlieben, wer abends betrogen wird, welche Beziehungen noch vor Ablauf des Monats geschieden werden. Wir erkennen die kleinsten Anzeichen krimineller Energie. Wir erkennen das Böse meist, bevor es sich selbst erkennt. Kurz: Wir sind großartig.

Plötzliche Stille.

Schrecksekunde.

Einen tödlich kurzen Augenblick starrte Gustave seinem Spiegelbild in die Augen. Schon wollte ein Reflex, eine Handlung in Flavios Amygdala entstehen. Faust. Schlag. So etwas in der Art. Hatte der Dummkopf ihn etwa durchschaut? War das eine Falle hier? Aber Gustave war nun einmal verliebt in sich selbst. Er lächelte. Den Bruchteil einer Sekunde zu – früh.

„Du Hund", rief Flavio erleichtert und buffte Gustave ordentlich gegen das Brustbein.

„Au! Das tut ja richtig weh!"

„Und das ist noch gar nichts, warte nur ab, kleiner Gustave …!“ Flavio setzte seine Verbrechervisage auf. Sie war nicht die Maske, für die sein Gegenüber sie hielt.

„Oh-hohoho-hooo … Da kriege ich ja ganz schlimme Angst, du böser Bube …!“ Gustave schien entzückt. Flavio jetzt jedoch auf der Hut. Man sollte den Bogen nicht überspannen. So blöde konnte selbst Gustave nicht sein. Immerhin war er Chef der Sicherheit in einem der berühmtesten Museen der Welt.

„Aber mal im Ernst. Was, wenn doch?“ Flavio.

„Dann kommt der Schlingel maximal bis zum übernächsten Raum. Danach ist aus die Maus. Das System aktiviert selbstständig die Schleusen. Gitter sausen herunter, Alarm bei den Sicherheitskräften, bei der französischen Armee, und der Drops ist gelutscht.“

„Was? Bei der Armee?“

„Scherz, mein Guter, Scherz. Aber hauseigene Sicherheitskräfte haben wir natürlich. Die sitzen …“

„Wie viel Zeit hat man, um einen Fehlalarm aufzuheben?“

„Dreißig Sekunden. Wir könnten alles noch schneller sichern, und wenn es nach den Versicherungen ginge, müssten wir das auch, aber dann haben wir mit dem Publikum nur unnötigen Ärger. Stell dir mal vor, so ein Gitter jagt runter, nur weil ein paar kurzsichtige Deutsche mal wieder alles ganz genau wissen wollen …“

„Deutsche?“

„Na ja, Flavio, ich sag halt ‚Deutsche‘, weil über die jeder ungestraft lästern darf. Ist sozusagen der Historie geschuldet. Machen aber alle anderen genauso. Meistens sind es eher die Japaner … Jetzt komm. Wir betreten das Allerheiligste, die Kommandozentrale!“

„Wow!“, machte Flavio erneut, und wieder war er wirklich beeindruckt. An den Wänden Bildschirme über, neben, untereinander. Davor Tastaturen, Joysticks, Mischpulte, Lampen, Lämpchen, Thermoskannen, Bilder von Freundinnen, Ehefrauen, Kindern, Hunden oder Katzen. Tassen voll, halb voll oder fast leer mit schwarzem oder milchigem Kaffee, Tellerchen mit Resten von Baguettes mit Thunfisch oder Käse, Getränkedosen, Zigarettenschachteln, Kulis, Krimskrams, schlechte Luft … Und zu Flavios großer Enttäuschung etwa zwanzig Männer und Frauen in Phantasieuniform. Flavio wunderte sich ein wenig, wie häuslich sich hier alle eingerichtet hatten. Ein krasser Kontrast zur ganzen Hightechkulisse.

„Leute unserer Sicherheitsfirma. Ist nicht wirklich kostengünstiger als Beamte, aber dafür verdient, du-weißt-schon-wer, noch ein kleines bisschen mit. Sein Schwager ist Inhaber der Firma. So läuft das halt“, erklärte Gustave, der Flavio keine Sekunde aus den

Augen ließ und jedem seiner Blicke so begierig folgte, wie er sie fehlinterpretierte.

„Jedem das Seine“, beliebte Flavio elegant zu scherzen, und Neid läge ihm nicht. Wer „du-weißt-schon-wer“ war? Er hatte keinen Schimmer. Außerdem widmete er sich jetzt dem Geschehen in der Technik. Die Monitorbilder waren ständig in Bewegung, die Kameras schwenkten und fokussierten Besucher wie auch Gemälde. Niemand achtete auf das ungleich gleiche Paar.

„Euch bleibt nichts verborgen“, raunte Flavio, nachdem er eine Weile stumm zugesehen hatte, wie die Kamera ein Mädchen verfolgte, das seinen Kaugummi loswerden wollte. Wann immer sie sich unbeobachtet wähnte und gerade ansetzte, das klebrige Teil an einen Stuhl oder einen Aufsteller zu heften, sagten die Kollegen im Kontrollraum dem nächsten Wärter Bescheid, der das Kind warnend ansah. Dann einer gutbestückten jungen Dame, die zeigte, was sie hatte. Aha, dachte Flavio. Er sah Gustave von der Seite an. Aber der hatte nur Augen für Flavio. Etwas anderes sah der gar nicht. Und schon gar keinen weiblichen Ausschnitt.

„Es ist deine Truman-Show mit einer Regiezentrale fernab der Welt, deren Meisteraufsehern nichts entgeht.“

„Wir sehen alles; jedes Staubkorn in jeder Ecke des Louvre. Sofern es sich bewegt. Denn unsere Kameras reagieren auf Bewegung, musst du wissen. Wir nennen das ‚tracking'."

„Aha."

Flavio spürte Gustaves Stolz und wusste, dass es dem um weitaus mehr ging, als vor einem Bekannten Eindruck zu schinden. Für Gustave ging es ums Ganze. Oder zumindest um das Ende einer langen, langen Pechsträhne. Er wollte. Er musste. Und setzte deshalb alles aufs Spiel. Seine Würde, seinen Job, ja die Sicherheit des wichtigsten Museums Frankreichs, vielleicht der Welt.

„Und was machen wir beiden Hübschen jetzt?" Gustave lächelte linkisch. Mein Gott, dachte Flavio wütend. Wie kann man nur so blöd sein? Wie kann man nur so dummes Zeug reden? Er kam sich vor wie in einer Satire, wie in einem schlechten Film. Doch er riss sich zusammen.

„Ich würde gern mal SIE sehen."

„Wie bitte? Was? Sie? Wen meinst du?" Gustave. Erschrocken. Enttäuscht.

„Na die schönste Frau der Welt, mein Guter. Die Mona Lisa."

„Hihi, ach so, haha … ich dachte schon … na klar … Kannst du haben. Jérôme, bitte, wären Sie so nett und gingen auf die 380?"

„*Pas de problème*, Chef." Jérôme tippte, ohne auch nur für einen Lidschlag vom Bildschirm aufzusehen, auf ein Touchpad und zeigte mit dem Kopf auf seinen Monitor.

„*Voilà*, Chef. Da ist sie."

Ja. Da war sie. Auf Monitor Nummer 17, die Frau mit dem berühmtesten Lächeln der Welt, die Mona Lisa.

„Echt oder Kopie?"

„Ich bitte dich, Flavio ... Das ist das bestgehütete Geheimnis der Republik nach dem Code für unsere Atomraketen. Das, mein Bester, verrate ich dir erst ... danach ..." Mit schiefem Lächeln starrte Flavio auf das Bild auf dem Bildschirm und kratzte sich am Kinn. Eine Rasur war fällig, dachte er. Und: Dreckskerl, verkommener.

Gewaltakt Nummer eins

Im Treppenhaus roch es nach Edelfisch, Bohnerwachs, Wohlhabenheit und freudiger Erregung. Flavio presste die Lippen zusammen. Eine ohnmächtige Wut stieg in ihm auf.

„Komm doch heute Abend bei mir vorbei. Rue St. Martin, Place Emile, Chantemps, du weißt schon. Ist bequem zu erreichen und wirklich leicht zu finden. Ich koch uns was Nettes und wir plaudern ganz ungestört ..." Flavio hatte eingewilligt. Klar. Das lief ja wie am Schnürchen. Dachte er. Und Gustave sicher auch.

Flavio sah auf die Uhr. Es war kurz vor acht. Er wollte auf alle Fälle pünktlich sein. Schwule lieben so etwas. Pünktlichkeit, Blumen oder Champagner als Mitbringsel. *Old School* eben. Er hatte sich für Blumen entschieden. Aus reiner Gehässigkeit. Aber die Schwuchtel würde die Verachtung, die er mit dem Kraut überreichte, vermutlich nicht einmal bemerken.

In der Linken also die Blumen. Mit der Rechten kurz geprüft: Schnur, Klebeband und ... ja, alles da. Die Beule in der Hose würde Gustave, sofern er sie überhaupt sah, ganz bestimmt völlig falsch interpretieren.

Kling. Kling. Kling.

Eins, zwei, drei, v... und schon stand ein strahlender Gustave, angetan mit einem phantastisch frischen Hemd und einer grotesken Küchenschürze in der Tür.

„Komm rein. Schön, dass du da bist."

„Nicht so laut, Gustave. Wir wollen den Nachbarn doch nichts zum Tratschen geben."

„Hier gibt es niemanden außer uns, mein Lieber. Na los, mach die Tür hinter dir zu. Meine Bouillabaisse ist eine zickige Geliebte." Gustave kehrte Flavio den Rücken zu und enteilte in die Küche.

„Wenn du magst, mach schon mal den Wein auf. Ein Chambertin Rousseau 1992. Für das Lamm. Der braucht aber noch etwas Luft zum Atmen. Zur Fischsuppe den Chablis. Hoffentlich passt der. Beim Roten bin ich mir ja sicher ... Steht alles im Wohnzimmer."

Kalt sah Flavio seinem bestgelaunten Alter Ego nach. Der agile Rücken. Der breite Po. Die Glatze, die sich bis in den Nacken zog. Langsam ging er durch den geräumigen, geschmackvoll eingerichteten Flur in die Richtung, in der er das Wohnzimmer vermutete. Stilmöbelchen, Originale an den Wänden, allesamt Impressionen aus dem Süden Frankreichs.

„Sag mal, du magst doch Fisch, oder?" Mit roten Bäckchen und großen Augen erschien Gustave im Wohnzimmer. „Ich hatte dich gar nicht gefragt."

„Ja. Und es duftet schon so herrlich." Gustave antwortete mit einem glücklichen Strahlen, kehrte seinem

Gast abermals den Rücken, um sich wieder in die Küche zu begeben und:

Zack.

Mit einem einzigen gezielten Schlag streckte Flavio seinen Gastgeber nieder. Dieser sank so sanft wie tonlos auf den wertvollen Perser, der den Flur edel kleidete.

„Den Abend hast du dir anders vorgestellt, nicht wahr, mein lieber Gustave?", verspottete Flavio sein Opfer. Erstaunen, schockartiger Schmerz und so etwas wie eine stille Befriedigung lagen in dem bleichen Antlitz, über das Flavio sich niedergebeugt hatte und in das er jetzt fasziniert hineinstarrte. Suche ich hier etwas, dachte er und richtete sich wieder auf. Nur langsam verschwand der Blutstau, der sich in seinem nach unten stierenden Kopf bereits angesammelt hatte.

Sein Alter Ego gab jetzt ein leises Röcheln von sich. Aha, er lebt also noch, kam es Flavio in den Sinn und er trat nach. Ein kleiner Kipfer in die Eingeweide hat schon so manchen umgebracht, nicht wahr, Gustave? Eh, Gustave?

Was hatte er gleich noch erledigen wollen? Ach ja. Flavio ließ sein Opfer liegen, stieg über es hinweg und ging in die Küche. Auf der überdimensionierten

Arbeitsfläche lag allerhand Zeug: Töpfe, Schüsseln und Schüsselchen, angezupfte Büschel Kräuter, Zwiebelschalen, Lorbeer, Fläschchen mit Madeira, Olivenöl, Knoblauch gehackt, geschält, gepresst, ganze Zehen, Zwiebeln, Knollen. Mörser verschiedener Größen und, ach ja, hier, ein ganzer Block voller Messer. Langsam zog Flavio eines aus dem Holz. Wow, gut vierzehn Zentimeter lang, rasierklingenscharf. Zerwirk. Flavio lächelte. Er drehte sich um und sah dort diese jämmerliche Gestalt. Aber hier, neben dem Schneidebrett, hier lag, was er eigentlich suchte. Er nahm den offensichtlich unbenutzten Löffel, hob den Deckel vom Topf mit der Fischsuppe und kostete. Überrascht hob er die Augenbrauen.

„Hervorragend, mein lieber Gustave, wirklich hervorragend“, gab Flavio unumwunden zu.

„Wenn du im Bett nur halb so ein Feger bist wie in der Küche, bereue ich schon fast, weder ein guter Mensch noch ein Schwuler zu sein.“ Er gönnte sich nochmals einen Löffel von der Suppe, spülte den Löffel dann sorgsam unter heißem Wasser ab, rieb ihn trocken und legte ihn aus dem Küchentuch heraus zurück an seinen Platz.

Man sagt ja, sinnierte er, dass Wohnungen von Junggesellen bisweilen ungepflegt sind. Aber das gilt offensichtlich nicht für meinen lieben Gustave. Dessen Zuhause stand in völligem Gegensatz zu seiner

Erscheinung und machte es Flavio leicht. Behände schlich er durch die Zimmer, schaute in Schränke und Schubladen, immer darauf bedacht, keine Spuren zu hinterlassen, während er den Auftakt zu seinem kriminellen Meisterstück in Paris setzen wollte.

„Der hatte wirklich keine blasse Ahnung, dieser alte Lustmolch. Was für ein Idiot. Was für ein – und ich darf das wirklich sagen – hässlicher, armseliger Wicht."

Ah. Da war sie ja. Die Tasche. Und alles da: Geldbörse, Schlüssel, Autoschlüssel. Und: die Zugangskarte zum Sicherheitsbereich des Louvre.

„Na, wer sagt's denn?" Flavio pfiff durch die Zähne wie ein echter Verbrecher. Er hasste Klischees, konnte aber erstaunlich nachsichtig mit sich selbst sein.

Zur Sicherheit machte Flavio noch eine Extrarunde durch die zum Erbrechen geschmackvoll eingerichtete Wohnung. Es gab elegante Möbel. Teppiche. Gemälde. Bildbände über alles Mögliche: Uhren, Schmuck, Autos, muskulöse Männer, Interieurs. Es gab alles, nur keinerlei Hinweise auf irgendwelche anderen Menschen. Gustave führte offenbar das Leben einer geschmackssicheren, alternden Schwuchtel. Küche, Wohnzimmer, Ankleide, Arbeitszimmer, Schlafzimmer. Entweder Gustave hatte geerbt oder führte ein lukratives Doppelleben. Diese Wohnung mitten in Paris musste ein Vermögen kosten. Rasch steckte er

Gustaves Identität in die Taschen seines Jacketts. Dann machte Flavio einen weiteren interessanten Fund.

„Gustave, du verwunderst mich mehr und mehr", murmelte er, als er die Einladung zur Hochzeit von Henry und Noëlle Nemours auf der Kommode entdeckte. Flavio pfiff erneut durch die Zähne – genau so, wie das die Ganoven in den großartigen *film noirs* der dreißiger Jahre eben machten.

„Euch werde ich es zeigen", flüsterte Flavio, denn er hatte eine Eingebung.

Meetpack, Manhattan, New York

Alle nannten es *Scarpetta,* obwohl das feine Lokal in der 14. Straße West *La Scarpetta Nera* hieß. Jorge, dem Besitzer des reizenden, vor allem in Künstlerkreisen sehr beliebten Restaurants, war es gelungen, neben exklusiven kleinen Speisen zu exklusiven Preisen mit einem gar nicht mal so dezenten Dreh die Klischees seiner Heimatinsel in sein Etablissement zu zaubern – und die entsprechenden Sehnsüchte nach Palmen, weißem Strand, teuren Zigarren und schnellem Sex mit billigen Frauen und ergebenen Männern in die Köpfe einer bestimmten Klientel, die der Kubaner perfekt zu bedienen verstand.

„Weil man in diese wunderbare ... äh ... freieste Lande der *Mundo* ja nischt einemalö in Lokal rauchen darf ...“, pflegte der Patron gerne mit ausladender Geste zu deklamieren und strahlend auf das „Humidor“ zu verweisen. Das Humidor war das einzige Hinterzimmer von ganz New York, in dem noch mit offizieller Lizenz Speise, Trank und Tabak zeitgleich serviert werden durften. Ganz legal. Deshalb entpuppte sich das Humidor – neben der gelungen exotischen Einrichtung im ganzen Lokal und der unter der Hand gehandelten Adressen für dies und das – als Knüller, Publikumsmagnet, Pressethema und Kuriosum schlechthin. Und machte seinen Erfinder berühmt und reich.

„Passen Sie auf, Maria …“, geruhte Richard Shepherd zu scherzen, nachdem Jorge sie an einen der nettesten Tische des Restaurants begleitet und sie sich an diesem nettesten Tisch eingerichtet hatten.

„… erst präsentiert er uns die Tageskarte. Dann kommen die Fotos von Havanna. Und spätestens nach dem dritten Cubanero präsentiert er Ihnen seine durchtrainierten Waden. Ihnen, wohlgemerkt. Nicht mir.“ Sie hatten beide unisono Jorges freundliche Avance, doch im Humidor Platz zu nehmen, abgelehnt. Shepherd war ein Bekehrter. Maria eine geradezu fanatische Anti-Nikotinikerin.

„Nie im Leben könnte ich einen Raucher küssen. Nie!“ Nun. Marias Existenz fußte auf sehr strengen und unumstößlichen Prinzipien und Glaubensfundamenten.

„Richard, meine Beste, das stimmt doch gar nicht. Was Sie immer reden! Hier, Madame, die Tageskarte. Ich bin eine stramme Radlfahrer. Wollen Sie mal … Serz, meine Herrsaften, Serz …“ Jorge lachte so sympathisch wie herzhaft, legte die Speisekarte auf den Tisch und ließ seine Gäste allein. Sie waren noch die einzigen Gäste. Shepherd sah, dass Maria Jorge nachblickte, wie junge Ladys Männern eigentlich nicht nachblicken sollten, dachte Richard.

„Finden Sie ihn interessant?“

„Interessant? Wen?“

Richard lächelte. Dieses weibliche Wesen ihm gegenüber war so attraktiv wie seine Frage dumm. Aber im Gegensatz zu ihm wusste sie es offensichtlich nicht. Oder leugnete es. Warum nur? Selten hatte Shepherd eine Frau mit einer sinnlicheren und zugleich spröderen Ausstrahlung getroffen wie diese Expertin für die Wiederherstellung alter Meister. Spezialgebiet Öl auf Leinwand zwischen 1500 und 1720. Na, egal. Shepherd war nicht der Mann, der sich viel Gedanken um Frauen machte. Man blickte für ein paar Augenblicke sehr intensiv in die Menükarte. Man bestellte. Man bekam die Drinks. Das Essen kam. Jorge inszenierte seine Auftritte. Und seine Waden. Seinen Latino-Charme. Die schönsten Fotos seiner Heimatstadt Havanna. Aber ein zweites Mal ließ Maria sich nicht überrumpeln. Sie war eine erwachsene Frau. Auch wenn sie sich selten so fühlte. Schließlich tupfte man sich ein letztes Mal mit der nicht mehr ganz blütenweißen Serviette Mund und Oberlippe ab und kam aufs Geschäftliche zurück.

„Warum sind Sie so erpicht, an die *Mona Lisa* heranzukommen?"

„Sie ist das berühmteste Bild der Welt, Richard. Und das faszinierendste. Es zeigt ein Lächeln, das es eigentlich gar nicht gibt. Wie kann ein Künstler nur ein solches Lächeln zaubern?"

„Äh ... Zufall?"

„Richard! Ich bitte Sie! Das ist Blasphemie!"

„Ich bitte Sie, Maria, nicht so laut." Maria hatte sich geradezu vergessen. Selbst Jorge, der sich mangels Beachtung überhaupt gar nicht beleidigt hinter seinem schmucken Tresen verschanzt und Pablo, den mexikanischen Hilfskellner, an Shepherds Tisch geschickt hatte, blickte verwundert auf, während die anderen Gäste, die jetzt scharenweise den Weg ins *Scarpetta* gefunden hatten, tapfer auf ihre Teller starrten. Später würde das Lokal rappelvoll sein. Jetzt, am frühen Abend, verstand man immer noch sein eigenes Wort.

„Ach, was soll's. Ich bin eben eine leidenschaftliche Frau ..." Trotzig und kampfeslustig sah Maria sich um. Niemand außer Jorge erwiderte ihren herausfordernden Blick. Wasse fir eine sönne Frau, geriet Jorge ins Schwärmen, söööн unde einsame und ungef...

„Sie kennen die Gerüchte?" Shepherd. Bedächtig. Väterlich. Obwohl so väterlich nun auch wieder nicht. Marias großer, in Leidenschaft wogender Busen entging ihm nicht.

„Sie meinen, dass es gar nicht das Original ist?", provozierte Maria.

Dramatische Pause. Langer Blick. In die Augen, versteht sich. Und endlich: Shepherd nickte.

„Ja, diese Geschichte. Die von Valfierno ..."

„Möglich ist alles", unterbrach Maria ihn unhöflich, aber versöhnlich lächelnd, „ich halte das jedoch für Gerede. Branchenrauschen. Quatsch. Die Wahrheit ist ja meist wesentlich unspektakulärer. Und eine Kopie im Louvre? Undenkbar. Das wäre ja wie, wie … ein Android als Papst … nein, nein, nein. Deswegen bin ich mir auch sicher, dass der *Narziss* echt ist." Sie sah ihrem Gegenüber auf die Lippen. Sie waren abstoßend. Und ein wenig furchteinflößend. Und anziehend. Komische Mischung. Kopfschüttelnd sah Maria durch das Fenster, an dem sie saßen, hinaus auf die Straße. Mülltonnen. Ein paar von diesen altmodischen amerikanischen Benzinschluckern. Ein paar Katzen. Was war denn das da draußen überhaupt für eine Gegend? Sie kehrte ins Lokal, an ihren Tisch zurück. Ältere Männer hatten sie noch nie interessiert. Sie kam sich plötzlich sehr verloren vor. Was Paolo jetzt wohl machte?

„Na, sicher eine andere vögeln!"

„Was?"

„Wie bitte?" Verwundert sah Shepherd von seiner sehr ordentlich gefalteten Serviette auf, mit der er sich einige lange Sekunden beschäftigt hatte.

„Ich habe nichts gesagt." Verbindlich lächelnd hob Shepherd die Hände.

„Wissen Sie", flüsterte Maria und beugte sich ihrem Gastgeber verschwörerisch entgegen, „manchmal höre ich Stimmen. Meinen Sie, ich werde verrückt?" Tapfer hielt Shepherd den Blick. Nein, ich werde nirgendwo anders hinschauen als in ihre Augen. Er lächelte. Ja, er kannte das mit den inneren Stimmen. Dann richtete er sich wieder auf und stellte so zwischen seinem Gast und sich einen gebührlichen Abstand her. Aus dem Augenwinkel sah er Jorges neidischen Blick, denn der dachte sich jetzt sonst was, und stellte befriedigt fest, dass Maria brav in das erwartete Haltungsecho gegangen war.

„Wie auch immer, eine Hand wäscht die andere. Sie helfen mir beim Caravaggio, ich kümmere mich um Nemours. Ich sehe ihn demnächst … Äh … darf ich Sie ins Hotel bringen? Es liegt ohnehin auf meinem Weg …“

Nein danke. Maria hatte das Angebot von Richard, sie in ihrem Hotel abzusetzen, dankend abgelehnt. Ganz gegen ihre sonstige Gewohnheit verspürte sie keinerlei Lust, nach Hause zu gehen. Erstens wollte sie noch in Ruhe nachdenken. Ohne Richard. Ohne die kindischen Beklemmungen, die sie in fremden Zimmern, speziell Hotelzimmern, noch spezieller Hotelzimmern auf Kontinenten, die nicht Italien waren, gerne befielen. Zweitens verspürte sie Lust auf einen weiteren Drink. Oder zwei. Sie verabschiedete sich also von Shepherd mit der Ausrede, sich noch ein wenig Bewegung verschaffen zu wollen.

„Ein paar Schritte zu Fuß werden mir guttun“, sagte sie und wunderte sich zugleich, warum sie log, anstatt einfach zu sagen, sie wolle noch ein wenig bleiben.

„In Ordnung“, antwortete Shepherd, „aber seien Sie vorsichtig. New York ist zwar längst nicht mehr das, was es einmal war. Aber eine Lady, die sich nicht auskennt, kann noch immer Schwierigkeiten bekommen.“ Ja, ja, großes Mädchen und so weiter und so fort, endlich war er weg. Netter Kerl. Auf eine verstörende Art sogar attraktiv. Aber nervig. Uff.

Außerdem hatte Maria dieses Gefühl, diese beunruhigend erregende Gewissheit, dass heute noch etwas passieren würde. Gut? Schlecht? Konnte sie nicht sagen. Aber spannend. Fast schon schmetterlingsmäßig. Und aufregend auf jeden Fall. Sie sah sich um. New York und zum ersten Mal alleine. Alleine? Eine Frau mit großem Busen war nie wirklich alleine. Oder zumindest nie wirklich lange. Ihre Blicke trafen sich. Er machte eine einladende Geste – nein, nicht der Traummann, der sie endlich von ihrer unheilbaren Sehnsucht nach Paolo würde heilen können, sondern: Jorge.

Pfffff!

Nein. Darauf konnte sie nun wirklich verzichten. So weit war sie noch nicht. Noch lange nicht. Dann doch lieber – Ciao Jorge, man sieht sich – Jäckchen geschnappt, Täschchen gegriffen, und: bum!

Amor

Statt der berühmten New Yorker Frischluft also: bum. Bum, aua und oh mein Gott!

„Habe ich Ihnen weh getan? Es tut mir ja so leid!“, rief Maria.

„Ach i wo. Ich fühle mich wie Jesus!“

Maria rieb sich die Stirn und sah zu einem Mann auf. Zu einem: Mann. Und was für einem!

„Nur, dass es statt eines Nagels im Fuß ein Bleistiftabsatz war. Oh Gott, oh Gott ... Ich verstehe ... Ich bin dafür in etwas Hartes an Ihnen gerannt ... Oh, nein ... nein, nein, nein ... so habe ich das doch nicht ... oh Gott, wie peinlich ... was bin ich nur für ein Trampel ... ich meine ... meine Stirn ... Ihr, Ihr Mobiltelefon wahrscheinlich ... Das harte Ding da ... in Ihrer Brusttasche ...!“

Knallrote Birne. Sie.

Breites, im vergeblichen Versuch, es zu zähmen, immer breiter werdendes Lächeln. Er.

Brauner Blick.

Blaue Augen.

„Hören Sie ... ich ...“, stammelte Maria. Was bin ich denn nur so dämlich, schoss es ihr durch den Kopf, während sie eindeutig hyperventilierte. So beruhige dich doch! Hast du denn noch nie im Leben einen Adonis gesehen? Na also!

„*Pectoralis major* …“ Eine Stimme zum weiche Knie kriegen. *Pecto* … Jetzt kämpfte sie gegen einen veritablen Lachanfall.

„Was für ’n Ding?“

„Sie sind lediglich gegen meine durchtrainierte Brust gerannt. Gegen die *musculus pectoralis major*, wenn Sie es genau wissen wollen. Aber das ist in Ordnung, solange bei Ihnen alles in Ordnung ist, Lady. Alles in Ordnung?“ Etwas dümmlich und durchaus überflüssig klopfte Maria sanft über ihren schönen, weiblichen Körper. Ja, dachte sie, alles okay. Sie war etwas durcheinander. Ansonsten hätte sie auch nicht vergessen festzustellen, dass sie ja viel zu fett und überhaupt …

„Ja. Ja, sicher, warum fragen Sie? Ich bin doch schließlich in Sie hineingerannt!“

„Ich bitte Sie. Alles meine Schuld. Was muss ich denn auch ausgerechnet jetzt in dieses Lokal eintreten wollen, wo Sie doch raus … Alles, alles meine Schuld.“ Jetzt kicherte Maria ein wenig.

„Aber würde es Sie sehr stören, den Absatz Ihres linken Pumps aus den Knöchelchen meines rechten Fußes zu nehmen? Denn das, schöne Lady, tut nämlich langsam verdammt weh!“

„Oh entschuldigen Sie! *Porco dio* …“

„Ah, danke, das tut jetzt aber wirklich gut. So ein nachlassender Schmerz ist doch der schönste

Schmerz …“ Bestürzt blickte Maria in diese wundervollen tiefen blauen Augen, wankte ein wenig an deren Rändern, kippte leicht vornüber, verlor das Gleichgewicht und, plumps, fiel kopfüber in Blau, Weite, Seligkeit … Ja, so könnte er aussehen. Ja, so könnte er auf sie niederblicken. Ja, so könnte er lächeln. Ja, so könnte er riechen. Mister Right. Der Traummann. Ihr Traummann. Den es für sie natürlich gar nicht gab. Sie gab sich die gefühlte Ewigkeit einer Traumsekunde dieser Wahnvorstellung von Kitsch und Künstlichkeit hin, einem Bild, das jedem kleinen Mädchen als das Glück auf Erden eingetrichtert wird und das jedes kleine Mädchen, so es eines Tages zur freienden Maid herangewachsen ist, verarbeiten muss. Sie hörte auch gar nicht hin. Aber. Da war was. Etwas Störendes. Etwas rief: Hallo! Nochmals. Hallo?

Ach so. Die Realität. Was auch sonst. Ihr Taxi war da. Hatte sie eines bestellt? Sie konnte sich an nichts mehr erinnern. Nur dieses Blau. Das hatte sie. Ganz bestimmt. Bestellt.

„Auf Wiedersehen, junge Lady. Die Rechnung für den neuen Fuß schicke ich Ihnen ins Hotel!“

„Ist gut“, rief sie verbindlich, ohne gehört zu haben, was die überaus attraktive Erscheinung ihr da zugehandkusst hatte, um dann im *Scarpetta* zu verschwinden.

„Wohin, schöne Frau?“ Der Taxifahrer.

„Egal.“ Maria.

„Okay, Lady, meinetwegen. Aber ‚egal‘ kann teuer werden in dieser Stadt.“

„Upper West Side, Amsterdam / Ecke 86. Straße.“

„Na dann: los.“

Gewaltakt Nummer zwei

Er war schon ein harter Hund. Nun, irgendeinen Vorteil musste es ja haben, in Palermo aufgewachsen zu sein, einer der härtesten Städte Italiens, ach was, der ganzen Welt. Was es in Rio an Schandtaten gab, gab es in Palermo schon lange. Deshalb: Sein Überfall hatte schlichtweg gut angefangen, stellte Flavio Malandrolo selbstzufrieden fest. Und ja, er war das Böse in dieser Frauengeschichte. In diesem Drama um das schönste Lächeln der Welt. Und er, Flavio Malandrolo, würde es auch bleiben. Keine überraschende Wendung. Kein plötzlicher, aufrüttelnder Schock, keine Läuterung. Nix Epiphanie. Einfach nur böse.

Malandrolo überlegte. Nur Pontagnac befand sich noch auf dem Gelände der italienischen Botschaft. Dessen war er sich sicher. Und das war gut so. Denn erstens würde er mit dem leicht fertigwerden. Und zweitens kam es Flavio auf den ja gerade an. Der war der Schlüssel zu Nemours. Und Nemours war der Schlüssel zum Glück. Hehe.

Der erste Anstoß zu seinem Plan war eine Zeitungsnotiz gewesen. Wie gut, dass Falvio Malandrolo, der ehemalige sizilianische Analphabet und Dummkopf, sich selbst Buchstabe für Buchstabe das

Lesen und Schreiben beigebracht hatte und inzwischen alles Gedruckte verschlang. Nicht nur Zeitungen, sondern auch Bücher. Romane. Liebesgeschichten. Na und? Vor allem aber Zeitungen. Gerne Klatsch. Prinzessin Soundso von Tutundtatnix jetzt wieder mit mehr Bauchfalten, Prinz Leck-mich von Trallala mit Busenstarlet Yellow auf Ibiza abgestürzt, so Zeug halt.

Mit der Hochzeitseinladung hatte Malandrolo dann die zweite Bestätigung erhalten: Der nicht nur in Kunstkreisen weltbekannte Louvredirektor heiratete die weltweit unbekannte, aber offensichtlich bildschöne und mit unübersehbaren Argumenten ausgestattete Provinzlerin Noëlle Pontagnac. Wow. Das war eine Nachricht für die Klatschspalten. Denn: Die Provinzlerin, wie *Paris Soir* die gut bestückte junge Frau nannte, hatte am heimatlichen Lycée immerhin als Jahrgangsbeste abgeschlossen und daraufhin ein Staatsstipendium erhalten, um nur wenige Jahre später die wiederum weltbekannte Eliteuniversität École Nationale d'Administration, kurz ENA, Summa cum laude zu verlassen. Hochintelligent, charmant, kurvig und mit dem leichten Ruch der Gosse, leitete sie zunächst bei einem weltbekannten Autobauer die Marketing-Abteilung, stieg nur wenige Jahre später bei einem Internet-Start-up in den Vorstand auf und ziemlich zeitgleich mit dem als Lebemann bekannten, notorischen Junggesellen Nemours ins Bett.

Die nimmt also nicht nur intelligente Worte in den Mund, sondern auch das, was Männern wie Nemours wirklich wichtig ist, hehe, dachte Flavio Malandrolo frivol, während er sich ein Bild von dieser Frau machte. Und von ihrem wesentlich weniger intelligenten, wesentlich weniger erfolgreichen Bruder Paul.

Der arbeitete, sicher nicht gänzlich zufällig, in genau der Botschaft, der er, Flavio, in Begleitung seiner netten kleinen Waffe, einen Besuch abstattete.

Und manchmal waren die Dinge eben einfach. Er hatte einmal gelesen, dass fünfzig Prozent der installierten Sicherheitstechnik weltweit nichts weiter waren als ein Bluff. Ein Fake. Attrappe. Oder schlichtweg nicht funktionierte.

Gewagt, gewonnen. Mit jugendlichem Elan hatte er sich über den Zaun geschwungen, der das Gebäude sicherte. Behände wie eine Katze war er auf dem Rasen des Botschaftsgartens gelandet, hatte gelauscht, ob nicht etwa irgendwelche neapolitanischen Riesen-Mastiffs oder sonstige Bestien ganz analog und diesseitig Wache schoben, und war nach einem herrlich negativen Befund und mit einem nahezu ungläubigen „Aha“ durch den Haupteingang der Botschaft ins Innere derselben gelangt. Er traf dann auch gleich planmäßig auf Paul Pontagnac und schlug diesen ebenso planmäßig nieder. Komisch, dachte sich Flavio, während er den winselnden Pontagnac bearbeitete, jetzt wird es mir doch ein wenig unheimlich. Wo war er nur, der berühmt-berüchtigte Pferdefuß? Wenn der Schwächling, den er hier unter seinen Fäusten hatte, sich wenigstens zu Wehr gesetzt hätte. Aber der hielt sich nur auf diese weibische Art, die ihn, Flavio, erst so richtig wütend machte, die Hände vors Gesicht und wimmerte um Gnade. Also auch hier alles bestens. Nur sein Verbrecherinstinkt sagte ihm jetzt: Achtung! Denn wenn alles so glatt lief, hat man in der Regel etwas ganz Wichtiges übersehen, Malandrolo. Nur was?

Schließlich ließ er ab von diesem Waschlappen. Er brauchte ihn immerhin lebend. Noch. Trotz seiner äußerlich schmächtigen Statur riss er sein Opfer mit erstaunlicher Kraft vom Boden hoch und stellte es auf seine zwei wackeligen Beine.

„Los, Pontagnac, dort hinein. Sie tun, was ich sage, oder ich mache Sie kalt, kapiert?"

„Ka... ka... kapiert!"

„Also los. An den Schreibtisch. Mail-Account öffnen. Und keine Tricks!" Er fuchtelte ein wenig mit seiner Waffe. Aber armer Paul, „also los" war leichter gesagt, als getan – auch bei noch so großem Wunsch auf Entgegenkommen. Die Hosen voll, der Arsch auf

Grundeis. Da vergisst man schon mal Stubenreinheit … und das Passwort. Vom „Tatterich“ in den Händen ganz zu schweigen. Es ging also nicht vorwärts.

„Grrrrr …“, machte Flavio, der sichtlich ungeduldig wurde, bis er begriff, dass noch mehr Angst aufseiten des Opfers ihn seiner Sache nicht näherbringen würde.

„Na gut“, raunte er und trat einen Schritt zurück. Er steckte sich die Pistole hinten in die Hose und zündete sich eine Zigarette an.

„Wollen Sie auch eine?“

„N… Ne… nein danke. Nein, vielen Dank. Ich bin Nichtraucher.“

„Aha.“ Fast bereute Flavio seine Freundlichkeit schon wieder. Dieser blöde Angeber. Nur weil er es irgendwann mal geschafft hatte, vom Glimmstängel wegzukommen, musste er jetzt nicht den willensstarken Besserwisser raushängen lassen. Arsch! Aber Flavio beherrschte sich. Und siehe da, so ohne Waffenmündung an der Schläfe klappte es jetzt auch gleich viel besser mit dem Diktat: „Sehr geehrter Herr Direktor des Louvre, Ausrufezeichen.“

Zögern.
Blicke.
Spannung.

„Was?“

„Verzeihen Sie, Monsieur, aber ich nenne meinen Schwager normalerweise Henry. Soll ich das nicht besser jetzt auch so schreiben?“

Pause.
Zwei Augenbrauenpaare.
Ineinander verkeilt.

Was sollte das denn? Dieser verdammte Hundesohn war entweder ein ganz mieser kleiner Arschkriecher, ein sensationeller Dummkopf oder aber ein ganz ausgebuffter.

„Willst du mich …?“ Aber nein. Flavio sah, als er so ganz zackig nach seiner Pistole griff, dass sich Panik ausbreitete im Gesicht des anderen. Echte Panik. Und beruhigte sich wieder. Nein, nein, nein. Paul wollte es ihm recht machen. Der war tatsächlich einfach nur ein Arschk… nun, das hatte er ja weiter vorne schon mehrfach festgestellt.

„Dann eben so. Lieber Henry. Ausrufezeichen.“

„Lieber Henry, Ausrufezeichen …“, echote Paul und korrigierte geflissentlich die Anrede an seinen zukünftigen Schwager. Sofort sah er wieder erwartungsvoll zu seinem Peiniger auf. Chef, Sekretärin. Sekretärin, Chef. Das Absurde der Situation entging ihnen beiden nicht. Denn Flavio geriet, während er so dastand und nach Worten suchte, geradezu ins Zivile. Ein Dreiteiler, Seidenkrawatte, Siegelring, kurz, das Gewand von Macht und Kapital hätte ihm gut gestanden.

„Ähem. Die *Mona Lisa* ist italienisches Kulturgut. War es immer, wird es immer bleiben. Dass dieses Meisterwerk italienischen Genius' …"

„Genius' …?"

„Ja. Genius'! Was ist denn damit? Warum unterbrechen Sie mich denn? Also … wo war ich stehengeblieben?"

„Genius'."

„Wollen Sie mich veralbern? Also, dass das Bild in Frankreich …"

„Bild? Sie meinen, ich soll wirklich ‚Bild' schreiben? Nicht etwa Gemäl…"

„Gut. Gemälde. Also dass das Gemälde in Frankreich …"

„Verzeihung, aber muss es nicht heißen ‚im Besitz der Französischen Republ…'?"

„Jetzt reicht's mir aber! Wenn Sie mich noch einmal unterbrechen …!"

„Schon gut, schon gut. Ich meine ja nur. Wenn Henry solche Sätze sieht, wird er denken …"

„Ist mir egal, was er denken wird, Herrgottnochmal! Sie schreiben jetzt, was ich Ihnen sage, oder es knallt! Himmelherrgottsakramentzementaberauch!

Dass das Ge-mäl-de in deinem verfickten Frankreich hängt, ist tragisch, aber nicht ..."

„Verfickt? Sie wollen doch nicht etwa im Ernst, dass ich das ... hören Sie, dann kann ich ja gleich die Pol..."

Mit einer blitzschnellen Bewegung hatte Flavio die Waffe gezückt, den Hahn gespannt und den eisigen Lauf an Paul Pontagnacs Schläfe gedrückt.

Wow. Das war jetzt wirklich eine Situation. Flavio kochte vor Wut, denn er neigte ein ganz klein wenig zum Jähzorn. Paul rührte sich nicht. Schießlich zog Flavio die Knarre zurück, sicherte sie und steckte sie hinten in den Hosenbund. Gelassen nahm er sein Diktat wieder auf.

„... deswegen ist es von großer, nein, von außerordentlicher Wichtigkeit, der Bitte Italiens nachzukommen und das Ge-mäl-de, derzeit in Verwahrung durch die Französische Republik, dem italienischen Volk am einzig würdigen Ort der Welt zu präsentieren: in Palerm..., äh, in Rom ..." Aha. Geht doch, dachte Flavio zufrieden und beobachtete, wie Paul ganz vorsichtig tippte, kein weiteres Wort, keine überflüssige Bewegung.

„... Die Völkerfreundschaft, die uns über gar nicht mal so viele Kriege und in der für unsere Mannschaft so typischen Fairness ausgetragenen und von euch, liebe Froschfresser, gern verlorenen Fußballspiele hinweg verbindet, wird mit dem Verleih des berühmtesten Werkes der Louvre-Sammlung einen neuen Grad der Tiefe erlangen."

„... liebe Froschfresser, verlorenen ...", murmelte Paul.

„Froschfresser streichen, Dummkopf, und weiter: Es täte der Beziehung beider Staaten in der derzeitigen Krise gut, wenn der Louvre seine Verbundenheit mit dem italienischen Volk hervorheben und das Ge-mälde für die Schau in Rom und für Rom an Rom ausleihen würde. Grüße und ... wie verabschieden Sie sich normalerweise?"

„Paul, einfach nur Paul. Aber welche Krise meinen Sie genau?" Jetzt wird der schon wieder klugscheißerisch.

„Gut. Äh. Haben wir keine Krise zwischen *Frongkraisch* und Bella Italia? Irgendeine Krise gibt es doch immer zwischen all den unvereinigten Staaten des vereinigten Europas."

Aha, dachte Paul überflüssigerweise. Der war wohl ein Antieuropäer. Ein Populist. Ein Hasser. Ein Agent Moskaus am Ende?

Unvorsichtigerweise starrte Paul jetzt ein wenig.

Flavio, der die natürliche Feindschaft zwischen Täter und Opfer um ein Haar vergessen hätte, fühlte sich, ja, wie?

Fotografiert!

Dieses Schwein versuchte, sich seine Gesichtszüge einzuprägen, schoss es ihm durch den Kopf.

„Du Schwein versuchst dir meine Gesichtszüge einzuprägen! Na warte!“

„Was … was haben Sie vor?“

Flavio hatte etwas für Paul ganz und gar Ungutes vor, beherrschte sich aber im letzten Augenblick. Sie waren noch nicht fertig mit seinem Liebesbriefchen an Nemours.

„Einen Zusatz noch.“

Paul nickte. „Ja?“

„Schreiben Sie: PS: Ich bin ein paar Tage auf Reisen und melde mich dann. Liebe Grüße.“

Er schrieb das. „So?“

„Das reicht. Senden. Los!“ Kollegial blickte Flavio seinem Opfer über die Schulter, sah „gesendet“ und nickte dem zu ihm aufblickenden Paul zu. Zufrieden mit sich und der Welt zog er abermals die Waffe und schlug ohne die geringste Hemmung zu. Es gab ein hässliches Geräusch aus Pauls Nackengegend. Er sackte in Richtung Tischkante zusammen, an der sein sich haltlos im Hals verdrehender Kopf mit dem Unterkiefer aufschlug. Oder war es der Oberkiefer? Jedenfalls ein weiteres, sehr unschönes Geräusch. Könnte ein Zahn gewesen sein.

„So“, murmelte Flavio erleichtert. Hatte jetzt trotz allem irgendwie gutgetan, dieser Schlag.

Es würde nicht der einzige bleiben.

Hudson Hotel, West 58th Street, Manhattan

Da stand er nun, der *local hero* MacIntyre, 75 000 Dollar Jahresgehalt, diesen deutschen „Ich hab den längeren“-Sportwagen in der Tiefgarage, den Telefonhörer in der Linken, in seiner Fünf-Zimmer-Luxus-Wohnung in Hustons höchstem Appartement-Tower. Beides, die 75 und der Wagen, waren durchaus noch was, Mitte der Achtziger und zu Lira, D-Mark, Franc-Zeiten.

Er blickte, während es an seinem Ohr tuuut-tuuut-tuuut machte, mit erstarrtem Gesicht auf die nächtliche, sich andeutungsweise von Osten her aufhellende Skyline seiner Stadt, einer Stadt, wie sie amerikanischer nicht sein konnte: fern, ja abstrakt, auf alle Fälle aber unmenschlich aus der Distanz seines im soundsovielten Stockwerk gelegenen Wohnzimmers mit den Stilmöbeln, den vom Innenarchitekten ausgesuchten Vasen, den nie wirklich betrachteten Bildern an den Wänden.

Spürte er Einsamkeit? Seine Verlorenheit inmitten dieser kalten, leeren Welt aus Statussymbolen, Glas, Beton und Kälte? Maria hatte sich das immer wieder gefragt, während „Mac“ MacIntyre vergeblich darauf wartete, dass irgendwo auf der anderen Seite des Atlantiks, in einem winzigen Dorf hoch oben im Norden Schottlands jemand – letzte Einstellung – auf das riiing-riiing, riiing … das Klingeln des Telefons in der einzigen Telefonzelle des Orts reagieren würde, Gordon vielleicht, oder, noch besser: Stella.

Wahrscheinlich schon. Denn im Unterschied zu Paolo hatte MacIntyre ja immerhin zum Hörer gegriffen, angerufen, Aktion gezeigt. Und damit wenigstens einen rudimentären Zugang zu seiner Innenwelt, zu seinen Gefühlen.

Paolo.

Emma würde jetzt mit den Augen rollen und etwas von wegen: „Such dir endlich einen Kerl. Wenigstens fürs Bett“, murmeln. Oder lachen. Mit dem Finger auf sie zeigen. Auf jeden Fall versuchen, sie aus ihrer Traumwelt zu reißen, die mindestens so melancholisch war wie die von Mac.

Paolo. Mac. Mac. Paolo. Mit dem sie diesen wunderbar poetischen, wunderbar traurigen Streifen sicher zehn, fünfzehn, zwanzigmal angesehen hatte. Denn Paolo war ja so vielseitig und unter anderem eben auch ein Cineast. Und zwar ein ganz spezieller. Wieder und wieder sah Paolo sich nämlich einen Film an, wenn er ihm gefiel. Oder nicht gefiel? Das Prinzip, nach dem Paolo die „Mehrmals-Filme“, wie Maria die Wiederholungswerke heimlich nannte, auswählte, hatte sie nie wirklich herausgefunden. *Local Hero* also im Kino. Im Fernseher. Auf DVD. Wirklich ziemlich oft.

Und immer mit versteinerter Miene – er.

Und immer mit einem Taschentuch an den Augenwinkeln – sie.

Maria erwachte mitten in der Nacht. Dachte sie zuerst. Hellwach, dennoch etwas verwirrt, richtete sie sich in ihrem gigantischen Hotelbett amerikanischen Ausmaßes auf. Klar. Jetlag. Der Versuch weiterzuschlafen würde ohnehin keinen Sinn machen. So viel war klar. Sie ging zur Minibar und entnahm dem Kühlschrank ein eiskaltes Mineralwasser. Sie, die ewige Römerin, würde sie sich je daran gewöhnen können, Wasser nicht aus jedem beliebigen kleinen Springbrunnen in jedem Winkel der Stadt trinken zu können? Eines der vielen Privilegien der Glücklichen, die in der Ewigen Stadt ihr Leben verbringen durften.

Mit dem Fläschchen Mineralwasser setzte sie sich auf die Fensterbank ihres Zimmers in der 22. Etage. Blick auf die erwachende Stadt. New York. Zwar nicht Rom, aber immerhin.

Und ja, die Szenerie hatte tatsächlich etwas Unwirkliches. Nicht nur, weil es sie so sehr an MacIntyres Blick aus dem Fenster erinnerte, bevor der Film mit seiner letzten Einstellung eine verlassene Telefonzelle der British Telecom als Symbol für Kommunikation, menschliche Nähe, Verortetheit und – ja: Liebe – anbot, um dann zu seinem Ende zu kommen. Nicht nur, weil sich mit dieser letzten Einstellung von *Local Hero* Paolos undurchdringliches Antlitz vor ihr inneres Auge schob, diese versteinerten Gesichtszüge, dieses abweisende Nach-innen-Schauen, das sie so sehr an ihm gehasst hatte. Sondern weil sie einfach das zeigte, was sie war: die Skyline von New York, verdammt noch mal!

„Du brauchst ganz dringend mal wieder anständigen Sex, meine Liebe! Jemand, der dich so nimmt, dass dir Hören und Sehen vergeht. Dann relativiert sich das mit deinem dämlichen Paolo!"

Amüsiert schüttelte Maria den Kopf. Ach, es tat gut, Emma zu haben. Sie warf der Freundin über den Atlantik hinweg eine Kusshand zu.

„Aber ich bin nun einmal nicht so wie du, meine Süße", raunte Maria dem Spiegelbild in der riesigen Glasscheibe zu, die sie vor der großen Stadt und dem Absturz in die Tiefe bewahrte.

„Ich liebe Paolo und werde ihn wohl bis ans Ende meiner Tage lieben." Mit masochistischer Wonne konzentrierte sie sich ganz auf das vertraute Antlitz ihres Ex. Ach du mein Geliebter mit den blauen Augen, viel zu gut warst du für mich! Recht hast du getan daran, mich zu verlassen, mich Wurm, mich Kröte mit viel zu großen Brüsten, viel zu schlanker Taille, einem Po wie ein etruskischer Bahnhof und einer Lust ... der Vesuv ein Dreck gegen die Bereitschaft, in deiner Glut unterzugehen wie tausend Pompejis, willenlos, ausgeliefert, du Süß... Verwirrt hielt sie inne.

„Warte mal. Paolo hat braune Augen. Immer schon gehabt! Fast schwarz, möchte man meinen, sozusagen schwarzbraun, nicht blau!"

Amüsiert dachte sie nach. Ach so. Dieser Kerl. Der Schönling von gestern Abend. Das Restaurant. Das *Scarpetta*. Blaue Augen. Klar. Waschbrettbauch. Vermutlich. Bodyshaping vom Feinsten. Ganz sicher. Was schob sich denn dieser Kerl, dieser Typ zwischen sie und Paolo? Also wirklich! Sie lächelte nachsichtig. So eine kleine, gedankliche Untreue, hihi, konnte sie sich das durchgehen lassen?

Sie trat vom Fenster mit der Aussicht auf die berühmteste Skyline der Welt zurück. Sie schlenderte durch das wirklich schöne Hotelzimmer zur Theke mit den Getränken, dem sündteuren Wein und der Kaffeemaschine. Sie hatte zwar keine *Latin Lovers* so wie Emma. Und auf der Piazza Navona saß sie auch nicht. Aber Koffein konnte sie sich zuführen. Immerhin.

Gegen sechs zog sie sich dann Laufschuhe und Joggingklamotten an. Sie fühlte sich derart hibbelig, dass nur körperliche Aktivität helfen konnte. Nie im Leben würde sie vor sich selbst zugeben, dass Emma recht hatte. Dass ein Mann jetzt die bessere Lösung wäre, als zehn Kilometer durch eine Stadt zu laufen, die auch nach Ausrufung der „Zero tolerance“ noch immer zu den eher gefährlichen gehörte. New York war schließlich nicht Rom. Aber davonzulaufen war nun einmal ihre Art. Gerade wenn es ums Private ging.

„Ah!“, machte sie, als sie durch die Drehtür in die Morgenluft gelangt war, ah!

Nur: Wohin jetzt? Sie trat auf die Straße, blickte nach links, blickte nach rechts. Sie konnte es kaum glauben. Und ja, es war beinahe unheimlich. Es lag tatsächlich etwas vor ihr, was nur wenige Menschen im Big Apple je zu Gesicht bekamen – eine menschenleere Straße. Nichts, niemand zu sehen.

„Wow“, sagte sie laut und fand, dass dies ein gruseliger Anblick war. Wie nach einem tatsächlich erfolgreichen Angriff von Aliens oder so. Nicht einmal eine Katze lief über den *Sidewalk*. Hilfesuchend wandte sie sich um. Zurück ins Hotel. Zurück ins Hotel? Auf keinen Fall. Sie war Römerin. Nachfahrin der berühmtesten Welteneroberer! Also los! Sie lachte.

„Hallo New York!“ Und lief los. Der Central Park war ja gleich um die Ecke. Da würde sie schon auf Menschen stoßen. Auf freundlich gesinnte, hoffentlich.

Sie lief, und wie immer fühlte sie sich einerseits

durch die Bewegungen in ihrem Körper besser, durch die Bewegungen an ihrem Körper aber keineswegs. Ihre Brüste schlingerten gefühlt sonst wohin, trotz Sport-BH und stützendem Lauf-Shirt. Der Po federte bei jedem Schritt nach und die Schenkel zitterten, als wären sie aus, na sagen wir es doch ganz ehrlich: Teig. Dennoch und der durch ihre Weiblichkeit empfundenen Demütigung trotzend lief sie weiter. Es dauerte ja für gewöhnlich nur ein paar Minuten, bis das Pfeifen in ihren Lungenflügeln und das damit verbundene Ringen um Atemluft all ihre Aufmerksamkeit erforderte und dann ohnehin alle anderen Gefühle verdrängte.

Also Fifth Avenue überquert und in den Central Park eingebogen. Ein Windzug. Herbstlaubrascheln. Ihr Atem. Ansonsten Stille. Nicht einmal Eichhörnchen oder Vögel belebten das Bild. Es erinnerte Maria an ein Stillleben, das Wirklichkeit geworden war. Oder war es der Augenblick des Sterbens? Sah man so etwas Surreales, bevor man in die ewigen Jagdgründe einzog? Eine vertraute Szenerie, doch ohne jeden Halt? Ohne Leben?

Aber nein. Jetzt sah sie farbige Punkte. Dort drüben, und da, und da, ohne Zweifel andere Läufer, Menschen. Sie war nicht tot.

„Ächz, puh, stöhn … ich bin ja völlig fertig“, keuchte sie schließlich. Sie hielt inne, stoppte somit das Wogen an ihrem Leib, zog ihren Sport-BH zurecht und ordnete dessen Inhalt. Sie machte andeutungsweise ein paar Dehnungsübungen.

„Ach, da ist ja zufälligerweise auch eine schöne Parkbank!“ Sie setzte sich. Langsam ließ das Beben in ihrer Brust nach, beruhigten sich Pulsschlag und Atemfrequenz. Die Oberfläche des Sees lag vor ihr. Eine glatte Spiegelfläche. Manhattan auf den Kopf gestellt. Was war Wahn, was Wirklichkeit? Egal. Schön war das jedenfalls. Und gleich wieder die Brücke zu ihrer Arbeit. Der *Narziss*. Mit ihrem Handy schoss sie ein Foto. Zu ihrer Überraschung konnte sie das Display herumdrehen, ohne dass es einen Unterschied gab. Original und Kopie unterschieden sich nicht.

Wahn oder Wirklichkeit, dachte sie versonnen, und plötzlich stellten sich ihre Nackenhaare auf. Sie fühlte, wie ihr ein kalter Schauer über den Rücken lief. Sie war in New York, einer der gefährlichsten Städte der Welt. Und sie hatte nicht aufgepasst. Lautlos war er gekommen und war jetzt da: Nick.

Avenue Gustave-Eiffel, Paris

„Was zum Teufel passiert hier, ich will morgen heiraten!“ Henry Nemours blickte von seinem ebenso prächtigen wie wertvollen Louis-Seize-Schreibtisch über das schöne, alte Paris. Was für eine Stadt! Was für ein Land! Was für eine Kultur! Er seufzte wohlig. Es tat so gut, Franzose zu sein. Ein reicher Franzose vor allem.

Nemours' Wohnung lag sozusagen im Herzen des Herzens von Frankreich. Der Eiffelturm war so nah, dass er ihn, obwohl zum Greifen nah, nicht sehen konnte. Das Appartement selbst war so weitläufig, dass er manchmal mit den Seinigen telefonierte, weil er es leid war, auf der Suche nach ihnen durch die Flure zu streichen oder – was ja ohnehin schrecklich vulgär war – herumzubrüllen.

Für gewöhnlich erwähnte man in seinen Kreisen so etwas erst gar nicht. Aber es waren nicht nur vierhundertzwanzig Quadratmeter Wohnfläche, inklusive Fensterfront zur Stadt hinaus und Fahrstuhl in die bewachte Tiefgarage hinab. Sondern auch ein geschätzter Wert in zweistelliger Millionenhöhe. Euro, versteht sich. Doch was wirklich zählte, war Kunst. Kunst, Kunst und nochmals Kunst.

Nemours ging es also ganz gut. Er war Gott sei Dank nicht mehr ganz jung. Wie hieß es doch so schön: Er war alt genug, Fehler zu erkennen, aber noch jung genug, sie dennoch zu tun, hahaha. Ein Scherzlein, wie es die unteren Klassen liebten. Zum Glück war er richtig reich. Dass es sich dabei um Reichtum handelte, den Nemours nur zu einem kleinen Teil selbst erwirtschaftet hatte, machte das Ganze nur umso charmanter. Und außerdem war Nemours voll des besten Geschmacks. Mochte es vielleicht für das Allerbeste nicht immer reichen, erkennen und goutieren konnte er es jederzeit. Egal ob es sich um Strümpfe aus Rom, einen Château Pétrus Jahrgang 1947 oder um einen Jungen Wilden der Neuen Leipziger Schule handelte. Oder um eine Frau.

Und so konnte es sich Nemours leisten, all die schönen Dinge im Leben zu lieben, die die oberen von den unteren Klassen unterschieden, die Eliten vom Plebs, um es mal ganz unfein und deutlich zu sagen. Und wenn er das wollte, konnte er sie meist auch erwerben.

Und morgen würde da also auch noch das schönste Stück in seiner umfassenden Sammlung schöner Dinge dazukommen, seine bezaubernde, junge, atemberaubend attraktive Zukünftige.

Ja. Das Leben hatte es bisher recht gut gemeint mit Herrn Nemours. Alles perfekt. Oder fast perfekt. Denn jetzt, vierundzwanzig Stunden vor seiner Hochzeit, geriet diese wunderbare Welt aus der Vogelperspektive ins Wanken. Und wodurch? Durch eine E-Mail. Eine

E-Mail! Konnte die Vulgarität vulgärer in sein Dasein einbrechen als durch die vulgärste aller Kommunikationsformen? Nein, konnte sie nicht. Dass er sie überhaupt gelesen hatte, ärgerte ihn. Dass er ihr Beachtung schenkte, noch viel mehr.

Da stand er nun, die manikürten Finger gegen die edel ergraute Schläfe gepresst, in feinem Flanell, maßgeschneiderter Sea-Island-Baumwolle und einer Maison Bonnet auf der Nase, die sich nicht nur federleicht an den Rücken derselben schmiegte, sondern auch exquisit mit seinem Teint harmonierte. Und wusste nicht weiter.

„Also zunächst einmal die Fakten", sagte er sich zum soundsovielten Mal.

Zuerst war da die völlig geisteskranke E-Mail von diesem völlig geisteskranken Schwager in spe – Paul.

Dann war da ein noch viel geisteskrankerer Anruf von diesem Deppen.

Und schließlich stand, praktisch in dem Moment, als Nemours sich entschlossen hatte, die Polizei einzuschalten, die Kriminalpolizei vor seiner Tür. Von selbst. Und nur, um ihm ein paar Fragen zu stellen. Ein paar Fragen? Ihm? Nur?

Und morgen würde er das schönste Mädchen der Stadt heiraten. Oder vielleicht auch nicht. Kam ganz darauf an.

Die Bullen? Es waren – ganz so wie im Fernsehen –

zwei Beamte gewesen, ganz offensichtlich der Kommissar und sein trotteliger Inspektor. Good Cop. Bad Cop. Hm.

Sie hatten ihre Ausweise gezeigt, aber das ist doch nicht nötig, meine Herren. Er.

Wir wollen nicht lange stören. Dürfen wir reinkommen? Sie. Und schon drin.

„Aber bitte, bitte, hier entlang“, sagte er noch rasch und der Form halber, denn Inese, sein süßes, manchmal etwas einfältiges lettisches Dienstmädchen war, unnötigerweise übereifrig, bereits zur Stelle und glotzte kindlich sensationslüstern auf die Dienstausweise.

„Äh ... ja ... äh ... Inese, nimmst du den Herren bitte die Mäntel ...“ Ein kleiner, ebenfalls übereifriger Knicks setzte sowohl Ineses Brüste als auch des mutmaßlichen Kommissars Lippen in Bewegung.

Dieser Bullendepp denkt doch ... dachte Nemours. Die Höhe. Einfach die Höhe! Denn Nemours war Ästhet, kein ordinärer Schürzenjäger. Dass seine Dienstmädchen hübsch waren, verstand sich von selbst. Das hieß aber noch lange nicht, dass ...

Die Herren lehnten alles dankend ab. Kleiderbügel, Sitzplatz, Getränk.

„Wir wollen wirklich nicht lange stören.“ Sagten sie. Warum klang das wie eine Drohung? Während er mechanisch auf Ineses Po sah, als dieser den Raum verließ, man hatte sich jetzt in eines der vorderen Wohnzimmer begeben, und mechanisch genoss, wie die beiden nicht ganz kleinen, wunderbar jugendlichen Pobacken zueinander sprachen, kam ihm der rettende Gedanke. Dass Paul offenbar grausam misshandelt und entführt worden war, ließ ihn kalt. Dass es um die *Mona Lisa* ging, nicht. Der rettende Gedanke: Gustave. Er musste ganz schnell und sobald diese beiden Presssäcke verschwunden waren, mit Gustave reden.

Gansevoort Street, Manhattan

„Scheiße", fluchte Maria wenig damenhaft. Und nochmals: „Scheiße!"

Warum denke ich eigentlich ständig an ein Sixpack? Ich mag Männer mit einem Buch in der Hand und nicht die mit fetten Hanteln. Außerdem. Was heißt da ‚ein' Sixpack. Ich dumme Gans! Es ist viel skandalöser. Ich denke an ein ganz bestimmtes Sixpack. Ein Sixpack, das ich, *Porca miseria*, bisher weder nackt noch eigentlich überhaupt gesehen habe. Ein Sixpack mit blauen Augen, us-amerikanischem Akzent und blondem Haar. Ein Sixi, das ich mir nur vorstelle. Also einbilde. Also: Will? Was soll das, frage ich mich? Breche ich gar mein Treuegelübde meinem treulosen, wunderbaren, idiotischen Ex gegenüber? Nochmals: Sch…

In Wirklichkeit ärgerte sich Maria natürlich lediglich über sich selbst, weil sie schwach war. Sie hatte nachgegeben. Sie war ihm gefolgt. Und das auch noch gerne. Maria, von ihrer Freundin Emma schon auch mal liebevoll „die Heilige" genannt, ihrem vor zehn Jahren entschwundenen Ex-Lover Paolo tatsächlich und völlig unnötigerweise treu bis sonst wohin, hatte es getan. Nein, nein. Nicht „es"! So weit waren wir noch lange nicht. Nicht einmal in Gedanken. Aber immerhin. Dem kessen Einladungsangebot des blauäugigen Schönlings mit dem unterstellt eisernen Po war sie bereits erlegen. Und stopp. Hatte sie Po gedacht? Geträumt? Eiserner Po?

Unwillig schüttelte Maria das zurechtgemachte Haupt. Quatsch. Sie hatte eiserner Po weder gedacht noch von ihm geträumt. Es war lediglich um ein Sixpack gegangen. Und das konnte man schließlich in aller Öffentlichkeit zeigen. Und ein ganz klein wenig hatte sie in Gedanken vielleicht auch zwanzig Zentimeter tiefer …

Stopp!

Stooooopp!

Maria hatte sich, nachdem sie sich von der morgendlichen Begegnung im Central Park und ihrem etwas schlappen anschließenden Joggen erholt hatte, zwar müde, aber irgendwie auch aufgekratzt in ihr Hotel zurückgeschleppt.

„Wow!" In den Straßen rund um den Parkt tobte, als sie das Gitter passiert und sich auf dem *Sidewalk* in den Strom der Passanten eingespurt hatte, steppte jetzt, kaum eine Stunde später, der Bär. Nun gut. Rom war ja auch nicht gerade ein Dorf.

Sie hatte den freundlichen Portier, der in Paradeuniform vor ihrer Residenz patrouillierte, freundlich gegrüßt, hatte den Lift in das 22. Stockwerk ihres Hotels und sofort eine Dusche genommen. Sie ließ das herrliche New Yorker Wasser, von dem jeder einzelne Einwohner und jede einzelne Einwohnerin dieser schönen Metropole täglich über 578 Liter durch Körperreinigung, Waschmaschine, Geschirrspülmaschine, Kaffeemaschine und ähnliche Errungenschaften des modernen Lebens und ein klitzekleines bisschen auch durch Trinken verbrauchte, an ihrem wunderbaren, von ihr selbst aber stets kritisch begutachteten Körper hinabbrausen. Ein Gefühl wie die Niagarafälle. Sie hatte von den Niagarafällen bislang nur diese drei Dinge gehört: Sie waren die weltgrößten. Sie trennten die Vereinigten Staaten von Amerika von Kanada. Man ertrank, so man in den zu Füßen der Fälle hinwegströmenden Fluss fiel, auch wenn man mit dem Kopf über Wasser blieb. Des dichten Wassernebels wegen, den die Amerikaner *mist* nannten. Auch sie, Maria, würde dieses Naturwunder irgendwann besuchen, nur um ähnlich enttäuscht zu werden wie vom Anblick der Pyramiden, des Eiffelturms, der größten versteinerten Düne der Welt oder der Welwitschie der Gattung Welwitschia aus der Familie der Welwitschiagewächse, ihres Zeichens endemisch in der Wüste Namib wachsende Nacktsamerin. Oder von Paolo. Dachte Maria. Denn eigentlich wurde man ja immer enttäuscht, wenn man sich etwas Schönes vorstellte und es dann tatsächlich vorgesetzt bekam. Egal ob auf dem Porzellanteller, dem Bettlaken oder in der freien Natur. Siehe Paolo. Alles Schall, Rauch, Wahn, nicht wahr? Ja? Nein? Ja? Wie? Ach ja. Die Kunst. Die einzig verlässliche Konstante ihres Lebens. Dachte Maria und zugleich an die wenig beruhigenden Ergebnisse der Arbeit an „ihrem“ *Narziss*. Wenn sich bewahrheiten sollte, dass der *Narziss* …

Nach der wunderbaren, niagarafallartigen Dusche im Hotelzimmer verbrachte Maria einen wunderbaren erkenntnisbringenden Arbeitstag an ihrem Untersuchungstisch. Da sie sich bei der Arbeit stets aufs Äußerste konzentrieren und sogar ihren penetrant allgegenwärtigen Ex Paolo dabei vergessen konnte, gelang es ihr, sich einzureden, dass die Entscheidung erst am Abend nach der Arbeit und ganz spontan gefallen war. Was nicht stimmte.

Jetzt jedenfalls stand sie, nochmals von einer knappen Dusche erfrischt und wesentlich sorgfältiger und sogar ein klein wenig sexy zurechtgemacht vor diesem Ding, das sich *Meatpacking* nannte. Genau wie das ganze Viertel hier. Sie war der Einladung ihres blauäugigen mutmaßlichen Sixpack-Trägers von heute Morgen im Central Park also gefolgt.

Sie hatte in einem kleinen, improvisierten Café mit

coolen, improvisierenden Servicekräften einen kleinen Kaffee und ein noch kleineres, ja fast schon improvisiertes Sandwich zu sich genommen, für allerdings nicht improvisierte zwanzig Dollar.

Dieses kleine Café lag dem *Meatpacking*, einer Galerie, praktischerweise direkt gegenüber. Während sie beides, den kleinen Kaffee und das winzige Sandwich, zu sich nahm, konnte sie also beobachten, wie im Inneren des *Meatpacking* zuerst Licht gemacht und dann die Tür geöffnet wurde. Die ersten Leute kamen. Sie war viel zu früh da.

Schließlich trafen immer mehr Leute ein. Das *Meatpacking* schien ein angesagter Schuppen zu sein und die gezeigte Kunst en vogue oder „hip“, wie man heute wohl sagte.

Da traf ganz junges Gemüse ein, junge Mädchen von einer geradezu provozierenden Frische, allesamt langes, blondes Haar, Vintage-Taschen, Plateauschuhe und dieses Cameron-Diaz-Lächeln, das siebzehnjährige Pickelgesichter des Gegengeschlechts und alternde Banker sicher für erotisch hielten.

Es erschienen ernst zu nehmende Ladys in eleganten Hosenanzügen, mit teuren blonden Wellen oder aparten dunklen Kurzhaarfrisuren. Ladys, die ihre Diktiergeräte, Presseausweise, Kreditkarten und *Apple Airs* in riesigen 3000-Dollar-Bags bargen.

Es kamen Herren im besten Alter und in coolen

Anzügen, offenen oder kragenlosen Hemden, mit blutjungen Dingern am Arm.

Es kamen Studenten, die offensichtlich nichts besaßen außer Ambitionen.

Es kamen amerikanische Normalos mit wackelnden Colaringen um die Hüfte, aber nicht so viele. Junkfood und Kunstgenuss fanden also auch im Land der unbegrenzten Möglichkeiten noch immer nicht zusammen.

Es kamen ganz normal aussehende Menschen aller Couleur, die offensichtlich weder wichtig noch berühmt noch reich waren.

Kurz: Es kam anscheinend ganz New York. Nur kein Nick.

Sie beobachtete: junge Asiatinnen, attraktiv pigmentierte junge Ghetto-Kids, Graumelierte, sympathische Rotschöpfe vom Schlage eines Ron Weasley, Mitteleuropäer, Wikinger, schnatterndes mediterranes Volk. Aber keinen Nick.

„Ach, was soll's", murmelte sie resigniert, und dass die Pyramiden eben doch immer kleiner waren. Und seufzte.

Und dann sah sie ihn.

Er war gekommen.

Es flatterten.

Doch noch gekommen.

Die Schmetterlinge.
Riesig, diese Pyramiden.

Das darf doch nicht wahr sein, du dumme Gans. Reg dich ab. Das war ja grauenhaft, wie sie sich innerlich gebärdete. Würdelos. Demütigend. Weibisch.

Er, Nick. Lässig, aber nicht zu lässig, gutaussehend, aber fast zu gut. Er stand am Eingang der Galerie und schien entspannt auf etwas zu warten.

Vorsichtig lugte sie zu ihm hinüber, halb verdeckt von einem Laternenpfahl und ein paar Fahrrädern, die am Straßenrand abgestellt und aneinandergekettet waren. Er entdeckte sie sogleich und winkte erfreut zu ihr herüber. Ganz offen sichtbar erfreut.

„Du bist verrückt", murmelte sie leise und überquerte die Straße.

„Wie meinst du das?", fragte er, nachdem sie sich – Küsschen hier, Küsschen da – begrüßt hatten.

„Äh, was? Wie?"

„Wieso bist du verrückt?"

Hihihi!

Immer noch Gansevoort Street, Manhattan

Wow. Das *Meatpacking*, so wurde Maria langsam klar, war wirklich eine der coolsten Ecken von ganz New York. Die fast ehrwürdigen Backsteingebäude. Die Shops. Die Restaurants. Die Straßenlaternen. Diese irgendwie, tja, europäische Atmosphäre. Schon stark das. Vor allem aber beeindruckte sie die noch körperlich spürbare Energie von Arbeit. Harter, männlicher Arbeit. Der Geruch von Willensstärke, von Schweiß ... Sie sagte es ihm.

„Allerdings, der Geruch von Angstschweiß Millionen und Abermillionen getöteter Ochsen, Schweine, Schafe, Lämmer ..."

Scheiße, schoss es ihr durch den Kopf. Ein Vegetarier! Dann hatte sie ja wieder alles richtig gemacht. Na toll!

„Ah, du bist für Ochsen und so? Du, macht nix. Ich auch. Einige meiner besten Freunde sind Ochsen ..." Überrascht sah er auf sie herab und lachte dann laut und herzlich. Aha, dachte sie verblüfft. Und: Bin ich etwa witzig?

„Lass uns raufgehen. Was trinken. *Socializen*. Bin gespannt, wie dir die Sachen gefallen."

Socializen. Oh mein Gott. Das kann ja lustig werden mit dem Typen! Und wieso eigentlich „raufgehen"? Das klang gleich so nach „Schlafzimmer".

Nun, raufgehen, weil die Ausstellungsräume der Galerie sich nun einmal im ersten Stock des coolen *Meatpacking*-Gebäudes befanden. Unten gab es diese kleine Bar, die aber nur aufhatte, wenn die Galerie auch geöffnet war, und oben wurden die Bilder gezeigt.

Dort oben angekommen, sahen sie sich um. Es waren jetzt eine Menge Leute da. Alle waren sie auf den ersten Blick entweder schön oder interessant oder verschiedenfarbig, lässig und mit einem Glas Wein bewaffnet.

Es gab nicht nur Männer und Frauen. Es gab auch alles Mögliche dazwischen. Nur Kinder, Hunde und Einhörner fehlten. Einhörner? Wieso Einhörner?

Und natürlich kannte jeder jeden. Auch Nick. So Marias Eindruck. Nur sie kannte niemanden. Außer Nick.

Maria und ihr neuer Freund drückten sich an Schultern und hinter Rücken und an kleinen und weniger kleinen Popos entlang durch die Räume. Nick grüßte nach hierhin und nach dorthin. Aber niemand kam auf ihn zu.

Von den Bildern sah man nichts. Worum handelte es sich? Wer war der Künstler, die Künstlerin? Was wurde gezeigt? Fragen über Fragen …

Die Werke waren zumindest recht groß. Man sah, trotz der vielen Menschen, bombastische Farbflächen gen Himmel ragen, furiose Striche, aber auch Reduziertes, Yves-Klein-mäßiges in Blau, Beige, Anthrazit und Orange. Wahnsinnig kreativ und modern und hip, dachte Maria. Und fragte sich, warum sie eigentlich so ablehnend und negativ eingestellt war. Sie liebte die alten Meister. Caravaggio war ihr Gott. Aber moderne Kunst, auch abstrakte, hatte ihrer Meinung nach durchaus ebenfalls ihre Daseinsberechtigung. Und zudem: Es hatte sie doch niemand gezwungen herzukommen. Warum also fühlte sie sich komisch? Seltsam. Drohten etwa alte Komplexe aufzubrechen? Das wäre schlimm. Definitiv jetzt schon schlimm aber war, dass weder Nick noch sie selbst die Quelle finden konnten. Die Quelle, verdammt noch mal, also: Wo kam der verdammte Wein her, den alle außer ihnen mit sich herumtrugen?

An einer Säule fanden Maria und Nick endlich einen kleinen Platz zum Verweilen. Sie sahen immer noch nichts, wurden dafür aber einen Moment lang nicht geschubst.

„Wie eine Insel“, sagte Maria und kam sich im selben Augenblick so blöd vor, so dämlich. Eine Insel. So ein Quatsch. Warum sagte sie so dummes Zeug? Zu ihrem Erstaunen griff Nick das abgeschmackte Bild freundlich auf.

„Gestatten, *Freitag*.“

„Oh“, rief sie erstaunt und so laut, dass einige der

distinguierten New Yorker in der näheren Umgebung, also quasi bereits aus dem Ozean des Fremden, der ihre Insel der beginnenden Vertraulichkeit umspülte, sich nach ihr umsahen. Belesen war er auch noch! Und dass sie dann *Robinson* …? Nick – nickte.

„Pluspunkt", zwitscherte sie fröhlich.

„Mit Vergnügen", flötete er.

Stillstand.

Pause.

Noch immer Stillstand.

„Ich brauche jetzt wirklich einen Drink", seufzten sie zeitgleich, nahmen damit auf raffinierte Weise den Gesprächsfaden wieder auf, blickten sich happy in die Augen und sahen gleich wieder weg. Lächelnd. Wo waren denn nur diese verdammten Kellner?

Da.

Da war ja zumindest mal einer. Man erkannte ihn ganz leicht an seinem schwarzen Anzug, dem steifen, makellos weißen Hemd und der kleinen koketten Fliege. Äh, nein. Falsch. Bis auf die Fliege. Die stimmte. Ansonsten trug der durchaus ästhetische, höchstens zwanzigjährige Dienstleister nichts, wirklich nichts, außer einem knappsten Stringtangachen.

„Wow“, entfuhr es Maria, recht provinziell. Dem New Yorker, nine-eleven- und sonst wie erprobt und apple-arrogant, brauchte man mit so billig-effekthascherischem Firlefanz gar nicht erst zu kommen. So etwas beeindruckte höchstens – Provinzler.

„Bei dem sitzt das Outfit. Maßgeschneidert, kann ich da nur sagen. Gardemaß-geschneidert.“ Setzte sie noch eins drauf. Und kicherte. Doof.

Wovon auch immer erleichtert, nein, geradezu erlöst winkten sie beide, Maria nervös, Nick mit der gebotenen Coolness, den tadellos gekleideten jungen Mann heran.

„Weißwein, Ladys?“

Ladys? Irritiert blickte Maria zu ihrem Begleiter.

„Gern“, antwortete Nick unbefangen und griff auch gleich zwei Gläser. War das jetzt männlich-dominant von ihm, fragte sie sich, nickte aber mit schrägem Köpfchen und nahm das ihr dargebotene Glas gerne an.

„Chardonnay.“ Der nackte Beau.

„Es ist leider immer Chardonnay, Süße.“

Der bekleidete Beau.

Augenrollen, zischeln, von hinnen flanieren. Der nackte Beau.

Schwul war er also auch noch, ihr Vegetarier, dachte Maria resigniert. Na toll! Volltreffer!

„Bei dem sitzt ja wirklich jeder Muskel“, bestaunte

Maria das Bediensteten-Outfit samt deutlich erkennbarem … ähem … Inhalt vorne. Inhalt hinten.

„Oh ja", erwiderte Nick, der dem attraktiven Kerlchen nicht nachblickte, „vor allem die Fliege." Maria lachte. Nick lachte. Und besah sich nun doch für einen Augenblick ihre Brüste. Nein, vermerkte Maria, schwul war er nicht.

Hm.

Man nippte wieder am Wein. Man blickte sich um. Sah von ferne Farben, Formen, Firlefanz. Vielmehr Nick blickte sich um, und plötzlich erkannte Maria, dass Nick dies nicht deshalb tat, weil er sich vielleicht ein winziges bisschen langweilte. Nein. Nick sah weg, damit sie, Maria, ihn in Ruhe gebührend bewundern konnte. Und das tat sie jetzt auch. Sie sah ihn sich gründlich von oben bis unten an.

Also. Nick. Etwa Mitte zwanzig. Blonde, ungekämmte lockige Haare. Vielleicht eine Ahnung von Geheimratsecken. Aber mit Mitte fünfzig dann. Da war noch Zeit. Er trug einen schwarzen Anzug, ganz bestimmt vom Schneider und mindestens fünfzehnhundert Dollar, dazu ein mauvefarbenes Hemd – auf Taille geschnitten – und eine schmale, schwarze Krawatte, die er sehr locker gebunden hatte. Er sah gut aus. Stylish, aber nicht geschleckt. Modisch und zugleich individuell. Ein Schönling, aber keiner von der Stange. Sie fragte sich, warum ihr ausgerechnet jetzt Paolo in den Sinn kam. Vielleicht sollte sie doch mal eine Therapie …?

„Wollen wir von hier verschwinden? Ich kenne da eine kleine romantische Bar ganz in der Nähe von meinem Appartement …“ Mit einem saublöden Schlafzimmerblick versuchte Nick offenbar, sie nach kaum zehn Minuten auf die billigste Art und Weise abzuschleppen. Für wen hält der sich, dachte sie empört.

„Für wen hältst du …“ Sie blickte in ein Strahlen, das sie fast umhaute.

„Reingefallen, war ’n Witz“, rief er vergnügt und ließ ein Lachen hören, das sie geradewegs in sein Herz blicken ließ. Wow, dachte sie erschrocken, was für ein Mann.

„Los, komm, wir schauen uns die Werke an, die hier zu sehen sind. Neue Amerikanische Wilde oder so. Nuller Jahre. Total abgefahren. Großes Format. Los, komm schon! Bin gespannt, was du zu den Arbeiten sagst!“ Plötzlich glühende Wangen. Zu viel Weißwein. Viel zu viel heißer Brei. Zu viel Sehnsucht. Zu viel Zweideutigkeit. Oder war es schon eindeutig? Wenn sie weiter Spaß haben wollte, dachte sie, sollte sie sich über Folgendes klarwerden: Willst du, dass der Kerl dich nachher vögelt oder nicht, *porco dio*? Sie fühlte sich ertappt. Er schaute ihr in die Augen. Dann irgendwohin. Taktvoll war er auch noch.

Nein! Natürlich nicht! Sie wusste ja schon gar nicht mehr, wie das ging: Vögeln.

„Ich arbeite im Museum, bin gelernte Restauratorin und bewerte jede Art von Kunst. Neue und alte. Traditionelle ebenso wie abstrakte. Grafik, Holzschnitt oder Öl. Skulpturen. Fresken sowieso. Fresken sind mein Spezialgebiet. Wenn du willst, kann ich dir einen Neo Rauch auseinandernehmen, Beuys in Grund und Boden analysieren, die Sixtinische Kapelle kopieren oder einen Rembrandt wieder zusammenkleben. Ganz wie du willst." Nick wiegte anerkennend den Kopf. Meinte sie das jetzt ernst?

„Du stehst also nicht nur auf alte Sachen? Also auf so was wie der da hinten?" Nick deutete jetzt mit seinem hübschen Kopf auf einen älteren Herrn mit Gehstock und wirren grauen Haaren. Nein, dachte Maria, ihr Ritter war doch nicht taktvoll. Ihr Ritter war arrogant. Und ein taktloser und arroganter Ritter war kein Ritter. Schließlich werden wir alle einmal alt. Wütend sah sie ihn an.

„Was ist denn? Habe ich etwas falsch gemacht?"

Allerdings, du Schwachkopf.

„*Quello che siete noi eravamo; quello che noi siamo voi sarete*, du Idiot." Nick spürte, dass er sie irgendwie verletzt hatte, dass das im Augenblick kein Spaß war.

„Wer ficken will, musst freundlich sein", sagte er.

Wie bitte? Nein! Sagte er natürlich nicht. Dachte es aber. Wollte er aber. Er sagte stattdessen so sanft wie möglich:

„Ist das Italienisch?"

„Ja, Trottel." Maria besaß ein tief verankertes Gerechtigkeitsgefühl und ein Herz für Minderheiten. Sie konnte Tiere nicht leiden sehen. Sie half selbst im mörderischen Rom alten Damen über die Straße. Wurden ihr Gerechtigkeitsgefühl und ihr Herz erschüttert, verlor sie Humor sowie gute Erziehung. Sie war also wirklich verärgert.

„Und das bedeutet?" Er. Einschleimend.

„Wir haben in Rom viele schöne Kirchen …"

„Den Vatikan zum Beispiel …", unterbrach er sie kokett.

„Halb richtig", sagte sie. Streng. Und: Der will mich doch verarschen.

„Der Vatikan, lieber Nick, ist ein Staat. Einer der kleinsten Staaten der Welt. Wo der Papst wohnt, nicht wahr, das wissen wir doch. Hm? Und die Kirche des Vatikan heißt ‚Petersd…' Du Scheusal! Du weißt es! Du nimmst mich überhaupt nicht ernst!" Versöhnt mit sich und der Welt schlug sie ihn mehrmals. Und gar nicht mal so sanft.

„Aber ich meine es ernst! Eine dieser Kirchen ist die Santa Maria Immacolata in der Via Veneto. Dort …"

„Ah. Warte: ‚*Was ihr seid sind wir gewesen; was wir*

sind werdet ihr sein', richtig! Das Kapuzinerkloster. Das berühmte Beinhaus. All die Schädel, Beckenknochen, Wirbel! Oh Maria! Du Gute! Ich habe kapiert! Ich weiß, was du mir sagen willst. Was bin ich doch für ein Idiot!"

Wow. Sie. Schlau werde ich aus dem Kerl ja nun überhaupt nicht. Im Gegenteil. Der macht mich ganz kirre. Hilfe! Ich glaube, der will!

„Okay. Schon gut. Schwamm drüber. Ich mag es einfach nicht, wenn man schlecht redet über Dinge an Menschen, für die sie nichts können. Hautfarbe. Geschlecht. Körperliche Grundausstattung. Das ist nicht lustig, verstehst du?" Ja. Er verstand. Und ja: Schwamm drüber. Er konnte es aber nicht lassen.

„Der Alte sieht aber doch aus, als sei er Michelangelos Gemälden in der Sixtinischen Kapelle entsprungen."

„Woher willst du denn das wissen, Banause? Tu doch nicht so, als hättest du die Fresken im Kopf. Du willst doch nur …"

„Was?"

„… Eindruck schinden. Ich bin Restauratorin. Lass den mal in meine Obhut kommen. Dann siehst du gegen den wirklich alt aus." Sie lachten und sahen sich vergnügt um. Alles in Ordnung ringsum. Sie fuhren fort, sich zu necken.

„Ganz bestimmt. Deine Restaurierungskünste

möchte ich aber auch zu gerne kennenlernen. Ganzkörper oder eher en détail?" Er. Herausfordernd lächelnd. Sie schlug ihn scherzhaft auf den Oberarm. Muskulös.

„Ich rede nicht mit jedem Fremden über meine Berufsgeheimnisse." Sie. Rot im Gesicht, ganz bei der Sache. Er nickte anerkennend.

„Eins zu null."

„Und zwar für mich."

„Ja, für dich." Nick erinnerte sich an ein Motto, das er stets zu beherzigen pflegte. Wenn du eine Frau ins Bett bekommen willst, musst du sie gewinnen lassen. Egal wobei. Wichtig war nur, dass sie das Gefühl hatte, gewonnen zu haben. Nur war er sich zum jetzigen Zeitpunkt alles andere als sicher, ob er Maria überhaupt herumkriegen wollte. Zugegeben. Sie war reizend. Sie war attraktiv. Sie war interessant. Sie war sehr wahrscheinlich auch eine leidenschaftliche Liebhaberin. Aber er hatte so seine Erfahrungen mit Europäerinnen. Sie waren gut, ja. Aber auch kompliziert. Launisch. Herrisch manchmal. Er könnte es zweifellos einfacher haben. Wenn er sich hier nach all den zwar neurotischen, aber vereinsamten und somit dankbaren New Yorker Milfs umsah. Warum also Maria?

„Und?" Er.

„Was: Und?"

„Deine Arbeiten ..."

„Ah.“ Maria überlegte.

„Ich hatte mal einen …“, begann sie vielsagend. Die Neckereien gingen noch lange so hin und her und genau auf die Art, wie sie nur die Beteiligten selbst die gesamte Zeit über interessant, alle anderen aber sterbenslangweilig finden. Maria jedenfalls genoss zunehmend Nicks Nähe, Nicks blaue Augen, Nicks blondes Haar, Nicks Brustmuskelplatten, die sich ab und zu unter seinem schicken Hemd abzeichneten, den ganzen Abend. Wo das alles hinführen mochte, blendete sie, wie alle Frauen in dieser Situation, einfach aus. Denn schließlich wurde sie ein bisschen beschwipst vom Wein, von den Menschen um sie herum, von der Kunst an den Wänden, die sie sehr old-school fand, und von der Flirterei. Ihr freundlich gestimmtes Unterbewusstsein hatte sich bereits entschlossen, sich in den Zustand weiblicher Somnabulität zu begeben, in der sie alles mit sich machen lassen und doch am nächsten Morgen keinerlei Verantwortung würde auf sich nehmen müssen, als sie ein Wort von Nick – wie bitte, was hat er da eben gesagt? – aus der süßen Trance riss.

„Also, wenn du mich fragst“, hatte er doziert, „dann ist letztendlich alles nur Farbe … blablabla … und Leinwand … blablabla … ein wenig Können und vor allem Mode. Und Mode ist Marketing. Was ist Kunst schon … blablabla … ohne diese klitzekleinen

Preisschilder da rechts unten ...?“ Sie hatte noch immer nur halb zugehört. Dann kam das Wort: Fälschung.

Fälschung?

Stopp.

Moment.

Was war das? Also: gleiche Leinwand. Gleiche Technik. Gleiche Farbe. Gleiches Motiv. Caravaggio.

„Was redest du da?“ Maria. Etwas rief ihren weiblichen Instinkt, der sich zurückgezogen und ihre Beine freigegeben hatte, zurück zu den Waffen. Ihre Tugend und Treue gegenüber Paolo mochten fallen. Ihre Professionalität niemals.

„Mein Lieber. Kannst du bitte wiederholen, was du da eben ...?“

„Okay. Was ist der Unterschied zwischen einem Caravaggio und einem Gemälde, in dem ich mit der gleichen Farbe und der gleichen Technik das gleiche Motiv auf die Leinwand pinsele?“ Nick sah Maria lächelnd an.

„Eine Straftat.“

„Richtig. Denn wie ich eben sagte, handelt es sich dann um eine Fälschung. Aber wenn es eine täuschend echte ist, sagen wir eine hundertprozentige Kopie von: Caravaggio. Was ist dann der Unterschied zum Original?“

„Dass es kein Original ist, eben kein Caravaggio.“

„Kommt es darauf an, dass das Werk von Caravaggio persönlich hergestellt wurde, oder darauf, wie es auf mich wirkt?“

„Echt ist echt und Fälschung ist Fälschung. Ganz einfach.“ Maria schaute ihn entgeistert an. Warum sprachen sie plötzlich von ihrem geheimen Auftrag?

„Echt ist Kohle und Fälschung ist keine Kohle. Habe ich recht? So ist es auch mit der vorehelichen Jungfräulichkeit, mit der Treue in der Ehe. Besitzanspruch.“

„Willst du damit sagen …“

„Ich will nur sagen“, unterbrach er sie, „es ist alles eine Frage des Geldes. Ein Geschäft. Hat hier weder mit Kunstgenuss noch dort mit Liebe zu tun.“ Er lächelte jetzt sehr süß. Auf eine Auseinandersetzung über Vorehe und Treue wollte sich ihr katholisches Herz nicht einlassen. Auf ein Fachgespräch über Kunst schon. Auch wenn sie so etwas von ihrem blond-blauäugigen Beau nicht erwartet hätte.

„Und wenn der Künstler es nicht perfekt machen konnte, weil ihm die Distanz fehlte?“ Nick.

„Dann ist das so von ihm gewollt.“ Maria.

„Nein, ich meine das anders. Manchmal hat man einfach nicht die nötige Neutralität, um etwas ganz Besonderes herzustellen, weil man so verhaftet ist in seiner Welt, in Gedanken, den eigenen Ansichten, im eigenen Leben eben.“ Nick.

„Kunst ist immer etwas Persönliches. Worauf willst du hinaus?“ Maria.

„Was ist schon echt? Ist es immer nur das Original? Oder kann etwas, was aus dem Original erwächst, nicht besser sein und damit wirklich wahrhaftig wertvoll, eben die wahre Kunst?“ Noch einmal Nick. Wollte der jetzt vögeln oder sich bei ihr um eine Assistenz bewerben? Langsam ging ihr die Fachsimpelei auf die Nerven.

Maria überlegte, schüttelte dann den Kopf. „Ein Caravaggio ist ein Caravaggio, eine Kopie ist eine Kopie. Basta.“ Nick sah sie an und lächelte.

Rue du Champ, Neuilly-sur-Seine,
Frankreich, vormittags

Die Welt zeigte sich von ihrer schönsten Seite für Flavio Malandrolo. Er schlenderte über die gepflegten Rasenflächen des herrlichen Anwesens am Stadtrand von Paris. Die Rasenflächen bildeten den grünsamtenen Flor für eine parkähnliche Gartenanlage rund um das hübsche Gebäude aus der Zeit des Barock mit Hecken, großen, alten Bäumen, Rosenbüschen, Statuen, schmalen gewundenen Wegen und verschwiegenen Plätzchen, an denen Bänke zum Verweilen, zum Diskutieren, Knutschen oder Intrigieren einluden. Vor allem prächtige Ulmen bestimmten die zauberhafte Atmosphäre des Gartens, in dem sich Malandrolo zum Teil vergnügt, zum Teil recht missgünstig hin und her bewegte. Vergnügt, weil sich seine Pläne recht nett entwickelten. Leider war er jedoch auch sehr neidisch.

Reichtum macht Spaß, dachte er grimmig. Wenn man an ihm teilhat. Und dass er so einen Luxus eigentlich niemandem gönnte. Außer sich selbst. Nun, im Augenblick schien er im Begriff zu sein, sich etwas von dem Wohlleben zu holen, das bisher immer die anderen geführt hatten und nicht er. Ein Stück vom Kuchen wie man so sagte. In Form eines eleganten neuen Anzugs etwa. Es war ja allgemein bekannt, dass

Schwule, sofern sie ihn sich leisten konnten, einen exquisiten Geschmack besaßen. Denen war doch wirklich nichts zu edel. Nun ja. Er war weder schwul, noch war der Anzug, den er trug, seiner. Es war Gustaves Anzug. Feiner Zwirn. Hervorragende Verarbeitung. Maßgeschneidert. Bei Cifonelli. Wo auch sonst? Klassisch auf den ersten Blick. Extravagant auf den zweiten. Allein für das Brusttäschchen, das statt über der Brust, wie es sich gehörte, im linken Kragen-Revers eingearbeitet war, hätte er Gustave gerne noch einmal zusammengeschlagen. So ein snobistischer Scheiß. Aber leider geil. Malandrolo jedenfalls kochte vor Wut über so viel Erlesenheit. Denn: Es ist ja nicht so, dass arme, benachteiligte Menschen Qualität nicht beurteilen können, nur weil sie unerreichbar war. Im Gegenteil. All die Jahre, die gekennzeichnet waren vom Verzicht, vom nagenden Neid, von brennender Missgunst, verbrachte Malandrolo damit, seine Sehnsüchte zu nähren, seinen Geschmack zu bilden, seine Ansprüche an die Welt in unerreichbare Höhen zu schrauben. An die Welt, nicht an sich. Und sich die Nase platt zu drücken an den Schaufenstern der Luxusboutiquen, Flagship-Stores und Edel-Shops, in denen nur die Reichen und Schönen und die Schwulen Zutritt haben.

Grrrr!

Wie dem auch sei, Gustaves Maßanzug war ihm, Malandrolo, wie auf den Leib geschneidert. Das und der Gedanke, dass er dieses Weichei in einem kernigen Gewaltakt um die Ecke gebracht hatte, gefiel dem Verbrecher. Das Hemd ebenso. Und die Schuhe. Und die Strümpfe. Selbst eine teure Unterhose hatte Malandrolo aus Gustaves Wäschetruhe entwendet. Und dieser Umstand machte ihm besondere Freude.

„Leck mich fett“, murmelte er, so gut gekleidet wie übel gelaunt, während er die Ausmaße des hier zur Schau gestellten Reichtums sowie der Dekolletés der anwesenden jungen und weniger jungen Damen bewunderte. Malandrolo, ganz und gar nicht schwul, hatte eine Schwäche für beides. Für dicke Bankkonten und für dicke ... Müsste er allerdings wählen, er würde sich für den Reichtum entscheiden.

Malandrolo lächelte hässlich vor sich hin und schlürfte seinen Champagner. Eiskalt. Natürlich. Wie er eben zu sein hatte, der Champagner. Das Beste gerade gut genug für diese Lackaffen. Widerliches Zeug, so ein Champagner. Dekadent.

Die Sonne wärmte sein Gesicht und sein dekadentes Getränk. Die Dinge entwickelten sich bisher wirklich prächtig. Für ihn. Für seine Auftraggeberin. Für die stolze, so oft gedemütigte italienische Nation.

„Tsts“, machte er und maß nochmals die Situation. Tsts. Was ein wenig Gewalt so alles bewirken konnte?

Er sah auf Gustaves teure Armbanduhr. Diese verdammte Schwuchtel. Wo um alles in der Welt nahm die das Geld her für einen derart ausgefallenen Luxus? Da ging doch etwas nicht mit rechten Dingen zu. Da war doch Kriminalität mit im Spiel. Sollte Gustave am Ende …?

Ach, fahr zur Hölle. Er spülte die in ihm aufsteigende Galle mit etwas Kaltgetränk wieder hinunter. Er spürte, wie sich die Wirkung des Alkohols in seinem kranken Hirn breitmachte. Malandrolo gehörte nicht zu den Menschen, die unter Alkoholeinfluss sanfter wurden. Du musst auf der Hut bleiben, sagte er sich, wachsam sein. Noch hast du das Schwein nicht geschlachtet. Das richtige Schwein.

Von irgendwo her wehten die Klänge eines kleinen Orchesters und die Ahnung teuren Parfüms. Diese Reichen! Er beschloss, seine Wut unter Kontrolle zu bringen, um nicht dem nächstbesten dieser feinen Pinkel die Fresse zu polieren. Was ihm aber schwerfiel. Zu sehr quälte ihn im Augenblick die Ungerechtigkeit der Welt im Allgemeinen und die selbst erlittene im Besonderen, die ungleiche Verteilung von Reichtum und Besitz, und dass er selbst gar nichts besaß, nicht einmal eine eigene Unterhose.

Um sich zu beruhigen, dachte er an seinen Geniestreich und daran, dass die Mutation von Malandrolo zu Gustave Dupont bisher vorzüglich klappte. Selbst der idiotische Pförtner im Entrée von Gustaves Wohnung hatte nichts gemerkt. Und die merken für gewöhnlich doch alles. Die Pförtner waren ja bekanntlich die Schlimmsten. Und hier in Neuilly klappte der Rollenwechsel bislang auch wie am Schnürchen. Aber Malandrolo irrte. Die Schlimmsten waren nicht die Pförtner.

Eine Zeitlang drückte er sich also, trotz seines eleganten Outfits von niemandem wahrgenommen, von niemandem begrüßt, von niemandem angesprochen, ja selbst von den zahlreichen wie Models aussehenden Kellnerinnen und Kellnern tendenziell ignoriert, zwischen all den Menschen herum, die fröhlicher, glücklicher, zugehöriger schienen. Jeder kannte jeden, nur er kannte natürlich niemanden. Das war gut so. Das war richtig. Und trotzdem. Schon wollte da die alte, eben mühsamst verdrängte Wut wieder so richtig in ihm hochkochen, als er Henry Nemours entdeckte, den etwas fahrig wirkenden Bräutigam.

„Jetzt gilt's“, sagte er sich. Es gelang ihm, eines dieser Hochzeitslächeln aufzusetzen, die er auf all den Visagen um sich herum sah. Mit einem einfachen, kleinen Trick gelang es ihm, die Aufmerksamkeit des ins Gespräch vertieften Bräutigams auf sich zu ziehen. Nemours, sonst die Ruhe selbst, reagierte prompt.

Nun denn. Alles oder nichts. Flavio musste alles auf eine Karte setzen. Und das tat er auch. Ein echtes Gustave-Lächeln im Gesicht, so hoffte Malandrolo zumindest, und unter den sehr reservierten Blicken von Herren, die sicher ähnlich einflussreich waren wie dieser graumelierte Fatzke von Nemours, eiste der Verbrecher den mächtigsten Mann der französischen Kunstszene von seinen Gesprächspartnern los.

Ich bin ein Sansculotte, dachte Malandrolo dabei grimmig und ergriff die von einem geradezu erschrocken wirkenden Henry etwas zu jovial dargebotene Hand.

„Mein lieber Gustave, was für eine Freude, dich heute hier begrüßen zu dürfen!“, rief Henry Nemours etwas zu laut. Etwas zu überschwänglich. Der Mann hatte ja völlig die Fassung verloren, dachte Malandrolo erfreut.

„Wissen Sie, Messieurs“, begeisterte sich Nemours geradezu an der Gegenwart seines vermeintlichen Sicherheitschefs und platzierte in der ersten Euphorie ein winziges Speichelpünktchen auf Malandrolos Nasenspitze, „das ist mein wichtigster Mann. Ohne ihn wäre das wichtigste Museum der Welt gar nichts, rein gar nichts!“

Null Reaktion. Eisiges Schweigen. Blicke. Wie lange? Sehr lange, wie Malandrolo schien. Und beinahe hätte er seinen entscheidenden Fehler jetzt schon begangen. Dann, endlich, aber eigentlich keine Entwarnung für den gewieften Gauner, leichtes Wiegen von schweren Köpfen. Sehr leichtes. Malandrolo hatte natürlich längst erkannt, dass sich zwar die Sinne Nemours' vernebelt hatten. Klar. Der heiratete heute und sein Schwager in spe war verschwunden. Nicht aber die seiner mächtigen Gäste. Mit dem rohen Gespür für den Klassenfeind scannten diese den Neuankömmling, erkannten Cifonelli, Patek Philippe und all die anderen aufdringlichen Anzeichen und bekamen schmale Augen. Die Uhr? In Ordnung. Cifonelli? Meinetwegen. Schuhe von Pierre Corthay? Mochte angehen. Aber alles auf einmal? Vulgär. Wer machte denn so was? Showmaster im Fernsehen vielleicht. Und: Man kannte sich in ihren Kreisen. Wenn nicht privat, so doch wenigstens durch Prozesse, die man gegeneinander geführt hatte. Ihn, diesen Gustave, kannten sie nicht. Nun, er war ja auch nur ein mit den oberflächlichen Zeichen des Reichtums überausgestatteter Sicherheitschef. Und nicht einmal ein sehr vertrauenswürdiger.

Ja, erkannte Malandrolo voll Hass, während er etwas Bescheidenes, etwas sich selbst Zurücknehmendes von sich gab: Die anderen waren im Vollbesitz ihres Verstandes. Er würde auf der Hut sein müssen. Und riskierte trotzdem alles. Jetzt:

„Eine Ewigkeit, Henry."

„So lange nun auch wieder nicht, was Gustave? Ich freue mich, dass du es geschafft hast, heute hier unser Gast zu sein. Ich muss dich unbedingt meiner Frau vorstellen."

Uff! Sie waren also wirklich per du. Henry hatte nicht mit der Wimper gezuckt. Plus zwei weitere unschätzbare Informationen. Sie sahen sich also öfter. Und er kannte die Braut noch nicht. Und das bedeutete: sie ihn auch nicht.

„Der Braut", korrigierte Flavio kokett. Er konnte es nicht lassen. Er war nun einmal ein Spieler. Gespannt wartete er ab, ob er es wohl übertrieben hatte mit der Jovialität.

„Ja, natürlich, der Braut, hehe, der Braut, klar …" Nemours lachte albern. Wieso erwachsene Menschen nur derart den Verstand verloren, nur weil sie ein jahrtausendealtes Ritual erbschaftssichernder Bedeutung vollzogen? Flavio schüttelte missbilligend den Kopf.

„Ist etwas, lieber Gustave?"

„Nein, nein, Henry", murmelte er grimmig. In seinem Groll drohte er jetzt beinahe aus der Rolle zu fallen. Liebe und ähnliche Sentimentalitäten konnten sich die Reichen leisten. Die Reichen und die Dummen. Er war weder das eine noch das andere, also?

Verwundert sah Nemours den Mann an, den er für seinen Sicherheitschef hielt. Etwas, das registrierte nun auch der Umnebelte, war heute anders an Gustave.

Nur was? Wirkte er, nun ja, weniger – schwul? Charmant wandte sich der mächtige Chef des Louvre an seine Gäste:

„Sehen Sie, meine Lieben, so einen Mann braucht es: Immer genau, bis in die letzte Pore.“ Man lächelte jetzt sehr freundlich. Dann entschuldigten sich alle gleichzeitig wie auf ein geheimes Zeichen hin und verschwanden in der Menge der Gäste. Auch Nemours, der seine Zukünftige suchen ging. Und Flavio stand plötzlich wieder alleine da. Er schaute schmallippig in die Runde und verbuchte zufrieden, aber unfroh die ersten Punktgewinne für sich.

„Ach hätten doch all diese Reichen und Schönen nur einen einzigen Hals …“ Er wollte sich in Richtung Champagnertablett begeben, um endlich dieses leere, lästig gewordene Glas loszuwerden, als es geschah. Männerhände, behaart, aus weißen Manschetten hervorkriechend. Ein Gestank zwischen Mundgeruch und süßlich-teurem Aftershave in der Nase und dort, wo normalerweise außer vielleicht ganz selten mal die wissenden Hände einer Prostituierten etwas zu suchen hatten, im verlängerten Rücken, sozusagen, oder auch – am Arsch, etwas Kerzenartiges, Längliches, hart Hervorstehendes … Im Affekt fuhr Malandrolo herum und schlug zu.

Eine Hochzeit und schlagende Argumente

„Jetzt hör endlich auf, so senil vor dich hin zu plappern!“ Mehr ein Zischen. Als ein Satz. Mehr von einer Schlange. Als von seiner zukünftigen Ehefrau. Eher die Verkündigung kommenden Kummers. Als eine harmlose kleine Zurechtweisung. Hier. In der Kapelle des Anwesens Rue du Champ. Jetzt. Wenige Zeiteinheiten vom Ja-Wort entfernt. Und nur zwei Schritte vom Pfarrer, der zwar nicht in seiner schönen, salbungsvollen und mit Bonmots und Anspielungen gespickten Predigt innehielt. Dafür aber immerhin mit der Wimper zuckte.

In Nemours, dem Mann, der sich vor einigen Tagen noch auf dem Höhepunkt seines Lebens, auf dem Olymp des Glücks, dem Parnass der Seligkeit wähnte, reich, erfolgsverwöhnt, von einer schönen, begehrenswerten, viel, viel, viel jüngeren Frau vergöttert, ja, begehrt, entstanden in folgender Reihung:

Eine Pause im Geschehen gerade so, als würde man einen Kinofilm, etwa *Vier Hochzeiten und …* an der Stelle anhalten, an der eben jener eine und tragische Todesfall eintrat.

Eine Stille, die nichts Gutes verhieß, zunächst aber nichts als Ratlosigkeit markierte.

Ein durch jähes Jucken zwischen dem großen und dem nächstliegenden Zeh des linken Fußes verursachtes dringendes Bedürfnis, sich Schuh und Strumpf vom Bein zu reißen und sich zu kratzen.

Eine sich ausbreitende metaphysische Ruhe inklusive Gesichtsfeldverengung, also die Sekunde der Leere, die in guten Filmen und Romanen gerne dem Moment vorausgeht, da der Held seine vom Publikum ersehnte Erleuchtung erleidet. Oder einem epileptischen Anfall.

In vorliegendem Fall, im Fall Nemours, handelte es sich denn auch tatsächlich um eine Erleuchtung. Wie durch ein Wunder erlitt der mächtigste Mann der französischen Kunstszene nicht durch den berühmten und viel bemühten einen Apfel, aber doch immerhin durch schlangenartiges Zischen eine fast umfassende Epiphanie.

Erstens: Er war im Begriff durchzudrehen.

Zweitens: eine Furie zu heiraten.

Drittens: Er würde nichts mehr dagegen unternehmen können und sich für diesen Fehlgriff dann auf jeden Fall am jungen und straffen Körper der Furie sexuell schadlos halten.

Viertens: Er würde nicht nur Kunstgeschichte, sondern richtige Geschichte schreiben, indem er Frankreich, die große, großartige, ewige und einzige Nation mit diesen kümmerlichen Spaghetti-Liebhabern südöstlich von Nizza aussöhnte – indem er ihnen die *Mona Lisa* auslieferte.

Nemours wandte sich mit einer Drehung seines Hauptes, die er für klein, fein und sehr angemessen, und mit einem Lächeln, das er für klein, fein und überaus überlegen hielt, dem großen, weißen Fleck zu seiner Linken zu, denn er wusste auch schon, wie er dies alles bewerkstelligen würde. Dass er – fünftens – diesen unsäglichen Gustave loswerden würde, kam noch hinzu. Denn Gustave war zweifellos völlig verrückt geworden.

Was Nemours nicht wusste: Seine junge, psychisch durchaus robuste Frau erschauderte ob der Fratze, die sich ihr so unvermittelt am Traualtar zeigte und die sie jäh für das wahre Gesicht des Mannes hielt, dem sie das Ja-Wort schenken würde. Das Gesicht eines Mannes, der zu allem fähig war, vor allem zu ehelicher Gewalt.

Und ja, auch der schwarze Fleck, der vor Nemours' Augen langsam wieder an Kontur gewann, der Geistliche, dessen Worte im Hintergrund verrauschten, zuckte ein weiteres Mal, von niemandem beobachtet, mit der Wimper. Aber der gute Mann nahm das nicht weiter ernst. Was hatte er nicht schon alles für Gesichter, Fratzen, Masken, spastische Verrenkungen, Verzerrungen, Schwächeanfälle, Schweißausbrüche, digestive Entgleisungen und Hysterien erlebt. Da waren sie sich ähnlich, die Männer und die Frauen.

Nemours seufzte erleichtert und bereitete sich,

seine alte Selbstgefälligkeit langsam wiedererlangend, auf das Kommende vor, das da lauten würde: Ja, ich will.

Für die Hochzeitsgäste, die sich so zahlreich in der kleinen Kapelle eingefunden hatten und unter denen sich Minister, hohe Militärs, Carla Bruni, Künstler von Rang sowie die Mutter der Braut befanden, verlief die Trauung reibungslos und sah sehr romantisch aus.

Als der Pfarrer die berüchtigte Frage aller Fragen stellte, „Wer etwas einzuwenden hat gegen … der möge schweigen für immer …“ – und er stellte sie in der Tat überaus laut und deutlich –, kam es zu keinem dramatischen oder witzigen Zwischenfall.

„Ja, ich will“ – die Braut, vielleicht mit einer etwas brüchigen Stimme, aber das war ja normal.

„Ja, ich will“ – befreit, laut, in die kleine Kapelle fast hineinexplodierend der glückliche Bräutigam. Man lachte. Die Ringe. Der Kuss. Die Musik. Die gestreng-wohlwollenden Augen des Geistlichen. Vollbracht.

Das anschließende festliche Mahl verlief ebenfalls völlig normal. Es handelte sich dabei selbstverständlich um eine Abfolge erlesener Speisen, die alle in Begleitung ausgesuchter Weine auftraten, so diskret wie professionell aufgetragen von den guten Geistern von *Potel et Chabot*, 19 Place Vendôme, Frankreichs wohl berühmtestem Caterer und Party-Helden.

Gelächter, Applaus und steigende Stimmung während der witzigen, spritzigen Reden vor dem Dessert vor allem auch an den Stellen, an denen der frischgebackene Ehemann gekonnt liebevoll *Gustave* sagte anstatt den Namen seiner Angetrauten. Dreimal insgesamt, und einmal *Mona*, wunderbar pointiert durch eine steigende Verzweiflung, die für eine schauspielerische Meisterleistung gehalten wurde, und vom Gefühl der Braut, im falschen Film mitzuspielen, das sich von Minute zu Minute steigerte.

Nach dem Dessert, man reichte den Klassiker *Poire belle Hélène*, war dann gar nichts mehr normal. Zunächst kam der Bräutigam abhanden, was eine Zeitlang unbemerkt blieb. Schließlich ist eine Hochzeit ja der Tag der Braut. Doch die fehlte dann auch. Und mit dem Erscheinen der Polizei zeigte das illustre Fest denn doch erste Auflösungserscheinungen. Was geschehen war? Die Kurzfassung: Gustave Dupont, der gute Junge, immerhin Sicherheitschef des Louvre, einer der heiligen Institutionen des heiligen französischen Staates, hatte in einem Anfall von weiß der Himmel was und völlig unvorhersehbar auf der Hochzeit seines Chefs einem ihm wildfremden Mann ins Gesicht geschlagen. Was heißt: Mann? Einem Fotografen. Und was heißt: Fotografen? Gustave Dupont, von dem jeder dachte, der ihn auch nur annähernd kannte, dass er nicht mal einer Fliege ein Leid zufügen könnte, schlug nicht nur einen Mann und Fotografen nieder, sondern keinen Geringeren als Tylor Bonmot. Nun. Offenbar kannte diesen Gustave Dupont niemand auch nur annähernd.

Tylor Bonmot?

Aber ja! Der berühmte Modefotograf und bekennende Homosexuelle! *Paris Match*. *Heritage*. *Cosmopolitan*, *Vogue* … Im Bett mit Andy Warhol, Barry Manilow und Prince Charles. Hieß es. Alles Gerüchte. Der Mann besaß ein Schloss an der Loire. Er fuhr einen Rolls-Royce Baujahr 1908. Und zwar nie, ohne sich zuvor seine feinledernen Autofahrerhandschuhe überzustreifen. Und einen GTC4LussoT. Ferrari. In Sonderfarbe Mauve. Tylor Bonmot trank keinen Wein unter zwölfhundert Euro die Flasche, dinierte mit Elton John im *Bofinger* und mit Prince Charles bei Jamie Oliver. Hieß es. Alles Gerüchte?

„Nein. Nie gehört." Nemours auf dem Rücksitz des Polizeiwagens, ein Renault größeren Typs, ein Zivilfahrzeug immerhin, auf dem Weg zum Präsidium des achtzehnten Arrondissements.

„Sie kennen Ihren eigenen Sicherheitschef nicht?" Der Polizeibeamte in Zivil.

„Reden Sie doch keinen Unsinn!" Nemours. Ungeduldig. Genervt.

„Selbstverständlich kenne ich Dupont. Ich meinte

den anderen, diesen Fotografen. Von dem habe ich in der Tat noch nie gehört. Mein Spezialgebiet sind die alten Meister, wenn Sie nichts dagegen haben. Fotografie, schön und gut. Hat durchaus ihre Daseinsberechtigung. Kann der Kunst auch nahekommen. Keine Frage. Und es gibt großartige Fotografen. Aber Fotografie kann niemals Kunst sein. Verstehen Sie? Niemals."

Pause.

„Und die Gästeliste für die Hochzeit war die Angelegenheit meiner Frau. Darum habe ich mich nicht gekümmert. Zweihundertfünfzig Leute. Wenn Sie verstehen, was ich meine?"

Aha.

Der Polizeiwagen wirkte komfortabel. Fast luxuriös. Nemours überlegte, in seinen bequemen Sitz eingesunken, krampfhaft, seit wann sein Leben aus dem Ruder lief.

„Haben Sie das auch schon mal erlebt?" Nemours. Sie fuhren jetzt durch die Rue des Cloÿs. Gleich waren sie da.

„Was?" Der Beamte in Zivil. Höflich. Um Harmonie bemüht. Schließlich war Nemours weder verhaftet noch irgendeiner Untat verdächtigt.

„Dieses Gefühl …“

„Gefühl? Nein, Monsieur. Ich kenne kein Gefühl. Nicht, wenn ich im Dienst bin. Im Dienst kenne ich nur Butterbrot.“ Der Beamte sah ihn Beifall heischend an. Wie jetzt? Sollte er, Nemours, das jetzt auch noch witzig finden? Er ignorierte ihn.

„Dieses Gefühl, voranzukommen im Leben. Karriere zu machen. Alles klappt bestens. Alles läuft. Und Sie laufen auch …“

„Also wissen Sie, Monsi…“

„… aber auf dem Kopf“, blieb Nemours bei seinem Gedankengang.

„Nun, Monsieur, die Reichen, wissen Sie?“

Nemours sah seinen Beschützer oder Bewacher, so ganz war ihm das im Augenblick noch nicht klar, erstaunt an. Jetzt hatten sie das Revier erreicht. Ein Gendarm trat auf den Wagen zu und öffnete die Tür. Noch nie hatte Nemours sich selbst zu den Reichen gerechnet, sich auch nur als „reich“ bezeichnet. Aber ohne Zweifel, er war es. Nemours stieg aus, und der Gendarm salutierte. Er, Nemours, lebte das privilegierte Leben derer, die von den unteren Klassen, von den abgehängten beneidet wurden. Und zwar genau so lange, wie die es sich gefallen ließen. Taten sie dies nicht mehr, würde sie kommen, die Revolution. Und 1789 würde ein Kinderspiel sein dagegen. Sie hatte also gar keinen Wert, diese Unterhaltung. Er und der Zivilbulle aus der unteren Schicht. Sie existierte nicht einmal. Außer in seinem Kopf.

Auf dem Polizeirevier unterschrieb Nemours dann in seinem maßgeschneiderten Hochzeitsanzug zwischen all den schlechtsitzenden Uniformen, überparfümierten Prostituierten und Kleinganoven, die die Wache bevölkerten, ein paar Formulare. Schüttelte ein paar Hände. Polizeipräfekt, Staatssekretär des Inneren, der Minister für soundso, ja. Als Direktor des Louvre war man ja schließlich nicht irgendwer. Na immerhin. All das, als wandelte er im Schlaf durch sich selbst hindurch. Die Hochzeit? Vergessen. Seine elegante Braut? Vergessen. Sein ganzes erfolgreiches, glückliches Leben? Weg. Alles weg.

Dann sah er Gustave. Den guten, alten, braven Gustave. Freundlich, zuverlässig, wohlerzogen. Der Mann, der seit vielen Jahren die kostbarsten Kunstschätze der Menschheit bewachte. Der Mann, der also keiner Fliege etwas zuleide tun konnte und der heute Mittag einem seiner Hochzeitsgäste die Fresse poliert hatte. Abgründe taten sich auf.

Gustave, der ohne erkennbare Regung auf einer der Revierbänke saß und vor sich auf den Boden starrte, musste den Blick seines Dienstherrn gespürt haben. Er sah auf, suchte, fand. Nemours' und Gustave Duponts Blicke trafen sich. Für eine Schrecksekunde wussten sie alles voneinander. Um es gleich wieder zu verdrängen. Komisch, dachte Nemours verwirrt. Das war nicht der Gustave, den er seit vielen Jahren kannte. Aber jetzt waren sie immerhin schon zwei. Zwei Herren in maßgeschneiderten Anzügen zwischen Huren, Halsabschneidern und trägem Staatsdienervolk. Dachte Nemours. Er hatte wirklich völlig die Bodenhaftung verloren.

Gustave alias Flavio allerdings hatte sich im Griff. Nemours, dieser gute Trottel, holte ihn hier also wieder heraus, bevor ihm die Bullen mit ihrer lästigen Fragerei gefährlich werden konnten. Bravo, Nemours. Jetzt lächelte Flavio. Ein Lächeln, das er beim echten Gustave gesehen hatte, als der sich so blöde wie unvorsichtig mit seiner Fischsuppe beschäftigt hatte, in Gedanken aber schon sonst wo drinsteckte, und das ihn an etwas erinnert hatte, dieses Lächeln, an …

Und das war es dann. Der Anfang. Der Beginn. Das eine Ende des Fadens. Die Lösung. Die Rettung. Die Epiphanie. Es war Gustaves Lächeln, das ihn, Henry Nemours, wie er umgeben von Polizisten und zwielichtigen Gestalten auf der Polizeiwache Rue des Cloÿs stand, zum Ausgangspunkt seiner aktuellen Lage zurückführte.

Klar.
Das war's!
Die *Mona Lisa*.

Die *Mona Lisa* und diese verdammten Italiener mit ihrer verfluchten Ausstellung. Seither war er nicht mehr er selbst. Seither ging alles schief. Interventionen von dieser römischen Harpyie, dieser, wie hieß sie denn bloß gleich, ach ja, Garibaldi. Das Verschwinden von Paul, seinem dämlichen Schwager. Dieser schwule Gustave, der sich so langsam derart vor alles zu schieben begann, was er, Nemours, tat und dachte. Sogar vor seine Frau. Hatte er sich denn in diese farblose Tunte …? Aber nein. Nein. Das war Quatsch. Das waren jetzt die Nerven. Außer einer, wenn auch leidenschaftlichen, doch kurzen Affäre während seiner Studentenzeit, hatte Henry es stets mit den Frauen gehalten. Doch Henry Nemours musste eine Entscheidung treffen. Und er traf eine Entscheidung. Er musste sie loswerden. Beide. Oder vielmehr alle drei: das Gemälde, Gustave und alle Italiener dieser Welt. Und er wusste auch schon wie.

„Mein lieber, lieber Gustave …“, freundschaftlich legte der Direktor des Louvre seinem falschen Sicherheitschef den Arm um die Schultern und flötete so sanft, dass es dem hartgesottenen Verbrecher ganz bange wurde. Nicht nur Gustave, auch Henry Nemours schien sich mit einem Male merkwürdig verändert zu haben.

„… wir wollen das Gemeinsame des heutigen Tages beenden, was meinst du? Ich kehre jetzt zu meiner Party zurück, oder vielmehr zu dem, was davon noch übrig ist, hoffentlich wenigstens meine Frau, hahaha, jetzt darf ich ‚meine Frau' sagen, nicht wahr, verehrtester, bester Gustave, haha, und es ist nicht nötig, mich zu begleiten. Vielen Dank, Gustave. Für alles. Wir sehen uns morgen in meinem Büro. Nicht zu früh, versteht sich. Sagen wir, vierzehn Uhr dreißig?" Mit einem überraschend kräftigen, überraschend schmerzhaften Händedruck verabschiedete sich Nemours und winkte einem Taxi.

„Mit dem größten Vergnügen, Chef, mit dem …", rief ihm ein verwirrter Gustave nach, während in dessen Innerem ein übellauniger Flavio schwor, sich keine Angst einjagen zu lassen. Aber es war schon geschehen.

Beim Chef des Louvre

Jetzt schien alles wieder normal. Henry Nemours, der Herr über die französische Kunstwelt, war wieder Herr seiner selbst. Und Gustave, sein Sicherheitschef, sowie Flavio Malandrolo, dieser italienische Malefizkerl, spürten das.

„Nun, es geht um die Anfrage aus Italien, die *Mona Lisa* auszuleihen. Ich habe zugestimmt."

„Was?", entfuhr es Flavio etwas zu laut. Erstaunt sah ihn Nemours an. Was war nur los mit dem Kerl?

„Nun. Ja. Es fällt uns allen nicht leicht, aber schließlich geht es um gutnachbarschaftliche Beziehungen. Die Politik, verstehst du, Gustave? Außerdem ist es besser, wir leihen sie den Spaghettis einmal und beugen so vor, dass sie das wunderbare Bild tatsächlich zurückfordern. Es wurden schon Kriege aus geringerem Anlass geführt, mein lieber Gustave …"

Gustave alias Flavio nickte. Er trug heute eine graue Hose aus leichtem Flanell, ein hellblaues Hemd von Charvet sowie ein zu Hose und Hemd passendes, dunkles Sakko. Alles aus Gustaves Kleiderschrank. Er fing an, Gefallen an seiner Maskerade zu finden. Und das, so eine tief in seinem Inneren empfundene Überzeugung, würde ihm das Genick brechen bei dem Spiel.

„Ja. Nun. Eine meiner einsamen Entscheidungen.

Aber nun einmal die richtige. Es ist alles in die Wege geleitet. Die Schweizer werden sich darum kümmern, Gustave."

„Die Italiener, Henry", korrigierte Gustave.

Pause.

Für einen Augenblick sah Henry Nemours die Wahrheit. Einer Horrorszene gleich, schob sich etwas anderes, etwas Fremdes, Böses zwischen Gustave und die Welt, und dieses Böse war Flavio Malandrolo. Dann lachte Nemours laut auf.

„Scherzkeks, Gustave, wirklich gut. Fast hätte ich es geglaubt. Aber du hast mit der ganzen Organisation nichts zu tun. Außer, dass du sie begleiten wirst."

„Begleiten? Wen?"

Jetzt lachte Henry Nemours nicht mehr.

Midtown, Manhattan

Erpressung, dachte Maria. Sie kam sich vor wie in einem schlechten Kriminalroman. Einem Thriller. Name des Opfers: Maria Felicella. Todesursache: Luftknappheit. Stranguliert. Gevierteilt. Sie stand inmitten einer der atemberaubendsten Städte der Welt, in dem Bewusstsein, einen der faszinierendsten Berufe der Welt auszuüben. Eine junge, nicht übel aussehende Frau, Bürgerin der Europäischen Union, selbstbewusst, feminin, gesund. Und verspürte zum ersten Mal in ihrem Leben wirklich Angst. Diese Fanatiker waren zu allem fähig, dachte sie. Todesangst.

Dabei hatte der junge Tag so vielversprechend begonnen, wie der letzte zu Ende gegangen war. Das Schlachthofviertel, die Kunst, Nick ... Sehr schön das alles. Wie frische Zuckerwatte, Knutschen im Kino, Karussellfahren und Schmetterlinge im Bauch – aber alles auf einmal.

Sie war mit einem leichten Ziehen im Nacken erwacht. Das bekam sie stets nach Alkoholmissbrauch. Auf dem Weg zum Badezimmer hatte sie mit fast schlafwandlerischer Sicherheit die Kaffeemaschine angeworfen, um dann am Waschbecken im Halbdunkel nach Aspirin zu tasten. Das Licht in diesen modernen Hotelbadezimmern war erstens viel zu grell und zweitens viel zu gnadenlos. Auch ohne Kater sah eine Frau über siebzehn scheiße darin aus.

Sie tastete, fand, öffnete, warf ein. Schemenhaft, eine unscharf umrissene Silhouette, grüßte ihr Spiegelbild. Mühsam lächelte sie sich zu, was den Schmerz in ihrem Kopf verstärkte.

„So was wie Schmerz zwischen den Beinen wäre auch mal wieder ganz nett, was, Schätzchen?“ Sie kicherte. Frivolitäten waren doch eigentlich Sache ihrer männermordenden Freundin.

Um sich für beides zu bestrafen, Alkoholexzess und Frivolsein, zog sie sich rasch zum Laufen an, streifte die Sportschuhe über ihre Sportsocken und verließ noch vor Sonnenaufgang das Hotel.

Sie nahm die Subway, fuhr etwas nach Süden. Der Plan war, durch den Park, an der City Hall, über die Brooklyn Bridge zu laufen und wieder zurück. Was sie auch tat. Doch bereits im Park ging ihr die Puste aus. Sie war wirklich jämmerlich in Form. Aber sie blieb eisern. Immer wieder setzte sie, trotz höllischen Seitenstechens, ihren Lauf fort. Auf der Hälfte der Brooklyn Bridge japste sie derart, dass sie sich ernsthaft Gedanken machte, was für eine unvorteilhafte Figur sie wohl gerade abgab. Denn inzwischen war es Tag geworden, und obwohl Feiertag in Gottes eigenem Land, zeigten sich jetzt doch vereinzelt Menschen. Jogger mit Hunden, Radfahrer. Lieferanten. Ein Polizist. Als das Handy klingelte.

Sie stoppte und sog die kühle Luft ein.

Das Handy klingelte weiter.

Sie sah sich um und dachte: Was für ein Anblick. New York. Der Big Apple. Die berühmteste Stadt der Welt.

Das Handy klingelte unermüdlich.

Sie empfand es als Privileg, hier, um Luft ringend, morgens um sieben auf der Brooklyn Bridge zu stehen, einen wunderbaren Abend hinter sich und einen ebenso wunderbaren Tag vor sich zu haben.

Das Handy gab nicht auf, es klingelte immer noch. Plötzlich schoss es ihr durch den fast nicht mehr schmerzenden Kopf: Oh mein Gott. Das könnte Nick sein!

Hektisch nestelte sie das tatsächlich immer noch klingelnde Ding, ohne das der moderne Mensch ja überhaupt nicht mehr leben konnte, aus der Tasche ihrer Jogginghose. Ja, zum Joggen trug sie Jogginghose, auch wenn das nicht sehr vorteilhaft aussah.

„Pronto …“, rief sie gewohnheitsmäßig. Italiener bleibt nun mal Italiener. Oktoberfest hin, Brooklyn Bridge her. Es war dann aber zum Glück nicht Nick. Denn der hätte sie ja nicht verstanden. Es war: Silvio Bariello. Rom. Und der verstand sie mehr als perfekt. Und sie ihn auch. Denn die Verbindung war so klar und Bariello so nah, als säßen sie beide im *Caffè Domiziano* auf der Piazza Navona nebeneinander und tränken Crodino. Maria hatte keine Lust, mit Bariello im *Caffè Domiziano* zusammenzusitzen und Crodino zu trinken. Nicht hier in New York.

„Der Caravaggio?“, hörte Maria sich fragen. Ja. Der Caravaggio.

„Nun, Signor Bariello, streng genommen ist der Caravaggio ja gar kein Caravaggio“, hörte sie sich sagen, „daran werden wir uns ja jetzt gewöhnen müssen.“

Es entstand eine kleine Pause, verursacht durch Schweigen am europäischen Ende der Leitung. Was nichts Gutes verhieß.

„Frau Felicella, nun, äh, kann Sie jemand hören? Hört jemand unsere Unterhaltung, Frau Felicella?“ Maria überlegte sich, ob sie ihre Vermutung zum Ausdruck bringen sollte, dass dies eine mobile Leitung und sie in den Vereinigten Staaten war und es ganz sicher eine Menge Leute gab, die diese Unterhaltung mithörten oder mitschnitten oder speicherten.

„Nein, niemand“, antwortete sie. Sie sei joggen und mitten im Central Park. Und was jetzt kam, war so unglaublich wie die Tatsache, dass sämtliche Mobiltelefone der westlichen Welt von den eigenen Leuten abgehört wurden. Und trotzdem wahr:

„Die Garib… äh … Signora Garibaldi hat mich bereits informiert."

„Aha."

„Das Ergebnis. Ich meine, Ihre Untersuchung. Der Caravaggio …"

„Ja?"

„Nun, noch weiß ja niemand davon außer unserer Verehrtesten, Ihnen und mir, richtig?"

„Richtig."

„Sehr gut, sehr gut. Das darf auch zunächst sehr gerne so bleiben. Obwohl es mich natürlich freut. Riesig freut!" Eine künstlich fröhliche Stimme, die sich ins Falsett zu überschlagen schien.

Hä? Was war denn nur mit diesem Bariello los? Hatte der getrunken? Nein, Bariello hatte nicht getrunken.

„Sie sind sehr erfreut?"

„Aber natürlich, Signora Felicella, sehr sogar. Stellen Sie sich vor, es hätte sich herausgestellt, dass dieses Meisterwerk italienischen Genius' eine, nun, ich will es eigentlich gar nicht aussprechen …"

„Aber Signor Bariello, der Merisi ist eine …"

„Nun, wie schon gesagt", unterbrach ein offensichtlich verrückt gewordener Direktor des Palazzo Barberini mit alarmierender Aufdringlichkeit, „wir werden alle sehr froh sein hier, wenn die schlechte Nachricht nirgendwo ankommt, weil es gar keine schlechte Nachricht gibt, hahaha, wenn ich das einmal so sagen darf, Signora Felicella, sehr froh. Bis hinauf zum Ministerpräsidenten, gewissermaßen. Signora Felicella."

Erneut entstand eine kleine Pause.

Dieses Mal war es Maria. Etwas begann sich in ihrem Kopf herauszukristallisieren. Eine Art Gedanke. Vielleicht eher ein Verdacht als ein richtiger Gedanke. Es beschlich sie ein Gefühl. Ein ungutes Gefühl.

„Warten Sie mal, Signor Bariello, einen Augenblick. Sie kennen die Untersuchungsergebnisse?"

„Aber ja!"

„Und sind sehr froh über sie?"

„Natürlich!"

„Dann wissen Sie also, dass dieser Merisi zumindest kein Caravaggio ist, sondern eine Fälschung? Bestenfalls eine, sagen wir ‚Kopie'? Eine hervorragende, meisterliche, gewissermaßen fast ‚echte' Kopie, aber dennoch eine Kopie?"

„Hahaha, Signora Felicella, Sie sind eine wunderbare, wunderschöne und im Augenblick noch so gesunde junge Frau. So humorvoll und zu Scherzen aufgelegt. Gefällt mir. Wirklich! Gefällt mir! Ich erwarte dann also Ihre erfreuliche, die Echtheit unseres Meisterwerks … wo liegt momentan der Schätzwert dieses kleinen Geniestreichs, bei siebenundzwanzig Millionen Euro. Nun, ich erwarte den Schrieb in den nächsten Tagen. Es wird sich für Sie natürlich lohnen. Wir haben noch viele großartige Aufträge für Sie. Noch einen schönen Aufenthalt in Gottes eigenem Land, Signora Felicella!“ Und weg war er.

Ohne recht zu wissen, wie es geschah, fand sich Maria im Central Park wieder. Offenbar gefiel ihr der. Sie blickte über die Rasenflächen und Bäume des Parks. Ein paar dieser durchgeknallten Bewohner dieses durchdrehenden Landes hoppelten, colamuskelschwingend, bouncing-boobs-mäßig, schwitzend, übergewichtig an ihr vorbei. Die Skyline hinter dem Zaun des Parks war wie schon seit Tagen einzigartig. Sie konnte sich nicht sattsehen an einer der berühmtesten Szenerien der Welt. Hatten sich so die kleinen Khmer gefühlt, als sie aus dem kambodschanischen Dschungel heraus unvermittelt vor der steinernen Brücke von Angkor Wat standen, vor ihnen die gigantische Tempelstadt mit dem alle Bäume des endlosen Waldes überragenden Turm?

Winzige Lichtreflexe blitzten in den abertausend Scheiben der New Yorker Wolkenkratzer und reflektierten die Morgensonne, die sich hinter der Stadt vom Horizont erhob. Noch nie in ihrem ganzen Leben war sie so glücklich gewesen. Und noch nie war sie derart bedroht worden. Außer einmal.

„Dann klau ich deine Gießkanne“, hatte der Stöpsel frech zu ihr gesagt, und sie hatte klein beigegeben, schließlich war der Kerl fünf Zentimeter größer gewesen, schon in *gruppo due* und würde übernächstes Jahr eingeschult werden. Ihr traumatischstes Kindheitserlebnis. Seither nie mehr. Und jetzt das.

„Ich werde damit leben müssen“, sagte sie sich laut und mit fester Stimme. Sie kehrte nachdenklich, aber in bester Laune zurück ins Hotel. Natürlich dachte sie nicht an Nick. Das wäre ja albern gewesen. Schließlich gehörte Nick zu all den gutaussehenden, unzuverlässigen Männern, die diesen Planeten bevölkerten und einem Mädchen das Leben versüßten und schwermachten.

Sie duschte ausgiebig, wobei sie ihren großen Busen, die Rundungen und Pölsterchen ihres noch immer jungen und festen Körpers prüfte. Sicher stand Nick, an den sie ja gar nicht dachte, auf die üblichen dürren Gestelle. Modelformate. San-Pellegrino-Pussys. Ach, was soll's.

Beschwingt und erfrischt nahm sie im Restaurant des Hotels in der ersten Etage ein leichtes Frühstück ein: Rührei, Croissants, Marmelade, einen Muffin, Orangensaft und dieses grausam bittere Gebräu, das die Einheimischen doch tatsächlich für „Kaffee“ hielten. Es gab in ihrem Leben immer wieder Augenblicke, in denen sie froh war, Italienerin zu sein und in Italien zu leben. Jetzt zum Beispiel, im Angesicht eines Heißgetränks, das verboten gehörte.

Am Vormittag erleichterte sie ihre touristische To-do-Liste um den Punkt Museum of Modern Art und sank wieder einmal auf die Knie vor den Werken Cézannes, Renoirs und van Goghs. Was brauchte sie Männer? Was brauchte sie Nick? An den sie im Übrigen gar nicht dachte. Solange es Kunst gab!

„Einmal so einen Prachtschinken restaurieren ...", seufzte sie, und der kleine Mann in ihrem Ohr flüsterte ihr zu, dass sie vermutlich alle Renoirs, van Goghs und Cézannes der Welt würde restaurieren können, wäre sie bereit, eine gewisse Expertise, sagen wir, im patriotischen Sinne auszustellen.

Die kleine Frau in ihrem Ohr allerdings flüsterte ihr ganz andere Dinge zu, nämlich, dass es doch ein sehr schöner Abend gewesen sei gestern, viel Kunst, interessante Leute und so. Den Namen „Nick" erwähnte das kleine Biest natürlich auch.

Zur Lunchtime schlenderte Maria über die 5th Avenue in Richtung Central Park. Sie passierte zahlreiche Hotdog-Stände, die einen zunehmend appetitlicher werdenden Duft verströmten. Ihr Frühstück hatte sich ja längst in Hüftgold verwandelt. Zeit für Nachschub?

Nein!

Sie verkniff sich also geraume Zeit, eine der Leckereien zu kaufen, aber selbstverständlich nicht, weil Männer im Allgemeinen und dieser eine Mann im Besonderen eher sehr schlanke Frauen bevorzugen könnten.

Models mit Gardemaß.

In Höhe der nächsten Querstraße, der 57th, wechselte sie die Straßenseite, um einen Blick in die berühmten Auslagen von *Tiffany* zu werfen, dachte an die unvergessliche, unvergleichliche Audrey, auch so eine dürre Gräte, und kaufte sich trotzig doch einen Hotdog, den sie sofort genüsslich verschlang.

Ah! Lecker!

Wieder am Central Park, kaufte sie sich dann einen weiteren Hotdog, den sie mit nicht geringerem Vergnügen auch sofort aufaß, einen ohne Senf, dafür mit Ketchup, Zwiebeln und Gurke. Sie zwängte sich neben vielen asiatischen und anderen Touristen und gönnte sich diese wunderbare zweite Pause von ihrem Marathon durch den Asphaltdschungel. Ein Windzug fuhr durch das Straßenlaub auf dem Trottoir und durch ihr Haar. Was für ein herrlicher Tag, ja. Aber leider neigte er sich, so wie das Jahr, langsam dem Ende zu.

Sie schlenderte gemächlich zwischen den vielen Menschen hindurch in Richtung Hotel und war froh, dass sie ohnehin niemals von sich aus einen Mann anrufen würde, ganz egal wen, auch nicht George Clooney oder Brad Pitt, selbst wenn sie deren Nummern hätte. Sie war auch froh, so ungestört und in aller Ruhe durch New York schlendern zu können. Als das Telefon klingelte.

Freudig erregt zog sie ihr Handy aus der Tasche und starrte es an. Das Display zeigte eine Nummer ohne Namen. Also war es weder Bariello, der natürlich eine italienische Nummer hatte und dessen Name eingespeichert war. Noch Shepherd, dessen Name sie auch eingespeichert hatte.

Oh mein Gott, das ist Nick, dachte sie, völlig überrascht, jetzt doch an Nick zu denken. Die Zeit verging. Aber das Telefon klingelte immer noch. Mit zitternden Fingern drückte sie auf dem Display herum. Schließlich nahm sie das Gespräch erfolgreich an. Es war tatsächlich Nick.

„Hallo Nick."

„Hallo Maria."

Es folgte eine für die beiden Beteiligten anstrengende, vielsagende, wichtige und spannende Unterhaltung, wie sie Millionen Mal von Viertel-, Halb- oder Frischverliebten geführt wurde, bei der es um alles ging außer um das Gesagte und die sich für alle anderen höchst albern anhörte. Kurz, sie verabredeten sich. Für: jetzt gleich.

„Wow“, rief sie aus und war ganz erstaunt über sich. Sie hatte sich also spontan mit einem Mann verabredet, an den sie den ganzen Tag nicht gedacht hatte. Er aber offenbar an sie. Das war neu. Das war sie nicht gewohnt. Das war – aufregend!

Eine gefühlte Ewigkeit später, tatsächlich aber nur fünfundvierzig Minuten nach ihrem schicksalhaften Telefonat, sah sie ihn. Einen zu groß geratenen, durchtrainierten Jungen auf einem Skateboard.

„Männer“, rief sie lachend aus, ignorierte die sie nicht im mindesten beachtenden Passanten, um die herum sich der zu groß geratene Junge auf seinem Board schlängelte. Gekonnt, ja. Und nicht unelegant.

Nicht nur standen ihm T-Shirt und Jeans ebenfalls gut, Maria stellte auch fest, dass sie im Begriff war, sich, wie ihre Mutter das ausgedrückt hätte, *sexuell zu erregen*.

Nick skatete ein paar Treppchen hinab, hüpfte vom Brett, ließ es mit einem charmanten Tritt auf die vordere Spitze nach oben schnalzen, fing es auf, klemmte es unter den Arm und war endlich bei ihr.

„Sportlich, sportlich“, sagte sie mit einem törichten Lächeln, das von seinem natürlichen Strahlen geradezu konterkariert wurde.

Oh mein Gott, schalt sie sich innerlich, wie lahm von mir! Was rede ich denn da für einen Stuss!

Er setzte sich zu ihr. Sie schauten sich an. Maria

fühlte sich zunehmend unbehaglich und zugleich pudelwohl. Was für ein Mann. Das gestand sie sich aber keinesfalls ein. Er schien es nicht eilig damit zu haben, Konversation zu machen. Er war, nun: cool.

„Die letzten warmen Herbsttage. New York ist ein Albtraum im Winter", erlöste er sie endlich, noch immer mit dem breitesten Highschool-Lächeln seit *Zurück in die Zukunft*.

„Hör mal, was sitzen wir hier so sinnlos rum? Lass uns diesen letzten schönen Herbsttag drinnen genießen, zu dir oder in mein Hotel gehen, uns die Kleider vom Leibe reißen und übereinander herfallen", erwiderte Maria – natürlich nicht. Sie ignorierte die Einflüsterungen der kleinen Frau im Ohr und sagte stattdessen:

„Freut mich, dich zu sehen." Oh mein Gott! Langweiliger geht's ja nun wirklich nicht mehr! Du bist im Begriff es zu vermasseln!

„Okay." Er sah sie an, lächelte, sagte aber nicht mehr.

„Hast du Lust, noch einen Moment sitzenzubleiben? Ich finde es so wunderschön hier. Schau dir mal diese Kulisse an."

„Okay." Er.

„Schön, nicht?"

„Ich wohne in ihr." Wieder er.

Blödmann.

„Aber es ist doch trotzdem schön, oder?“

„Oh ja“, sagte Nick, seine Augen aber sagten, Schätzchen, du musst es echt nötig haben, so aufgeregt, wie du bist. Ich kann deinen Angstschweiß riechen bis hierher. Dann:

„Das Kolosseum ist auch nicht schlecht, nehme ich an. Und das Forum Romanum. Und die Via Appia. Und die Villa Borghese. Und der Trevi-Brunnen. Und …

„Oh. Ich bin beeindruckt. Die meisten Amerikaner wissen nicht einmal, dass Rom eine Stadt ist und kein alkoholisches Getränk!“

„Na, na, immer fair bleiben …“

„Komm mich doch mal besuchen und überzeuge dich persönlich.“ Autsch!

Das war plump! Da konnte sie ja gleich sagen, spring doch mit mir ins Bett! Unsicher linste sie zu ihm hinauf. Aber Nick lächelte. Höflich? Amüsiert? Und rutschte näher an sie heran. Aha. Sah dann über die Bäume hinweg zu den Wolkenkratzern, die vor dem stahlblauen Himmel emporragten.

„Jaja. Schon beeindruckend. Und doch nicht mehr dasselbe seit …“

„Wir wollen aber jetzt nicht politisch werden, Nick, davon habe ich genug für heute!“ Erstaunt sah er sie an und wurde ernst. Aber nur für eine Sekunde.

„Was wollen wir denn dann werden? Etwa ‚warm‘ miteinander?“ Grinsen. Unverschämt. Er.

„Du bist blöd ...!“ Regression. Sie. Siebzehnjährig jetzt.

Du bist verknallt, schien sein Blick zu sagen, sie sah es genau. Und: Ich krieg dich. Wenn er sich da mal nicht täuschte.

Und? War sie? Verknallt? Sie? Kaum gefühlte sechsundzwanzig Jahre nach, nach, wie hieß ihre große Liebe doch gleich?

Nun. Die blonden Haare, sagen wir: nicht übel. Der Body? Offensichtlich durchtrainiert, auch kein Nachteil. Sexy kleines Popöchen. Kunst mochte er. Spaß mochte er. Lächeln wie ein Erstklässler ...

Nick guckte in den Himmel.

„Machst du viel Sport?“ Himmel! Was waren denn das nur für Fragen? Wo war denn ihr berüchtigter Witz, ihr Charme, ihr, na ja, ihr ... was auch immer ... geblieben?

„Kommt drauf an. Jeden oder zumindest jeden zweiten Tag, wenn ich’s schaffe. Im Sommer draußen, im Winter im Studio. Mein Körper – mein Kapital!“ Mit einer etwas schwulen Geste wischte er an sich herunter. Sie lachte animiert und verlegen. Sie erwischte ihn, wie er ihr kurz auf den wogenden Busen blickte und dann ganz schnell wieder weg. Dennoch: erwischt. Klar fragte er sie nicht nach ihren sportlichen Ambitionen. Er war eben auch noch ein Gentleman.

„Ich hab’s nicht so mit Sport“, verriet sie das Offensichtliche. Er lächelte. Ist doch egal, sagten seine Augen.

„Okay“, sagte sein Mund. Wieder guckte er in den Himmel. Dort suchte er etwas. Nur was?

„Was ist los? Schlecht geschlafen?“ Sie.

„Nö.“

„Woran denkst du? Du siehst so abwesend aus.“

„Ach nichts. Aber mir ist da was aufgefallen.“

Wieder Bremse.

„Aha. Und was?“ Sie sahen sich an. Von weitem wirkten sie wie zwei Kindergartenkinder, die sich todernst über ihre Gießkannen unterhielten.

„Du hast ein Tattoo, den kleinen Stern im Nacken.“ Maria wurde rot. So ein Mist.

„Oops!“ Maria wurde noch röter.

„Jeder hat sein Geheimnis, auch die kleine Maria.“ Sie zupfte ihren Pferdeschwanz zurecht und verbarg so die Nackenzierde.

„Meinst du?“ Er.

„Ja. Welches hast du?“

„Ich bin ein Callboy.“

Central Park, später Nachmittag

Nick nahm Maria an der Hand und zog sie sanft in Richtung der großen zentralen Liegewiese des Parks. Jetzt lagen sie nebeneinander im Gras. Um sie herum lauter coole Leute, meist so um die dreißig, in Anzug, Jeans, Jogginghosen. Mütter mit kleinen Kindern, junge Paare, frisch Verliebte. Was waren sie? Es herrschte eine entspannte Atmosphäre so knapp oberhalb vom Gras, das überall ziemlich strapaziert aussah, allerdings nicht so strapaziert wie das Gras in Rom.

„Du bist ein … was?“, hatte sie ziemlich einfältig gefragt und dann so albern gelacht wie eine dumme Gans aus der Provinz. Aber. Wow. Das hatte gesessen. Dann war sie wütend geworden. Hatte sich geschämt. Verletzt gefühlt. Als Frau. Ja, vor allem als Frau.

„Akquirierst du gerade? Das kannst du vergessen. So armselig bin ich noch lange nicht dran, dass ich mir einen Kerl kaufen muss. Du … du …“ Für einen Augenblick war sie bodenlos enttäuscht.

„Verschwinde! Geh mir aus den Augen! Sofort!“, hätte sie am liebsten geschrien. Sie tat es nicht. Etwas in ihr sprang über den eigenen Schatten.

Nick hatte sie freundlich, aber ohne zu lächeln angesehen und gewartet, bis der Sturm der ersten Entrüstung über sie hinweggefegt war. Er kannte die

Frauen. Manche standen wortlos auf und gingen. Die konnte man gleich vergessen. Das waren die, die ihn am dringendsten benötigten, es aber niemals zugeben würden. Manche lachten und gingen dann. Okay. Immerhin. Die stärksten fragten einfach: Wie viel? Aber Maria war noch zu jung, um zu dieser unkomplizierten Sorte zu gehören. Aber sie lachte. Immerhin. Er wusste: der Schatten. Der Sprung. Eine erstaunliche Leistung für eine Frau wie Maria.

Es war ein herrlich warmer Tag, ein geschenkter Sommertag mitten im Herbst, wenn auch fast ein wenig zu kühl, um auf dem Rasen zu liegen. Lange würden sie es nicht aushalten. Dann würde der Herbst sich doch bemerkbar machen und die Hippies und Hipster, die Mamis mit ihren Kindern und die Schwulen und Lesben, die Studenten, die Arbeitslosen und die Drogensüchtigen, die Fettleibigen und all die anderen vertreiben.

Akquirierte er gerade? Ihre angeregte Unterhaltung hatte sich nach Nicks Outing in einen ziemlich schweigsamen Ringkampf verwandelt. Den er im Begriff war zu gewinnen. Schließlich war sie immer noch an seiner Seite. Akquirierte er?

Das Klingeln seines Handys unterbrach die lautstarke Stille. Er sah kurz auf das Display und legte das klingelnde Ding neben sich ins Gras. Er schien zu überlegen.

„Geschäftlich?“, fragte sie. Gekränkt. Eifersüchtig. Verwirrt. Er sah in ihr Gesicht. Ein offenes Buch. Auch Männer mit weniger Expertenwissen hätten erkannt, was in Maria vor sich ging. Er überlegte für einen Moment, ob nicht er einfach aufstehen und gehen sollte. Er mochte dieses verklemmte Mädchen aus Übersee. Aber es schien ein wenig kompliziert zu werden. Und kompliziert war er selbst. Das brauchte er nicht noch zusätzlich um sich herum. Ja, vielleicht sollte er besser gehen.

„Du kannst ruhig drangehen. Ich höre weg.“ Etwas gelassener. Ein Lächeln. Zaghaft. Aber echt.

„Nö, keine Lust“, erwiderte er, aber Maria sah, dass er das Display im Blick behielt. Nach einem Moment begann das Klingeln erneut.

„Also gut, danke.“ Er erhob sich leopardengleich und entfernte sich ein paar Schritte. Callboy hin, Callboy her, er hatte einen knackigen Hintern. Stellte sie fest und hörte selbstverständlich nicht weg.

„Doch, doch … wunderbar … klar … wie immer? Jaja … (kurzes Lachen) … so machen wir es … (männliches Gurren) … bringe ich mit … Versprochen … “ Dann legte er auf und drehte sich zu ihr um.

„Du hast gelauscht!“, rief er amüsiert und grinste über das ganze Gesicht.

„Erwischt“, gab sie zu, wurde rot, und die Fremde, das Unbehagen, die Leere in ihr und zwischen ihnen begann zu weichen.

„Business?“ Sie.

„Business.“ Er.

„Hm.“

„Halb so wild. Wir können ja …“ Jetzt unterbrach ihn das Klingeln von Marias Handy. Es war einfach nur wunderbar, wie er ihren Namen aussprach. *Mä-rijaaa*, oder so ähnlich. Dachte sie, während sie nach dem nervigen Ding fischte, ohne das sie sich, wie fast alle ihre Zeitgenossen, ein Leben nicht mehr vorstellen konnte.

„Oh, da muss ich ran …“ Sie hatte Bariello erwartet, und es war auch eine italienische Nummer. Die sie kannte. Wer zum Teufel war das nur schnell wieder? Sie nahm an. Es war Emma unter einer fremden Nummer. Wie üblich kam Emma sofort zur Sache. Und ihre Sache war: Sex.

„Wie heißt der Kerl? Wart ihr schon im Bett miteinander? Hat er dich wenigstens zu ein paar Perversionen gezwungen? Gib zu, er ist pervers. Wie geil. Im Fahrstuhl? In der Tiefgarage? Sahne? Sein Kumpel mit dabei? Ich will alles, hörst du, alles wissen! Also, schieß los!“

Wow.

Das war jetzt selbst für Emmas Verhältnisse, sagen wir, direkt. Doch auch wenn Emma die anstrengendste beste Freundin der Welt war, tat es gut, so unendlich gut zu wissen, dass sie da war. An ihrer Seite.

„Äh, Emma ...“

„Ja, mein Schatz ...?“

„Bist du wieder solo?“

„Woher weißt du das, *cara mia*?“

„Du scheinst es ja echt nötig zu haben. Drei Tage?“ Sie lachten. Freundinnen eben. Für einen Augenblick hatte Maria Nick völlig vergessen, obwohl sie ihn aus dem Augenwinkel heraus sah, wie er sich im Gras des Central Parks rekelte.

„Ich sitze hier im Central Park, stell dir vor. Und ... äh ... ich hätte da sogar einen für dich ... ja ... einen Mann für gewisse Stunden ...“

„Her damit. Lass die Stadtinformationen, die krieg ich aus *National Geographic*. Was meinst du mit ‚für gewisse Stunden‘? Doch nicht das, was ich damit verbinde, oder? Ganz herzlichen Dank, meine Süße. Aber bei meinen Formen muss ich nur in die nächstbeste Bar gehen.“

„Wie heißt er?“ Für einen Moment wurde es Maria fast mulmig. Natürlich bluffte Emma. So etwas tat sie ständig. Sie befand sich in Rom. Wo auch sonst. Dennoch hatte Maria das Gefühl, beobachtet zu werden. Verwirrt sah sie sich um und suchte unter den Leuten nach der alten Kratzbürste.

„Hallo? Ich bin doch erst zwei Tage hier.“ Maria.

„Erwischt! Ich kenne dich, Maria, Süße! Erzähl mir alles! Jetzt!"

Aber Maria blieb standhaft und verriet nichts weiter. Sie hatte schon genug gesagt. Jetzt würde sie keine Ruhe mehr haben, bis sie Emma die ganze Geschichte haarklein erzählt hatte. Nur, welche Geschichte eigentlich? Noch gab es nichts weiter als ihr „kleines Geheimnis". Sie kicherte. Klein, das war gut. Immerhin fast sechs Fuß vom Scheitel bis zur Sohle. Und auch sonst gab es eigentlich keine Anzeichen dafür, dass an dem Kerl irgendetwas klein wäre. Also eher ein großes Geheimnis, das da neben ihr im Gras lag und sich am Bauch kratzte. Aber eine Geschichte? Nein. War es nicht. Würde es nie werden. Basta. Also?

Nun. Nick kannte die Frauen. Ihre Empfindlichkeiten. Ihre Sehnsüchte. Ihre Begierden. Die Seitenblicke, wenn sie ihn taxierten. Dieses ganz bestimmte Lächeln, mehr ein Zug um die Mundwinkel als ein wirkliches Lächeln.

Und klar. Auch die beiden, Maria und ihre ferne Freundin, sprachen über ihn. Über seinen Mörder-Body. Über sein Geschäftsmodell. Vermutlich. Nicht gerade originell, dieses Modell. Sozusagen so alt wie die Menschheit. Egal. Es war jedenfalls Teil seines Geschäfts, dass sie über ihn sprachen. Früher oder später kauften sie dann auch bei ihm ein. Die Frauen. So einfach war das.

Er kratzte sich noch immer am Bauch. Ein offensichtlich herrlich durchtrainierter Bauch. Dachte Maria. Allerdings mehr mit Unterleib und Mandelkern. In ihrem Cortex, also im großen Teil des Gehirns – ja, auch Frauen haben einen großen Gehirnteil, hätte Nick jetzt vielleicht politisch unkorrekt gescherzt –, herrschte neben Emma plötzlich und seltsamerweise Bariello. Tja, und die Sache mit Bariello, die war nun wirklich ein großes Geheimnis. Und ein starkes Stück. Und ein echtes, riesiges Problem. Sollte sie Emma davon? Besser nicht. Es könnte gefährlich werden. Je nachdem, wie sie sich entschied. Und warum Emma mit in eine Sache hineinziehen, die zwar noch keine war, ganz sicher aber eine werden würde?

„Was ist denn jetzt schon wieder los?", fragte Emma.

„Wieso denn?" Maria.

„Da ist doch was. Ich kenne dich. Etwas ist anders. Du klingst auf einmal so, so, so sauertöpfisch. Ist dir im Central Park eine Ameise in den Ausschnitt gekrabbelt? Na, eine große Überlebenschance hat sie ja nicht, Schwester …" Emma lachte. Emma mochte Maria. Und sie mochte Marias Busen. Eine brachliegende Üppigkeit, wie sie nicht müde würde zu betonen.

„Nicht jetzt, Emma. Kann ich dich später …?"

„Du kannst mich mal. Auch später!“ Emma legte beleidigt auf.

Maria seufzte und lächelte nachsichtig. Emma war toll. Eine ganz tolle Freundin. Nur eben launisch. Und leicht beleidigt. Na, was soll’s.

„*Problems?*“ Erstaunt sah Maria von ihrem Display auf, in das sie noch eine kleine Weile hineingestarrt hatte. Da war sie, die Stimme aus einer anderen Welt. Nebst Körper aus einer anderen Welt. Ach ja. Genau. Ihr Callboy. Emma und Bariello verblassten. Oder zumindest Emma. Maria lächelte. Wie sie eigentlich nicht vorgehabt hatte zu lächeln. Schließlich war sie wohl nicht mehr oder weniger als eine Kundin. Ein *deal.* Sie schüttelte den Kopf, was zur Folge hatte, dass ihr dunkles Haar ganz süß erzitterte. Fand Nick. Im New Yorker Abendwind wurde es langsam richtig kalt.

„Umso besser. Dann komm.“ Einer elastischen Sprungfeder gleich hatte sich Nick vom Boden und quasi aus der liegenden Position in die Senkrechte geschnalzt und bot ihr jetzt von oben herab freundlich die Hand.

Was für ein Kerl, dachte Maria. Mediterran schaute sie ihn an. Das war jetzt der Gefügigkeitstest, dachte sie leicht verdrossen. Wenn ich sie nehme, weiß er, dass er den nächsten Schritt einleiten kann. Und dass ich dann noch gefügiger sein werde. Warum nennt er nicht einfach seinen Preis? 150 Dollar? 200 Dollar? Für was?

Tausend für …? Noch immer war da die Hand. So ein Geschäft konnte er glatt vergessen. Sie nahm sie an. Kräftig und doch sensibel griff er zu, zog sie zu sich nach oben. Jetzt nahm die Geschichte zwischen Maria und Nick langsam Fahrt auf.

Brooklyn – falscher Ort, falsche Zeit?

Adore and endure – bete an und halte aus. Es stand in großen pinkfarbenen Lettern am Abgang zur Metro geschrieben. Ein Graffito, so poetisch wie schlicht, dass es Maria beinahe den Atem nahm.

„Mein Lebensmotto", rief sie so begeistert wie erschrocken und zeigte mit dem Finger auf den Einzeiler entlang der bleichen Kacheln.

„Meins auch", entgegnete Nick ihr schlicht.

„Wirklich?"

„Ja. Wirklich."

„Also dann hast du das hier verfasst? Wow, beeindruckend!" Sie lachte. Er lachte. Und nein, hatte er nicht. Genauso wenig, wie er ihr einen Preis genannt oder sich von ihr verabschiedet hatte, weil sie nicht handelseinig geworden waren. Im Gegenteil. Statt eines unmoralischen Angebots kam ein völlig anderes: Salat.

„Wie bitte? Ich soll was?" Genau. Nick war, so behauptete er zumindest, heute Abend auf eine Party eingeladen, hatte versprochen, etwas Grünes zum Partybuffet beizusteuern, und benötigte nun ein paar schöne, knackige Endivien-, Eichblatt- oder Kopfsalate. Klang das jetzt glaubhaft oder wie der Trick eines Perversen?

„Verrückt! Salat für eine Party!", rief sie halb ironisch, halb unsicher.

„Nein, ganz und gar normal. Dafür aber hundert Prozent bio. Kommst du mit?"

„Auf die Party?"

„Erst mal einkaufen. Nur kurz rüber nach Brooklyn. Wir sind gleich wieder da. Äh, was gibt es da zu lachen?"

„Ich lache doch gar nicht", bis über beide Backen grinsend.

„Doch. Du lachst."

„Tu ich nicht."

„Tust du doch ..." Und so weiter und so fort, während sie am Bahnsteig angelangt waren und auf den nächsten Zug warteten. Aber er sah einfach zu süß aus, wie er sie da mit dem Ernst eines Osterhasen ansah und ihr weismachte, dass er jetzt Salat besorgen wollte und dass es das einzige genießbare Kraut in ganz New York ausgerechnet in Brooklyn gab. Und nur dort.

„Du wirst schon sehen", meinte er, noch immer recht humorlos auf ihrer Respektlosigkeit in Sachen Stadtrundfahrt für Biogemüse herumkauend. Humorlos und sehr ernsthaft. Fast ein bisschen wie ein *Würstelconkrauti*. Unter all den vielen Touristen, die Rom jedes Jahr überschwemmten, waren die *Würstelconkrauti* mit Abstand und noch lange vor den Chinesen die schlimmsten. Nein, nicht die schlimmsten. Die allerschlimmsten. Obwohl Maria reizende Freunde aus diesem sehr seltsamen, sehr unheimlichen Deutschland hatte. Freunde, mit denen man richtig Spaß haben konnte. Zum Beispiel … äh … Nun. Deutschland eben. Jetzt ging es aber um Nick. Vertrauen oder nicht vertrauen, das war hier die Frage. Immerhin. Sie kannte Nick eigentlich überhaupt nicht, und niemand wusste, mit wem sie wohin unterwegs war. Nicht einmal sie selbst.

Dann kam der Metrozug, das Geschiebe, die Enge, die Platzangst, die Erinnerung an die katastrophalen Nahverkehrsmittel in Rom, ein kleiner Heimwehanfall, Nicks Brustmuskelplatte direkt vor ihrer Nase, was bedeutete, ihre Brüste irgendwo in der Gegend seines Zwerchfells, dann Tür auf, raus, ihre Nippel entspannten sich langsam wieder, wurden weich, Brooklyn.

Brooklyn!

Tageslicht. Gleich eine ganz andere Luft. Schärfer. Würziger. War das Meer hier näher? Oder Gewalt? Irgendwelche Industrieanlagen? Der angesteuerte Stadtacker?

Ah. Sie gingen also zu Fuß. Na von ihr aus, warum nicht. Nick wirkte abwesend. Konzentriert auf etwas. Aber worauf?

Ah ja. Hier war der Park, von dem aus die Menschen ihren banalen oder auch nicht banalen Beschäftigungen nachgegangen waren, joggen etwa, den Hund Gassi führen, die *New York Times* lesen, während drüben Downtown Manhattan die Türme schon fett und schwarz am Qualmen waren, um wenig später in sich zusammenzusacken. Sie hatte entsprechende Bilder am Morgen des Jahrhundertereignisses im Internet gesehen. Diese Amerikaner. Dachte sie. Schon cool, wenn man so cool war! Joggen, während die eigene Stadt abfackelt. Sie sah hoch zu Nick. Wie alt mochte er wohl an jenem Tag gewesen sein, an *Neinilewen*?

Nun, Nick war offenbar ganz bei seinem Salat. Er führte sie für Großstadtmenschen und noch mehr für New Yorker, die doch angeblich keinen unnötigen Schritt zu Fuß gingen, eine gefühlte Ewigkeit durch die Straßen. Seltsam. Was hatte er vor? Ging es wirklich um Grünzeug? Die Gegend jedenfalls war nicht gerade vertrauenerweckend. Die Passanten nahmen ab. Der Müll zu. Alte Gebäude, eingeschlagene Fensterscheiben, Autowracks. Gerümpel. Penner. Fehlten nur noch die alten Fässer, in denen Feuerchen brannten und um die herum die Ärmsten der Armen standen, um sich aufzuwärmen.

Maria gehörte nun wirklich nicht zu den schreckhaften Menschen. Im Gegenteil. Sie hielt sich sogar für ziemlich mutig. Aber jetzt checkte sie doch unauffällig ihre Taschen. Mist. Wie immer befand sich ihr Pfefferspray in ihrem Hotelzimmer. Und *cazzo cazzo cazzo,* warum nur hatte sie nicht wenigstens Emma erzählt, was sie so trieb, was sie vorhatte?

„Von grüner Oase für Salat ist hier aber nichts zu sehen“, maulte Maria. Sie gingen für ihren Geschmack zu schnell. Jetzt kam sie ins Schwitzen. Ihr wurde leicht schummrig. Sie begann sich schwach zu fühlen. Schutzlos. Ausgeliefert.

„Hier herein.“ Er griff unvermittelt nach ihrer Hand und zog sie in den Eingang eines der Rotsteingebäude.

„Au, du tust mir …“, protestierte sie noch. Dann dieser süßliche Geschmack. Äther? Maria vernahm von ferne die Stimme ihrer Mutter, dann die von Bariello, verlor erst den Boden unter den Füßen und dann das Bewusstsein.

Anbeten und aushalten. Anbeten und aushalten. Anbeten und … Ein schrecklicher Schmerz spaltete ihr den Schädel. Hinter den geschlossenen Lidern brannten ihre Augen, als badeten sie in Säure … aushalten.

„Was …?“ Unsäglich langsam, unsäglich mühsam schleppte sie ihr Hirn wie einen nassen Sack in Richtung Bewusstsein. Im Schein einer Fackel sah sie, dass sie nackt am Boden lag. Es war kalt. Sie versuchte, sich zu bewegen, aber es ging nicht. Sie versuchte, die Augen zu öffnen. Sie spürte die Stricke. Einen fremden Atem. Ohne die geschwollenen Lider heben zu können, wusste sie, dass sie in eine Falle geraten war. Dass sie, verschnürt wie ein japanisches Bondage-Girl, ein willenloses, ausgeliefertes Lustpaket, wehrlos war und allen möglichen und unmöglichen Handlungen ausgesetzt: Paddel, Peitsche, Kerze, Küsse … Küsse?

„Maria!“ Sie spürte die Schläge, links, rechts, aber der Schmerz blieb aus.

„Maria, hörst du mich? Wach auf, Süße!“ Langsam, unendlich langsam gelang es Maria, ein Auge zu öffnen. Es war in der Tat finster. Ein Verlies. Nick beugte sich über sie. Was hatte er vor? Sicher weder eine Vergewaltigung noch ein ausgefeiltes Folterprogramm.

Sie sah in ein sehr besorgt dreinblickendes Kleiner-Junge-Gesicht.

„Warum bin ich gefesselt, Nick?“ Jetzt hätte sie trotz ihrer Schwäche beinahe gelacht, so blöd schaute Nick aus der Wäsche

„Was redest du da? Du bist umgekippt. Du hattest einen Schwächeanfall und bist umgekippt. Komm, ich helfe dir hoch.“

„Ich bin nicht …?“

„Nein, du bist, was immer du denkst, nicht!“ Zärtlich und überaus männlich griff Nick mit beiden Händen unter Marias Schultern und zog sie langsam, vorsichtig, behutsam zu sich nach oben.

„Warum ist es so dunkel? Hier stimmt doch etwas nicht.“

„Hast du was genommen, Süße? Du kannst es mir ruhig sagen. Ich verpfeif dich nicht.“

„Warum ist es hier so dunkel, Nick? Wo sind wir? Was hast du vor mit mir?“ Erstaunt sah Maria, wie Nicks Antlitz sich zu verändern, zu verschieben begann, von einem besorgten Gesicht zu einem schiefen Mund zu einem herzhaften, breiten Lachen.

„Was denn?“ Nick hielt sie, lachte sein wunderbares Ich-bin-wirklich-ein-guter-Mensch-Lachen, schlang seine Arme um sie, drückte sie, lachte immer noch und endlich, endlich kam er wieder zu Atem.

„Wir befinden uns in einem Durchgang, Schätzchen. Das Licht ist aus. Vor uns wartet ein Fahrstuhl. Dieser Fahrstuhl bringt uns hinauf zu den Gärten von Gucci. Es ist ein Stadtacker. Eine *Ground Urban Classic Cultivation Initiative*. G-U-C-C-I. Verstehst du? Coole Jungs und Mädels bauen hier mitten in Brooklyn Biogemüse und Obst an. Was hast du denn …?“ Noch immer verwirrt, sah sie ihn an. Jetzt machte irgendwer irgendwo ein Licht an. Sie sah den Durchgang. Sie sah die Aufzugstür. Ein lässiges junges Pärchen bog in den Durchgang ein, sagte „Hi“, drängte sich, ohne sie beide weiter zu beachten, an ihnen vorbei, drückte auf ein Knöpfchen, wartete und verschwand im Aufzug. Wow. Alles ganz normal.

„Ich muss geträumt haben. Ein Albtraum.“ Er sah sie noch immer amüsiert an. Konnte er etwa Gedanken lesen?

„Wirklich?“

„Was? Was wirklich?“ Werde ich etwa schon wieder rot?, dachte sie.

„Ein Albtraum, wirklich? Oder vielleicht ein kleines bisschen weibliche Psyche?“

„Du Schuft! Was weißt du denn schon von weiblicher Psyche, du, du …“

„Callboy? Oh, ich weiß eine ganze Menge von weiblicher Psyche. Mehr, als du denkst.“

„… du Callboy. Ja. Weibliche Psyche findet nicht

zwischen ihren Beinen statt. Im Gegensatz zur männlichen …“ Er lachte herzlich.

„Na dann eben ‚Freud‘? Und glaube mir, Schätzchen, sie findet genau dort statt. Eine Frau ohne Sex ist ein Monster aus …“

„Untersteh dich! Ich kratz dir die Augen aus!“ Sie meinte es ernst. Eine Frau ohne Sex eben. Dachten sie beide zugleich. Merkten es. Und prusteten beide los. Die Gefahr eines wirklich bösen Streits schien gebannt.

„Jedenfalls glühst du wie die Abendsonne von Big Sur.“

Big Sur! Also jetzt übertrieb er. Freud, okay. Sein pseudokennerhaftes Geschwafel über Kunst, gut. Aber „Big Sur“? Was um alles in der Welt sollte das denn sein: Big Sur? Sie standen erneut so dicht voreinander wie in der Metro. Sie spürte seine Brust, er die Nippel ihrer Brüste. Alles wiederholte sich hundert Mal, bevor es aufhörte sich zu verändern, dachte Nick. Und betrachtete die, zugegebenermaßen etwas bleichen, halb geöffneten Lippen Marias. Sie sah süß aus, wie sie so zu ihm aufschaute. Fast so, als läge sie … stopp …

Maria dachte gar nichts. Sie spürte seinen Atem, der frisch roch und jung und verlockend. Sie tat so, als würde sie nicht bemerken, dass sie ihre Lippen für ihn öffnete. Bewusst unbewusst, wie Frauen das eben tun. Doch Nick, der Frauenversteher, Liebeskünstler und Callboy zögerte. Noch war er nicht gekommen. Sein Augenblick.

„Big Sur ist diese wunderbare Gegend südlich von San Francisco. Oder liegt sie nördlich? Jedenfalls war der Platz die Wahlheimat von Henry Miller."

„Henry Miller? Wer ist denn das schon wieder? Ein Maler?"

„Auch, in der Tat. Aber hauptsächlich kennt man ihn seiner skandalösen Bücher wegen. Sex, Sex und nochmals Sex. *Stille Tage in Clichy*, *Wendekreis des Krebses*, *Wendekreis des Steinbocks*, *Nexus*, *Plexus*, *Sexus* ..."

„Willst du mich jetzt verarschen? Ist das Chinesisch?"

„... nein, Böhmisch. Zumindest für dich. Kennst du nicht den Spruch vom ewigen Ständer, der die Frauen verrückt macht ...?" Nick brach ab. Er war vielleicht ein wenig zu weit gegangen. Er merkte, dass sie sich tatsächlich veralbert fühlte und gekränkt zurückzog. Sie war aber auch eine verdammt preziöse Nummer, diese kleine Italienerin. Mein Gott!

„Ich bin kein wandelndes Lexikon, Nick, und eine Sexbombe bin ich auch nicht. Ich mag verklemmt sein, aber ich pfeif auf dich ebenso wie auf deinen Salat, Nick", sagte Maria leise, und dass sie wirklich noch nie in ihrem Leben und auch jetzt keine Drogen, dass sie diese ominösen Gärten von Gucci ein andermal gerne und ihn auch, aber jetzt wolle sie nur noch nach Hause.

Als Maria am nächsten Morgen erwachte, konnte sie sich zwar noch an ihre peinliche Ohnmacht, an die noch viel peinlichere Vision während ihres Blackouts, an das Gerede vom ewigen Ständer, der die Frauen verrückt machte, sowie daran erinnern, dass es zu keinem Kuss gekommen war, aber nicht mehr an den Namen des Mannes, des Urhebers dieses irritierenden Zitats. Kein erster Kuss, keine Liebesgeschichte, nicht wahr?

Ebenso wenig erinnerte sie sich daran, wie sie sich am Vorabend ausgezogen und ins Bett gelegt, geschweige denn wie sie den Kopf auf ihr großes, weiches Hotelzimmerkissen gelegt hatte. Nur daran, dass alles definitiv alleine und in mannloser Keuschheit vonstattengegangen war. Nun, das war ja auch alles nicht wichtig. Das war bloß wie alles andere.

Sie fühlte sich dennoch erstaunlich erfrischt und ausgeschlafen und stieg mit dem Schwung einer Lady aus dem Bett, die sich noch lange nicht geschlagen gab.

Hatte sie wirklich davon geträumt, wie eine französische Salami verschnürt in einem Lustkeller zu liegen? Noch dazu mit Nick? Oh mein Gott, wenn das Emma erfuhr! Die fände das mit Sicherheit geil. Aber sie, Maria, fand das eher etwas beängstigend. Wo sollte das hinführen? Sie brauchte ganz offensichtlich einen Psychiater. Dachte sie. Oder doch einen Schw…

Natürlich konnte sich Maria im Museum dann „nur mit Mühe auf ihre Arbeit konzentrieren", wie man so schön sagte. In Wirklichkeit arbeitete sie nämlich überhaupt nicht. Da war nicht nur ihre neu entdeckte Perversion. Fetisch-Love, oh mein Gott! Da waren auch noch Bariello und seine nicht zu unterschätzende, nun, *Anregung*. Zum ersten Mal in ihrem Leben wurde sie quasi erpresst. Emma fände vermutlich auch diese Premiere aufregend.

Müde, seltsamerweise aber doch irgendwie mit der Entwicklung der Ereignisse nicht unzufrieden, ordnete Maria ihre Unterlagen. Sie dachte natürlich überhaupt nicht an Nick. Wieso sollte sie auch? Aber wenigstens war etwas los in ihrem Leben. Würde Emma jetzt kommentieren.

Ich sollte meine Unterlagen kopieren und die Kopien in meinen Hotelsafe legen, dachte sie vage. Und dass echte Experten und Geheimagenten so verfuhren. Als es klopfte. Richard Shepherd trat ein, ohne auf eine Erlaubnis zu warten. Er war gekleidet wie der mittelalte Cary Grant. Und wirkte in seinem Aufzug kein bisschen lächerlich.

Via Francesco Crispi, Rom

„Verlier jetzt nicht die Nerven, Mama“, kreischte eine kurz vor einem hysterischen Anfall stehende Valentina im Ofen, wie die junge Garibaldi von ihren Widersachern seit der Grundschule genannt wurde. Warum eigentlich? Sah sie etwa aus wie ein Brot?

Draußen, vor den hohen Mauern, die den Palazzo Garibaldi umfriedeten, keuchte, stöhnte und schuftete die Ewige Stadt, Rom, die sechzehnzitzige Hure, den Mammon, Salami und Sex im Kopf. Und auch Valentina verspürte große Lust. Der Campo de' Fiori in Parione mit dem kleinen, schäbigen *Cinema Farnese*, den vielen kopflosen Touristen, seinem üppigen Bauernmarkt und über all dem bunten Treiben das stumme Mahnen eines zum Brennen auf dem Scheiterhaufen verurteilten Giordano Bruno. Die Gerüche rund um den Termini, Roms Sackbahnhof, ein wunderbar widerlicher Gestank aus Abgasen, Abfall, dem Urin der Straßenkinder, die zwischen den parkenden Fahrzeugen in den Rinnstein pinkelten, und dem Duft von Lavazza, Illi & Co der umliegenden Cafés. Die Via Appia, halb Peripherie, halb Babylon mit ihren minderjährigen Nutten aus Bukarest, Sofia oder Prag … Was bedeutete Reichtum schon, wenn es keine Armen gab, die ihn kontrastierten? Ab und zu brauchte Valentina ihn einfach, den Abstieg hinab in die Hölle von Mittelmaß, Ohnmacht und Verzweiflung, von Elend, Hunger und nackter Gier nach einem besseren Leben, den dantesken Ausflug in diese andere, düstere, verlockende Welt.

„Es ist doch alles in Ordnung, nicht wahr, alles in Ordnung!“, wiederholte sie nervös.

„Nichts ist in Ordnung“, parierte eine eiskalte Antonia Garibaldi. Eine Stimme wie eine Rasierklinge. Mutter möchte man wirklich nicht zum Feind haben, dachte Valentina bitter.

„Was haben wir schließlich erreicht? Ich sage es dir: nichts. Oder weißt du etwas, was ich nicht weiß? Sage es mir!“

Valentina verscheuchte die wollüstigen Bilder von Schmutz und Orgien, die ihre Gedanken vernebelten, und kehrte zurück zu Stuckdecken, Berto-Salotti-Sofas, Cy-Twombly- und Paul-Klee-Originalen und den Launen ihrer herrschsüchtigen Mutter. Sie wusste, dass die große Garibaldi eine Antwort erwartete. Aber warum auch immer, kurz genoss Valentina, sonst eher mamafürchtig, den Moment der Auflehnung, ja Überlegenheit. Und zuckte stumm mit den Schultern, während ihre Mutter im Salon des Piano nobile aufgebracht umherwanderte. Auf-ab, auf-ab, Platz war ja in dem riesigen Raum, in dem sich neben moderner Kunst an den Wänden auch eine stattliche Sammlung chinesischer Vasen befand, dekorativ absichtslos über Tische und Sideboards verteilt.

„Ich könnte …", zische Antonia Garibaldi gefährlich leise, schnappte sich in plötzlich aufwallender Wut eines der sündteuren Porzellangebilde und schmetterte es auf den mamorgefliesten Fußboden. Valentina fuhr zusammen und starrte sekundenlang auf ihre Mutter. Diese lächelte unschuldig. Es schien ihr plötzlich besser zu gehen.

„Geht es dir jetzt besser?", fragte die entgeisterte Tochter, „das war sechzehntes Jahrhundert. Mutter, reiß dich doch zusammen!"

„Und einige tausend Euro, ich weiß, Schätzchen. Ich darf gar nicht daran denken. Und nein, es geht mir nicht besser."

Unvermittelt blieb Antonia stehen und blickte aus der Flügeltür in den Garten.

„Besonnenheit ist das eine, das weiß ich. Glaub mir, Valentina, ich bin die geduldigste Frau der Stadt. Wer sonst hätte so lange auf diesen Moment hingearbeitet. Aber das Leben ist eine Dirne." Antonia Garibaldi wirkte wieder scheinbar gelassen, drehte jedoch mit der einen Hand die Ringe an der anderen. Rundherum, rundherum, rundherum … Ihrem Gesicht sieht man das Alter kaum an, dachte die Tochter. Ihren Händen schon.

Und dennoch, die Garibaldi war fast so wie *die*

Messalina: eine noch immer elegante, beeindruckend hochgewachsene Frau. Haut und Teint für eine Siebzigjährige nahezu perfekt. Mit dezentem Make-up und in High Heels pfiffen ihr die Männer an der Spanischen Treppe noch immer nach. Egal, ob sie nach oben ging oder von oben herabstieg. Von ihrem ehemals blonden Haar, Erbe germanischer Horden oder normannischer Eroberer, die über Rom und die Römerinnen hinweggefegt waren, hatte sie sich schon in ihren Fünfzigern verabschiedet und trug eine akkurate, silbergraue Kurzhaarfrisur, die ihrem strengen Wesen noch mehr Strenge verlieh. Es hieß, sie hielte sich stets eine Reihe jugendlicher Liebhaber.

„Ich habe alles darangesetzt, um mit dieser einmaligen Schau hier in Rom, in der Hauptstadt Italiens, eines Landes, das es ohne unsere Familie gar nicht gäbe, den Höhepunkt meines Schaffens zu setzen. Den Höhepunkt aller Höhepunkte, um einmal vulgär zu werden. Für Rom, diese ewige Stadt, für die Römer und Römerinnen, für uns, die Garibaldis, für dich, du dumme Kuh, und für mich selbst. Und was eignete sich dafür am allerbesten nach all den Mühen? Eine Frau. Ach, was sage ich? Nicht *eine* Frau, *die* Frau. Die – *Mona Lisa*! Diesem besonderen Coup, diesem kulturellen und kuratorischen Knüller, habe ich Jahre meines Lebens gewidmet. *Jahre*! Das schönste Frauenlächeln der Welt. Hier in Rom. Unter meinen Fittichen. Und jetzt das. Diese verdammten Froschfresser machen mir einen Strich durch die Rechnung. Mir! Der Garibaldi! *Der* Garibaldi! Aber nicht mit mir. Nicht – mit – mir! Wozu hat man schließlich einen kriminellen Sohn?"

Wow, dachte Valentina. Man konnte wirklich Angst bekommen vor dieser Frau. Die im Begriff war, nun doch so richtig die Fassung zu verlieren. Voller Trotz blickte die ältere zur jüngeren Garibaldi. Die sie völlig entgeistert ansah. Also die jüngere die ältere.

„Was hast du da eben gesagt?"

Pause.
Schweigen.
Trotz.

„Würdest du freundlicherweise wiederholen, was du da eben gesagt hast, Mutter?" Da schwang jetzt schon Wut mit. Und ja, es klang auch ein klein wenig nach Königinnenmord.

„Ich sagte, dass ich Jahre meines Lebens für ..."

„Nicht das! Spiel nicht Katz und Maus mit mir!", schrie Valentina.

„Kein Grund, so herumzuschreien. Flavio Malandrolo ist mein Sohn. Dein Bruder, äh, Halbbruder. Ohne Erbrecht, falls du dir deshalb Sorgen machst."

Aber nein, Valentina machte sich im Augenblick

eher Sorgen um ihre eigenen Erben. Ob sie je welche haben würde. Ob sie diesen heutigen Tag wohl überlebte? Jetzt bekam Valentina einen Schweißausbruch. Gleich würde sich ihr gefürchteter Speiseröhrenkrampf …

„Ich geh auf den Balkon eine rauchen." Die Garibaldi hatte sich bei der Erziehung ihrer Kinder stets an die Maxime gehalten: keine Verzärtelung. Kein Verzicht. Ihr eigenes Leben hatte stets Vorrang.

„Warte. Geh nicht! Ich hab eine Frage! Wenn es einen Bruder gibt …"

„… Halbbruder."

„… dann gibt es auch einen Halbvater dazu …" Diese Logik hatte etwas für sich. Das musste im Stillen auch die Garibaldi zugeben. Aber war sie im Gerichtssaal? Sollte sie sich verhören lassen? Von ihrer eigenen Tochter? Nein. Das war der Garibaldi jetzt wirklich zu blöd.

„Vergiss es einfach. Über Flavios Vater wirst du kein Sterbenswörtchen erfahren. In meinem ganzen Leben nicht. Basta!"

„Und er?"

„Wer er?"

„Na dieser, dieser Flavio! Was willst du von ihm? Was bedeutet er dir?"

Ernst und ohne zu antworten, sah die Garibaldi ihre Tochter an. Sie verstand, warum sich Valentina aufregte. Sie verstand ihre Verwirrung, ihre Not. Nun, Flavio war ihr Sohn. Ganz einfach. Er würde alles für sie tun.

„Flavio ist mein Sohn. Er würde alles für mich tun. Verstehst du? Alles. Er wird mich niemals enttäuschen. Ich habe ihn in ein Waisenhaus gesteckt. Ich habe, als er älter wurde, veranlasst, dass er in einem Kinderheim untergebracht wurde. In einem der übelsten Sorte. Anfangs. Dann bin ich aufgetaucht. Aus dem Nichts sozusagen. Der rettende Engel. Ich habe ihn in ein weniger schlechtes Kinderheim bringen lassen. Habe angefangen, ihn öfter zu besuchen. Dann in ein besseres, in ein gutes. Jahr um Jahr, Schritt für Schritt habe ich dafür gesorgt, dass sein Leben leichter wurde. Und seine Beziehung zu mir enger. Bis er mich geliebt hat. Bedingungslos geliebt. Er weiß nicht, dass ich seine leibliche Mutter bin. Das ist auch nicht nötig. Er ist ein Dummkopf, das bedauerliche Erbe seines Vaters. Wie schon gesagt, er wird im Familientestament nicht erwähnt. Falls du schlau genug bist und den Mund hältst. Er ist mein Sohn. Er ist mein Werkzeug. Er wird alles für mich tun." Die Garibaldi, die einzige und einzig wahre Garibaldi blickte ihrer Tochter kalt in die Augen.

„Alles", wiederholte sie nochmals leise. Valentina lief es eiskalt den Rücken hinunter. Sie kannte ihre Mutter ja von Kindesbeinen an. Ein undefinierbares

Gefühl des Unbehagens ihr gegenüber hatte sie immer begleitet. Zur Feindin wollte sie diese Frau nicht haben. Und jetzt hatte sie ihr gedroht. Das machte Valentina Angst.

Ein Telefon klingelte. Aber welches? Hier gab es so viele davon. Ah, das private, das auf dem Beistelltisch vor dem roten Sofa. Mit ein paar eleganten Schritten war sie dort, die einzig wahre Garibaldi. Sie nahm an.

„Oh, mein Kleiner. Eben haben wir von dir gesprochen. Wer? Valentina und ich. Was gibt's? Aha. Nein. Oh. Aha ..."

Mit einigen Metern Abstand und schräg von der Seite betrachtet, hätte man die Garibaldi für eine Frau in den allerbesten Jahren halten können, für achtunddreißig, höchstens vierzig. Nur die Hand, die lässig, aber entschlossen das *electronic device* – wie Antonia gerne zu Geräten technischer Natur sagte – ans Ohr hielt, verriet ihr wahres Alter. Und die Falten unterhalb vom Ohr.

„Und ihren wahren Charakter", murmelte Valentina verbittert und starrte dabei auf die raubtierartigen Klauen, in die sich Antonias Hände für Valentina plötzlich verwandelt hatten. Sie schüttelte sich. Antonia war nie eine liebevolle Mutter gewesen. Aber auch kein Monster ...

Valentina beobachtete ihre Mutter mit einer Art gruselnder Faszination, während diese selbstgerecht in dem riesigen Raum stand, dem zentralen Salon des Palazzo Garibaldi und Mittelpunkt dessen, was andernorts wohl „Familienleben" hieß. Bestimmt hätte sie sich in diesem Augenblick, da ihre Mutter ihr den Rücken zuwandte und in der für sie so typischen Mischung aus Charme, Distanz und Machtanspruch in den Äther hineinsprach, gefragt, ob sie diese kleine, so gepflegte wie zähe Frau wohl hasste. Stattdessen sah sie sich um, beherrscht vom dumpfen Gefühl, in diesem weitläufigen, ehrwürdigen, wunderbar geschmackvoll eingerichteten Kerker zu ersticken.

Angstschweiß trat ihr auf die Stirn. Kindheitstraumata, Einsamkeit, Angst vor der allmächtigen Mutter, Sehnsucht nach dem stets abwesenden Vater. Sie würde all diese Dinge mit ihrer Therapeutin besprechen müssen. Wo, verdammt noch mal, waren bloß ihre Tranquilizer? Sie sah sich um. Keine Pillen. Dafür überall anwesend der abwesende Vater, Signor Corner, der irische Geschäftsmann mit einem Händchen fürs Geld und dem schwächlichen Herzen. Einrichtung, Gemälde, Skulpturen, Bücher, alles. Er war es gewesen, der für die Kunst im Hause Garibaldi zuständig gewesen war, nicht die Mutter. Wer hätte das gedacht, nicht wahr? Er hatte dieses alte Gemäuer, den Palazzo Garibaldi, mit Muse und Mammon zu einem der schönsten Gebäude Roms gemacht. Restauriert. Alt und Neu, Antik und Modern frisch kombiniert. Die edelsten Baustoffe und spektakulärsten Kunstwerke eingekauft. Regale in die Wände eingelassen. Im Lichthof einen beheizten Pool angelegt. Einen Flügel aufgestellt. Seine Oldtimer-Sammlung ausgelagert. Repräsentation mit einer Art von Behaglichkeit so zusammengeführt, dass Valentina sich während ihrer doch recht schwierigen Pubertät zumindest nicht das Leben genommen hatte. Trotz A. G., wie sie die Mutter manchmal heimlich nannte.

„Was machst du denn da?" Die Garibaldi hatte ihr Telefonat beendet, ohne dass Valentina es bemerkt hätte. „Es war Flavio. Wenn man vom Teufel spricht. Ach übrigens, auf dem Tischchen dort drüben, dein Ticket. Du fliegst sofort zurück nach New York. Flavio kann schließlich nicht alles für uns erledigen." Mehr sagte sie nicht.

Metropolitan Museum, Manhattan

Es gab Zeiten, da schlief Richard Shepherd wie ein Murmeltier. Und es gab Zeiten, in denen trieben ihn Sorgen und Nöte bereits um vier Uhr früh in die Küche und gegen sechs ins Museum. Solche Zeiten waren jetzt. Da war zum einen seine Frau. Sie wirkte seit Wochen matt und lustlos. Abweisend. Kränkelte vor sich hin. War zu nichts zu gebrauchen. Und Shepherd fragte sich, ob es sich um ein ernstes Problem handelte. Oder ob sie nur wieder kurz davorstand, sich einen neuen Liebhaber zu nehmen.

Was weiß man denn schon wirklich von anderen Menschen, geschweige denn von der eigenen Frau?, pflegte er sich zu sagen. Nun, von ihrem Leben vielleicht nicht viel, von einigen dieser Liebhaber dafür umso mehr.

Dann der Caravaggio. Ein starkes Stück. Fälschung. Unglaublich. Mit im Paket diese scharfe Italienerin. Ja, scharf. Jetzt gab er es zu. Sie gefiel ihm. Vor zwei Jahrzehnten hätte ihm dieser rundliche kleine Temperamentsbolzen nicht widerstanden. Aber das kam ja überhaupt nicht in Frage. Maria Felicella. Blödsinn. Aus dem Kopf, du Flause.

Shepherd wunderte sich übrigens nicht im mindesten, dass er sie an diesem Morgen dann um halb sieben in ihrem Arbeitszimmer antraf. Er hatte sich, Aufstehen um 3:44 Uhr, erster Morgenkaffee um 3:52 Uhr, Lektüre, Arbeit an einem Aufsatz, zweiter Morgenkaffee um 4:28 Uhr, fünf Sonnengrüße nebst leichter Meditation bis 5:03 Uhr inklusive drittem Morgenkaffee, für einen taubenblauen Babycordanzug entschieden. Dazu einen dieser John-Smedley-Rollis, die er exzentrischerweise direkt aus London bezog, dunkelblau. Rote Strümpfe, hellbraune John Lobbs, also schlichte, aber maßgefertigte Derbys, sowie ein Einstecktüchlein von gesamtkontrastierendem Pink. Vielleicht ein wenig dandyhaft, sein Aufzug? Vielleicht.

Zehn Minuten später betrat er die Räume seines Museums und wusste sofort, es war außer ihm noch jemand da. Er wusste wer, er wusste wo. Maria Felicella, in ihrem Arbeitszimmer. Er legte den Mantel ab, prüfte mechanisch den Sitz seines Einstecktuchs und stattete Maria sogleich einen Besuch ab.

„Guten Morgen, Maria."
„Guten Morgen, Richard."

Sie sahen sich freundlich an. Überaus freundlich. Und beiden war klar, dies war jetzt ein kleiner Ringkampf. Maria gewann. Shepherd sprach als Erster.

„Nun reden Sie schon! Ich kann hier nicht ewig herumstehen und meine Zeit verplempern."

Maria zuckte mit den Achseln. Ihre Brüste echoten diese Bewegung. Sie sah, dass es Shepherd einige Mühe kostete, nicht auf das feminine Nachbeben vor seinen Augen zu achten. Natürlich wusste Maria sofort, wovon Shepherd sprach. Der Caravaggio.

„Was soll ich sagen. Falsch ist falsch. Basta!“ Trotzig kreuzte sie die Arme unter ihrer üppigen Weiblichkeit. Shepherd blickte Maria konsequent in die Augen. Der Mann war offensichtlich mit der Gesamtsituation unzufrieden. Es entstand eine Pause, in der die beiden Kunstexperten sich anstarrten, aneinander vorbeiblickten, wieder anstarrten. Zwei Champions eben, die sich im Ring gegenüberstanden und warteten. Bis der Gong ertönte.

„Sie sind eine Meisterin ihres Faches und es freut mich, dass Sie in unserem Atelier den perfekten Raum für Ihre meisterlichen Tätigkeiten gefunden haben“, scherzte Richard Shepherd, um die Situation zu entspannen. Es war nicht einmal sonderlich ironisch gemeint.

„Sie mich auch, mein lieber Richard!“

Maria war bereits wieder hochkonzentriert bei ihrer Arbeit. Eben legte sie eine wundervolle Leonardo-Skizze auf den Lupentisch. Sie lächelte.

„So vergnügt am Werke, und das morgens um 6:39 Uhr? Das nenne ich Engagement.“ Er blickte lächelnd auf seine Armbanduhr.

„Ja“, antwortete sie und verriet nicht, dass es sie

amüsierte zu wissen: sieben von zehn der heutigen Kids weltweit würden bei Leonardo an *DiCaprio* denken und nicht an *da Vinci*.

„Wenn ich Ihnen so zusehe, dann strahlen Sie eine Zufriedenheit aus, die mich neidisch macht. Nicht jeder geht mit solch' einer Begeisterung ans Werk, schon gar nicht um diese Uhrzeit."

„Das täuscht, mein lieber Mister Shepherd. Dass Sie mir nahegelegt haben, den *Narziss* aufzutreiben, lässt mich bestimmt nicht beruhigt arbeiten und leider auch nicht ruhig schlafen."

„Aber, aber! Warum so negativ! Wir müssen doch alle sehen, wo wir bleiben. Ich bin mir sicher, Sie werden das hinbekommen."

Pause.

„Und?"

Maria sah ihn an. „Was: und?"

„Sind wenigstens die Da Vincis echt?" Sie musste lächeln. Irgendwie hatte er etwas, dieser Shepherd …?

„Ich denke schon. Und wenn nicht, dann würde ich es Ihnen bestimmt nicht sagen." Sie lachte. Doch Shepherd spürte: Das war nicht einfach so dahingesagt. Maria Felicella misstraute ihm. Sie war, wenn überhaupt noch, eine unzuverlässige Verbündete.

„Zumindest würde ich erst mit Ihnen allein darüber sprechen und nicht mit Valentina. Ist sie eigentlich unterwegs? Ich habe sie heute noch gar nicht gesehen."

„In Rom, bei ihrer Mutter. Eine höchst anstrengende Person. Nein, nicht Valentina, die Mutter. Sie kennen sie?"

„Natürlich. Die Welt ist klein, und Rom ist winzig, was das angeht. Ich war neulich mit ihr zusammen bei einer Besprechung, auf der verkündet wurde, dass die geplante Ausstellung der *Mona Lisa* in Rom nicht stattfinden wird. Das hat ihr gar nicht gefallen. Konnten Sie in dieser Angelegenheit eventuell schon mit Nemours sprechen?"

„Wie geschickt Sie immer wieder auf Ihre eigenen Belange zurückkommen."

„Nun, die *Mona Lisa* gehört doch eigentlich uns, meinen Sie nicht? Also Italien. Was hat sie überhaupt in Frankreich zu suchen?" Shepherd lächelte. Wie direkt diese Europäer doch sein konnten. Wie offenherzig und undiplomatisch.

„Sie mögen das, oder?"

„Was?"

„Rebellieren. Verändern. Die Dinge und die Welt und deren Lauf nicht so hinnehmen, wie sie sind?"

„Der Mensch ist doch kein Weideochse, der vor den Karren anderer gespannt werden sollte. Man muss sich seinen Teil schon suchen und dafür auch kämpfen.

Von nichts kommt nichts, oder haben Sie Ihren Job hier in der Lotterie gewonnen?“

„Das war jetzt zwar ganz und gar unter Ihrem Niveau, meine Liebe, aber Sie sind trotzdem eine bemerkenswerte Frau. Wir sollten bald mal wieder zusammen essen gehen.“

„Und Ihre Frau?“

„Ich sagte essen gehen. Mehr nicht. Aber nett, dass Sie auch an meine Frau denken. Ich habe da übrigens eine Idee. Sie möchten nach wie vor an die *Mona Lisa* herankommen? Gut. Dann haben Sie sicher nichts gegen eine kleine Reise nach Italien? Eine Dienstreise? Ich wünsche einen schönen Tag.“ Er drehte sich ohne ein weiteres Wort um und ging zur Tür. Aufrecht und jungenhaft. Gedankenverloren sah Maria ihm nach. Was war das nur für ein Mann? Sie würde die Männer nie verstehen, die amerikanischen schon gar nicht. Und da war er auch schon wieder. Nick.

Maria legte eine zweite Leonardo-Skizze auf den Tisch und studierte deren Expertisen.

„Warum haben meine werten Kollegen nur immer darauf beharrt, dass …“ Das Klingeln des Telefons unterbrach ihre professionellen Gedanken, die sich schon den ganzen Morgen quer durch ihren Cortex wurmten und sich nur mühsam gegen einen höchst privaten Hormonstrom durchsetzten. Dieser breitete sich vom Instinktzentrum im Gehirn in ihrem ganzen

Körper aus. Was Maria aber dank der Leonardo-Skizzen erfolgreich vor sich selbst verbergen konnte. Sie nahm das nervig störende Ding. Das Display zeigte ihn. Nick. Den Namen des Mannes, der ihr selbstverständlich völlig egal war. Obwohl er es war, der ihre Sinne anheizte und das träge Blut zum Singen brachte. Er. Ihr Nick. *Adore and endure* – anbeten und aushalten. Warum fiel ihr das jetzt ein? Maria zögerte. Es klingelte immer noch, das Ding. Dann nahm sie an.

„Hallo?"

„Hallo, mein italienischer Traum. Ich …"

„Schon aus den Federn oder noch immer nicht drin?", unterbrach sie ihn. Und – wow – es klang eifersüchtig. Sie bemerkte es selbst.

„Äh … du bist eifersüchtig!"

„So ein Quatsch! Warum sollte ich eifersüchtig sein? Und worauf? Auf dich etwa?" Das machte es nicht besser!

„Noch immer nicht drin", antwortete er fröhlich. Und, komisch, so wie er das sagte, klang es irgendwie anzüglich. Anzüglich und sexy. Sie würde demnächst die Kontrolle über sich verlieren. So viel war klar.

„Aha. Lange Partynacht. Was gibt's?"

„Was es gibt? Den Tag, Maria. Das Leben. Croissants. Das Wetter. Hotdogs. Manhattan!"

„Weiter nichts?", erwiderte sie. Kalt. Eiskalt. Polarnacht. Keine Stimme, sondern ein Eiszapfen. Für drei

Sekunden war es tatsächlich still am anderen Ende der Leitung. Sie hatte ihn drangekriegt. Eins zu null für sie. Triumphierend kicherte sie in sich hinein.

„Nun. Wie sieht es aus?" Sie klang wirklich ein Stückchen kleiner, diese große, männliche Männerstimme mit dem Sixpack zwischen jeder Schallwelle.

„Womit?" Jetzt bloß nicht übertreiben, Süße, dachte sie. Und bekam ein kleines bisschen Angst vor sich selbst. Dass er absprang, wollte sie natürlich auch nicht.

„Komm schon, Maria. Sei nicht eine solche Spielverderberin. Lass uns was zusammen unternehmen."

„Salat einkaufen?"

„Wow. Du bist aber echt gut in Form heute früh. Nun, wenn ich störe …?"

„Nein, warte … also doch. Ja. Ich weiß es nicht." Maria schwieg plötzlich. Der Triumph war ihr vergangen. Sie wollte. Ihn. Sehen.

„Hallo?"

„Versteh mich bitte nicht fasch, Nick. Ich habe ja auch zu arbeiten. Es ist so viel los im Museum und ich möchte auch noch diese Sache hier fertig machen."

„Welche Sache? Klingt ja echt geheimnisvoll."

„Erzähl ich dir ein andermal."

„Okay, versteh ich ja alles. Klar. Logisch. Echt pflichtbewusst. Deutsch irgendwie. Aber trotzdem. Schenk mir diesen einen Tag, Maria, diesen einen einzigen Tag. Hier und heute. Ich möchte dir gern meine Stadt zeigen. Lass uns den Tag in Manhattan verbringen. Durch Galerien streifen. Uns über Kunst streiten. Nur du und ich. Komm schon."

Komisch, dachte Maria. Nicht, dass sie sich je groß über Callboys Gedanken gemacht hätte. Wie auch? Aber wenn, dann hätte sie sich die käuflichen Jungs anders vorgestellt. Cooler gegenüber Frauen. Immun gegen echte Gefühle. Immer *on top* … *On top*? Was sollte denn das nun wieder heißen? Maria schüttelte den Kopf über sich selbst. Instinktiv wandte sie sich um. War da wer? Hatte sich die Tür nicht bewegt? Wurde sie belauscht?

„Richard?" Keine Reaktion. Nun, vielleicht hatte sie sich ja auch getäuscht.

„Hallo? Maria? Hörst du mir überhaupt zu?"

Sie trafen sich gegen 10 Uhr vor dem Museum. Nick saß schon da, als Maria herauskam, hatte zwei Pappbecher mit Kaffee dabei und eine Tüte mit Donuts.

„Ich dachte, das wäre jetzt mal ein guter Anfang", sagte er mit dem breitesten Grinsen, das Maria je gesehen hatte, und gab ihr einen Kuss. Auf die Wange, versteht sich. Sowie den einen Becher Kaffee.

„Vorsicht. Heiß."

„Danke." Sie nahm den Becher oben am Rand und öffnete den Plastikdeckel. Sie sog das herrliche

Aroma ein und nippte schließlich vorsichtig. Wonach schmeckte der Kaffee bloß? Da war doch noch etwas anderes mit drin. Karamell? Kardamom? Italienisch war jedenfalls anders, dachte sie. Und: diese Amerikaner. Nicht mal Kaffee können die kochen. Bis sie bemerkte, dass Nick sie die ganze Zeit beobachtete. Und strahlte.

„Köstlich, nicht wahr? Mit Kurkuma." Na, wer sagt's denn. Kaffee mit Kurkuma. Typisch amerikanisch.

„Ja, wirklich köstlich!" Einen Augenblick lang sah Nick seine Begleiterin mit großen Augen an. Dann lachten sie beide. Die Fremdheit wich. Paolo hatte es nie gegeben. Zehn Jahre freiwilliges Zölibat begannen sich in nichts aufzulösen. Sie würde die Kontrolle verlieren. Verlieren wollen. Er gab ihr noch einen Kuss auf die Wange.

„Womit fangen wir an?", fragte er vergnügt.

Eine uniformierte Schulklasse kreischender, raufender, teilweise übergewichtiger Jugendlicher aus Michigan, Tennessee oder Milwaukee walzte sich an ihnen vorbei in Richtung Eingang. Sie blickten sich in die Augen. Er grinste. Sie fragte sich: War das jetzt professionell? Der blaue Blick? Das süße Grinsen? Auf jeden Fall sah er wahnsinnig gut aus in seiner Streetdarling-Uniform. Ganz der nette Junge von nebenan. Er, ein Callboy? Kaum zu glauben.

„Ich bin wirklich einer“, sagte er fröhlich.

Pikiert sah sie ihn an. Er lächelte immer noch. Aber etwas zeigte sich um seine Mundwinkel, was vorher nicht dagewesen war. Ernst? Männlichkeit?

„Was glaubst du, wie oft ich diesen Blick schon gesehen habe: So ein netter Junge. Hat der doch gar nicht nötig. Wieso macht er das …? Ich kann dir sagen, warum ich das mache: Es macht deutlich mehr Spaß, als bei McDonald’s im Frittenfett zu stehen. Ich treffe tolle Frauen. Umgarne sie. Bin charmant. Mache ihnen eine Freude. Und ja, lasse mich dafür bezahlen. Na und? Frauen sind mit dem Herzen dabei oder gar nicht. Sie müssen dich mögen, vielleicht sogar lieben. Zumindest in dem Augenblick, in dem du es tust. Meistens zumindest. Also hör mir gut zu: Die Dienstleistung eines guten und gefragten Callboys besteht nicht darin, in sie einzudringen. Die Frauen bezahlen fürs Davor. Für Aufmerksamkeit, Wertschätzung, Zuhören, Menschsein, Frau-sein-Lassen. Sie spüren sich als weibliches Leben, bekommen den Zugang zu ihrer Energie, zu ihrem Strömen. Sie lieben es. Sie fühlen sich erhört und erhöht, weil sie wieder Frau sein dürfen. Wir leben in einer Welt, in der alle gegen alle aufgebracht werden. Ost gegen West. Die Reichen gegen die Armen. Der Nachbar gegen den Nachbarn. Männer gegen Frauen und Frauen gegen Männer. Gleichzeitig wird alles gleichgemacht. Frauen sollen sein wie Männer, Männer wie Frauen. Das ist Quatsch. Ohne Licht kein Schatten. Ohne Nacht kein Tag. Ohne Mann keine Frau. Und umgekehrt. Mit mir kaufen sich meine Klientinnen ein wenig Heilung. Sie finden wieder zu sich. Durch einen Mann, der sie führt, wenigstens durch ein oder zwei schöne Stunden."

„Ist ja gut", sagte Maria leise. Sie wusste, dass sie jetzt glühte wie ein kleines, katholisches Provinzgänschen. Nur warum? Weil es stimmte, was Nick da sagte?

„Und glaube bloß nicht, ich hätte es nur mit älteren Semestern zu tun. Du würdest dich wundern. Das geht los mit knapp unter dreißig. Sofern sie Geld haben. Junggesellinnenabschiede meist. Und eine Braut, die sich traut, wenn du verstehst, was ich meine. Oder verlorene Wetten. Aber das ist meist nur vorgeschoben."

Nein, dachte Maria verwirrt. Sie stimmte überhaupt nicht mit dem überein, was sie da eben gehört hatte. Nein, nein, nein. Zweitausend Jahre Katholizismus und siebzehn Jahre wohlanständige Erziehung durch *La Mamma* verlangten ihren Preis. Und das bedeutete, seiner war auf jeden Fall zu hoch. Basta.

Im *Mehanata*, Lower East Side, und ein Anruf aus Rom

„Nick."

„Ja?" Er wusste, jetzt kam etwas ganz Tolles oder etwas ganz Spießiges. Es würde wohl eher …

„Ich werde dich niemals buchen."

… spießig werden. Schade. Aber egal. Nick lächelte. Sah Maria ruhig in die Augen. Wartete einen Augenblick. Lächelte. Oh, wie er lächeln konnte, der Callboy. Sie verstand nichts, aber auch rein gar nichts, diese kleine Römerin.

„Was schaust du mich so an? Ich wollte, dass das klar ist zwischen uns. Damit du dir nicht unnötig Mühe gibst mit der Akquise und hinterher bist du …"

„Was?"

„Bist du … na ja …"

„Was?"

„Na enttäuscht." Das kam laut. Ärgerlich. Verklemmt. Ein paar Leute drehten sich nach ihnen um. Am liebsten wäre Maria im Erdboden versunken. Mit glühenden Wangen und brennendem Blick hielt sie dem seinen stand. Er sah wirklich verdammt gut aus, wie er da neben ihr saß, sie offen und freundlich ansah, während sie sich schämte.

„Akquise", wiederholte er. Fasste sich ans Kinn.

Sah sie still an. Jetzt lächelte er nicht mehr. Er sah sie einfach nur an.

„Nick, ich habe es nicht so gemeint. Ich meinte nur …“ Sie war im Begriff, ihre ganze weibliche Souveränität zu verlieren, und merkte das auch. Sie hatte Angst, dass Nick wütend werden oder beleidigt aufstehen und gehen könnte. Sie rechnete mit beidem. Aber Nick ergriff nur ihre Hand, zog sie zur Straße, winkte einem Taxi, öffnete ihr die Tür zum Wagen und sagte sanft: „Steig ein.“ Er folgte ihr und setzte sich neben sie.

„Ich glaube, ich sollte dir jetzt mal etwas zeigen“, sagte er zu ihr und „*Mehanata*, Lower East Side“ zum Fahrer.

„Was bedeutet das, ‚*Mehanata*‘?“, fragte sie.

„Das ist bulgarisch. Es heißt *Gasthaus*, soviel ich weiß. Der Club gehört einem Bulgaren. Ist trotzdem eine coole Location.“

„Trotzdem? Ich war mal an der Schwarzmeerküste. Schöne Landschaft. Nette Leute, kennst du welche?“

„Ja.“

„Und?“

Nick wiegte den Kopf, als überlegte er. „Bulgaren? Du kommst als Freund und gehst als Fremder. Gilt aber nicht für Boris.“

Aha.

Sie sah jetzt zum Fenster hinaus. Sie fuhren los. *War. There's a war. War in the East. War in the West. War* … Bob Marley. Der Song ging ihr nicht einmal auf die Nerven. Das hier war schließlich New York.

Warum schlittere ich, seit ich hier in New York bin, von einem Klischee ins nächste, dachte Maria verwirrt. Was ist los mit meinem Leben? Mit mir?

Nick saß geradezu stoisch neben ihr und blickte auf der anderen Seite zum Fenster hinaus. Von einem Stop-and-go zum nächsten schlängelten sie sich durch die verstopften Straßen und Kreuzungen, während die Stille hin und wieder von den ohrenbetäubenden Sirenen der Rettungswagen unterbrochen wurde. Schließlich brach Maria das durch die Musik unterlegte Schweigen.

„Nick."

„Maria?"

„Nick. Ich bin eine erwachsene Frau, die auf die vierzig zugeht. Und du bist … wie alt bist du eigentlich, sechsundzwanzig? Schon dreißig? Und … ich … ich werde nicht ewig hier sein. Ich werde sogar sehr unewig hier sein." Sie hatten sich noch nicht einmal geküsst, dachte sie, und sie faselte Zeugs, als ginge es um eine anstehende Hochzeit. Als wäre sie eine alte Jungfer, die ihre letzte Chance auf einen Mann verbaselte. Also mit Katholizismus hatte das nichts mehr zu tun. Das war ihre ganz persönliche Verklemmtheit, die aus einer nicht gelungenen Ablösung von, nein, nicht ihre Mutter, von, wie hieß er noch gleich, fast vergessen, ja genau, von P-A-O-L-O herrührte. War ja auch bequem, so eine nicht vollzogene Ablösung. Man konnte sich leidtun, für sich bleiben, jedes Risiko vermeiden.

I am a rock, I am an islaaaaand.

Demnächst würde sie ihr ganz persönliches Jubiläum feiern können. Zehn Jahre. Zehn Jahre ohne Sex. Na toll! Wollte sie das wirklich?

Er saß neben ihr, sah sie freundlich an und lächelte. Dann sagte er: „Na und! Niemand ist ewig in Manhattan. Im Durchschnitt leben die Menschen hier nicht einmal vier Jahre. New Yorker gibt es nicht. Das ist ein Mythos. Hier sind alle fremd, kommen und gehen wieder. Italien soll doch auch schön sein.“ Grinsen.

Und gleich darauf: „Also einen Freund hast du derzeit nicht. So viel steht fest.“ Sie sahen sich an. Blickten sich in die Augen.

„Wieso bist du dir denn da so sicher?“

„Weil sich eine Frau wie du niemals so weit aus dem Fenster lehnen würde, wenn sie einen hätte. Du hättest schon bei unserer ersten Begegnung im Central Park gekniffen. Und außerdem ...“ Er zögerte. „Meinst du, ich hätte das nötig? Eine verdruckste Europäerin mittleren Alters anzubaggern und um 200 Dollar zu erleichtern …?“ Er grinste wieder.

„… 200 Dollar? Die Nacht?“ Große Augen. Offener Mund. Er grinste verschmitzt.

„Die Stunde, Süße. Und jetzt zeige ich dir was. Wir sind da. Hier. Halten Sie hier, siehst du, das *Mehanata*.“

„Und was kommt jetzt?“, fragte Maria.

„Warte es einfach ab. Versprich mir nur eines: Du gehst nicht weg. Wir gehen da jetzt rein. Du bekommst einen Platz zugewiesen. Und du bleibst da auf deinem hübschen Popöchen sitzen, bis ich dich wieder dort abhole. Versprochen?“

„Du gehst weg?“

„Nur ganz kurz. Dann werde ich keine drei Meter von dir entfernt sein. In Ordnung?“

„In … in Ordnung“, erwiderte sie, nicht wirklich beruhigt.

„Na dann los.“

Morgens um elf in der Hölle der Triebe

Rotlicht. Blacklight. Lichtblitze. Beats. Bässe. Kreischende Mädels. Schmachtende Damen. Dazwischen Kerle mit Muckis wie Arnold, die sich für den brodelnden femininen Ozean in ihrer direkten Umgebung nicht die Bohne interessierten.

„Was ist denn das?“ Noch bevor Maria richtig reagieren konnte, hatte Nick einem bullig bis bulgarisch wirkenden Schlägertypen gewinkt und war verschwunden.

„Boris, das ist Maria. Sie ist mein Gast. Was meinst du, Tisch sieben?“ Und weg war er.

„Wo bin ich hier?“, murmelte Maria, deren Augen sich langsam an die Schummeratmosphäre gewöhnten.

„Hier entlang, Lady“, brummte der bulgarische Schlägertyp, machte eine fast zärtlich anmutende Geste und geleitete Maria durch den Hexenkessel an einen kleinen runden Tisch mit exzellentem Blick auf die Bühne.

„O-Saft, Lady?“ Überraschend zuvorkommendes Lächeln.

„Äh … ja.“

„Boris.“ Er nickte, verschwand und kam nur Minuten später mit einem Glas frisch gepresstem O-Saft zurück.

„Danke, Boris."

Boris verneigte und entfernte sich, während Maria mit den Lippen nach dem Strohhalm fischte, der in ihrem Gesundheitsdrink steckte.

Etwas entspannter sah sie sich um. Es war 11:10 Uhr. Nicht, dass sie sich in diesem Milieu wirklich auskannte, aber sie war in einer Rotlichtbar gelandet, wie es sie überall auf der Welt, außer vielleicht in Rom und München, gab. Kitschig. Überteuert. Laut. Sie sog kräftig an ihrem Strohhalm. Köstlich, wirklich köstlich. War da etwas reingemixt?

Die Bühne stellte eine Art Tempelanlage dar. Mit Andeutung eines Dschungels sowie einem großen Stein – offenbar für Menschenopfer. Die Musik legte nochmals ein paar Dezibel zu, die Lichtshow grellte auf. Ein sonorer Countdown startete bei zehn. Bei *zero* drückten ihr die Bässe das Zwerchfell nach innen.

„It ain't a crime if you don't get caught …", schrie eine Stimme und los ging's. Mit: Brandon!

Brandon tippelte und tappelte sich auf die Bühne, kam nach vorn, warf Arme und Beine um sich, zeigte einen männlichen Mörderbody, von einem Seemanns-Uniförmchen nur unzureichend bedeckt.

Aha, dachte sich Maria. Dann: Mehr Brandons und immer mehr von ihnen, mit Namen wie Ginger, Sue oder Marylin angekündigt. Erst Mützen, dann Krawatten, dann Schnauzer. Die Boys hatten es wirklich drauf. Nach wenigen Lendenwirbeln übertönte Östrogen den Technobeat. Die Schwulen mit ihren tiefen Stimmen waren jetzt eindeutig im Nachteil.

Ich brauch noch einen O-Saft, dachte Maria, sah sich um und schon war Boris zur Stelle. Die Show steuerte auf einen ersten heißen Höhepunkt zu. Trommeln trommelten, Männer männerten. Man sah jetzt jede Menge Sixpacks, Brustmuskelplatten so breit wie die Arktis und herrliche Trizepse. Maria blieb cool. Bis zu …

Jungs und Mädels, der Mann der Männer! New Yorks feuchter Traum! Milwaukees Albtraum … Aufgepasst: Jetzt kommt er! Der heißeste! Der beste! Der fabelhafte! Der einzige *Milly Vanilly.*“

Das Kreischen nahm infernalische Lautstärke an. Maria sah sich um. Die Menge tobte. Frauen, Männer und alle dazwischen wollten: Milly Vanilly.

Halb fasziniert, halb angewidert starrte sie auf die Bühne. Sie wusste selbst nicht, warum sie den Blick nicht von Milly … Und plötzlich sah sie es. Sie verschluckte sich am O-Saft, hustete, prustete, aber sie sah es: Milly Vanilly war …

Oh-mein-Gott!

Wie von der Tarantel gestochen fuhr Maria von ihrem Stuhl auf. Ich muss hier raus. Fast panisch sah sie sich um. Sie musste hier raus. Wo war denn jetzt bloß dieser …

„Lady?“ Wie ein leibhaftiger Dschinn stand Boris wieder neben ihr.

„Oh, Boris. Danke! Bring mich hier raus, bitte. Jetzt.“ Ohne die Miene zu verziehen, begleitete Boris sie nach draußen.

„Hat Ihnen die Show nicht gefallen, Lady?“ Maria sah zu Boris auf und sich dann um. Die Lower East Side an einem normalen New Yorker Mittag. Lunchtime, sozusagen. Autos fuhren vorbei, Passanten gingen ihrer Wege. Was war da drin eigentlich in sie gefahren? Sie hatten das *Mehanata* durch den Bühneneingang verlassen, eine schwere, schäbige Eisentür, die sich jetzt langsam öffnete. Ein verschwitzter, verwirrter Nick stand plötzlich vor ihr. Er hatte sich eine Art Playboy-Morgenrock über den Body geworfen. Er sah darin grotesk albern und doch zum Anbeißen aus.

„Was?“, fragte Maria.

„Ich wollte dir nur …“

„Was?“

„Maria, komm schon …“

„Stecken sie dir auch Dollarnoten ins Höschen und so?“

„Ich wollte dir nur zeigen, was ich so mache und dass ich Akquise nicht nötig habe, verstehst du? Ich dachte, du amüsierst dich … ich … du bist eifersüchtig …"

„Vielleicht bin ich eifersüchtig, Milly Vanilly. Aber du bist jedenfalls ein Vollidiot!"

Flughafen Fiumicino, Rom

Henry Nemours, der König des Louvre und Kaiser der französischen Kulturszene, hatte ganze Arbeit geleistet. Selbst der Élysée hatte erstaunlich schnell zugestimmt. Wahrscheinich, weil es auf EU-Ebene wieder einmal Einigkeit zu demonstrieren galt. Oder das Gegenteil? Jedenfalls hatte der Präsident der Französischen Republik persönlich seine Einwilligung erteilt. Schriftlich. Sonst war ein Politikerwort nichts wert. So viel hatte Nemours zumindest gelernt in den letzten zwanzig Jahren. Entsprechend rasch waren sämtliche Formalitäten erledigt und die Haas & Company AG, Switzerland, Nemours' Kunstspedition Nummer eins, beauftragt.

Und jetzt näherte sich der Learjet mit einem der wertvollsten Kunstwerke der Menschheit und einem der lumpigsten Vertreter eben dieser von Süden her dem römischen Flughafen. Denn auch Flavio Malandrolo hatte seinen Job erledigt. In Paris. Vor und nach Nemours' Hochzeit. Und, wie das Leben so spielte, die kleine Eskapade am Tag der Trauung, der Kurzbesuch auf einer Pariser Polizeiwache hatte weder ihm noch seinem Vorhaben geschadet. Im Gegenteil. Nemours war ihm geradezu verdächtig weit entgegengekommen. In allem. Es war ganz offensichtlich, dass dieser ihn loswerden wollte. Und wennschon.

Über Helfershelfer hier in Rom: Zwei identische Lieferwagen am Gate. Zwei identische Kunstcontainer zu den beiden identischen Lieferwagen. Zwei nahezu identische Fahrer: eineiige Zwillinge aus Napoli. Matteo und Marco. Vorbestraft. Gewalttätig. Dumm. Perfekte Handlanger für Flavio. Die Garibaldi würde zufrieden mit ihm sein. Sich zu fragen, was sie eigentlich vorhatte, kam ihm nicht eine Sekunde lang in den Sinn.

Als er den Learjet verließ, fühlte er sich wie in der Werbung für „Drei Wetter Taft“: morgens Paris, Nebel. Und die Frisur sitzt. Mittags Rom. Wind. Und die Frisur sitzt. Selbstgefällig fuhr er sich mit der Linken durchs Haar, während er, ohne sich am Geländer festzuhalten, mit der Rechten eins von Gustaves maßgeschneiderten Sakkos über die Schulter warf und hinabstieg.

„Erfolg macht Spaß“, murmelte er halblaut vor sich hin. Und unvorsichtig.

Gin Lane, Southampton, New York

Sanftes Knirschen von Kies unter Gummi. Weniger sanftes Knirschen von Restalkohol zwischen Ganglien. Es hatte Streit gegeben. Und einen Absturz. Und ein blaues Auge.

Das andere, das mindestens genauso blaue, das aber von Natur aus und immer diese Farbe hatte und sich auch öffnen ließ, lugte resigniert aus den Kissen. Es würde ein grauenhafter Tag werden, und der Streit, bei dem er das Veilchen kassiert hatte, war nicht der, an den er sich sofort erinnerte: Tanz. Strip. Fast nackt. Maria da. Maria vor dem *Mehanata*. Boris zwischen ihr und ihm. Maria weg. Ganz weg? ... Die plötzliche Stille, die dem Schwamm, der sein Gehirn ansonsten war, überraschend guttat, brachte Nick in die Gegenwart zurück. Jemand kam. War mit dem Wagen die Auffahrt hinaufgefahren und hatte vor dem Chalet geparkt. Nun, da war ja auch der Parkplatz. Also alles ganz normal. Nicht normal war der Schlag, den Nick auf den Kopf bekam, als dieser Jemand die Autotür zwar fast unvernehmbar öffnete, aber mit umso mehr Rums zuschlug. Direkt auf Nicks Schädeldecke. Oder war es *eine* jemand? Wahrscheinlich. Denn da ging ein Schlüssel, eine Tür, Schritte einer Frau. Maria?

„Maria, bist du das?“ Stille. Jetzt war er plötzlich

hellwach. Kater und Kopfweh wie weggeblasen. Hier stimmte doch etwas nicht.

Alarmiert richtete Nick sich auf, bereit zu Flucht oder Angriff, wobei die Bereitschaft zur Flucht deutlich überwog.

„Maria?“ Jetzt war sie gleich in der Tür des Schlafzimmers, würde wortlos ihr kleinkalibriges, auf kurze Entfernung aber durchaus tödliches Ladypistölchen auf ihn richten, mit einem rotgeschminkten Lächeln und traurig resignierten Blicks „Nick“ hauchen und Peng. Und da war sie. Augenblicke wie eine Ewigkeit starrten sie sich an.

„Du bist so ein mieser Kerl, Nick. Für wen hälst du dich?“ Nick fiel ein Stein vom Herzen. Keine Waffe. Kein Peng. Nur eine nervige Kundin, mit der man auch noch anderweitig ins Geschäft gekommen war.

„Valentina. Du hast mich erschreckt“, stöhnte er.

Sie zog ein Schmollmündchen. Er ließ sich wieder in die Kissen fallen. Eine Höllenmigräne meldete sich zurück.

„Ach, erschreckt habe ich dich? Bitte entschuldige, dass ich unangemeldet mein eigenes Haus betrete. Wer ist Maria? Los, sag schon. Ich reagiere auf Frauen dieses Namens allergisch!“

„Eine Kundin. Reg dich nicht auf.“

Langsam auf ihren edlen Pumps balancierend, einen gar nicht mal so üblen Hüftschwung praktizierend, auf ein wirklich beeindruckendes *eightpack* starrend, näherte sich Valentina im Ofen ihrem eigenen Bett.

„Ich will nicht, dass du fremde Frauen vögelst, Nickilein. Nicht in meinem Bett, das weißt du. Dafür muss ich dich leider ein wenig bestrafen, nicht wahr, Nickilein?“

„Ich … ich kann dir …!“ Entsetzen. Gespielt.

„Oh, was haben wir denn da? Hat dich schon jemand vor mir verdroschen, hmmm?“

„… alles erklären, Valentina … wirklich …“

„Na klar kannst du das, mein Nickilein“, flötete Valentina im Ofen, „und zwar später … na los … worauf wartest du … umdrehen …“

„Valentina … bitte …“

„Umdrehen hab ich gesagt!“

Wenig später, Nick hatte seine Migräne inzwischen ebenso vergessen wie Valentina keinerlei Rücksicht auf selbige genommen hatte, lagen zwei zufriedene Körper nebeneinander in Valentinas Bett, strichen weibliche Finger über Muskeln, und der Raubkatze war nach einer Zigarette. Valentina ließ Klischees, wenn irgend möglich, nicht aus. Denn Klischees brachten ihre Mutter zur Raserei.

„Kenne ich sie?“

„Nein.“

„Wirklich nicht?“

„Nein. Sag mal, bist du eifersüchtig?“

„Magst du mich vielleicht vorstellen, ich meine, es ist doch das mindeste, als Hausherrin einen Blick auf meinen Gast zu werfen?“

„Sie ist eine Kundin, Schätzchen. Sie ist nicht da. Ich habe mich erschreckt und ihren Namen gerufen. Sie ist, weißt du … sag mal … warum reden wir eigentlich über eine Kundin von mir?“

„Sag du es mir.“ Sie sahen sich an. Sie lächelte katzenhaft und gab ihm einen katzenhaften Kuss.

„Kommen wir zum Geschäftlichen.“

„Ich bitte dich, Süße, das geht aufs Haus …“

Mit engen Augen sah sie ihn an. Jetzt hatte sie, selten genug, aber eben jetzt, Ähnlichkeit mit ihrer Mutter. Jetzt war sie da, die Grausamkeit der Garibaldis.

„Lass das, Nick. Ich meine es ernst. Ich sitze in der Tinte.“

Nick kratzte sich an seinem zugegebenermaßen äußerst markigen, äußerst männlichen Kinn mit Zweitagebart. Nach dem elften Mal Hin und Her ging Valentina das ziemlich auf die Nerven.

„Kannst du nicht aufhören damit", fuhr sie ihn an.

„Womit?" Konsterniert sah er ihr in die Augen. So kannte er sie gar nicht.

„Mit dem Gekratze, *porco dio*. Lass dir lieber etwas einfallen."

Nick hörte auf, sich das Kinn zu streicheln. Sie sah ihn an. Er war jung. Er war schön. Er war der Dietrich zur Kunstwelt von New York. Und er gehörte ihr. Wie sollte sie ihm da lange böse sein? Sie lagen noch immer nackt nebeneinander. Mit einer überraschend flinken Bewegung packte sie ihn an seinem einzig sichtbaren Fettpölsterchen direkt unter besagtem Kinn, ein genetisches Erbe seitens Vater, Großvater und Urgroßvater. Ein kleiner, unauffälliger Makel. Erstaunt sah er sie an.

„Wenn der Caravaggio, den ich ohne Expertise eingekauft habe, eine Fälschung ist ..."

„Ja?"

„... wo ist dann das Original?" Sie packte fester zu.

„Keine Ahnung." Sie packte noch fester zu. Und übertrieb. Mit einem kleinen Handwischen machte der sanfte Nick einer recht übergriffigen Valentina klar, wer hier – im Zweifelsfalle – der Stärkere war.

„Du wagst es …“, fauchte sie.

„Lass das. Ich bin vielleicht dein Spielzeug. Aber nicht dein Sklave. Also?“

„Finde ihn!“, zischte sie wütend. Er seufzte, setzte sich auf und sah auf sie herab. Eigentlich war sie nicht einmal schön. Auf eine bestimmte Weise sexy, ja, das schon. Und das törnte ihn an. Aber etwas hatte sich verändert. Sie ging ihm plötzlich noch mehr auf die Nerven als zuvor.

„Wen?“

„Den Caravaggio natürlich, du Depp, den echten.“

„Wer weiß schon davon?“

„Die ganze Welt.“ Valentina drehte ihren dürren Körper zur Seite, fingerte in ihrer neben dem Bett stehenden Handtasche und zog ganz plötzlich eine Waffe mit Schalldämpfer hervor, die sie Nick kaltblütig an die Schläfe hielt.

„Meinst du das jetzt im Ernst?“

Nein. Natürlich nicht. Denn es war gar keine Waffe, sondern eine Zeitung. Theatralisch faltete sie das etwas abgegriffene Papier auseinander. Nick beobachtete sie fasziniert. Es gab nichts, aber auch wirklich gar nichts, was an ihrem Körper wackelte. Was um alles in der Welt tat er eigentlich hier? Mit ihr? Er las: *Drama im Met*. Die Schlagzeile auf Seite eins.

„Nun. Das ist die *Brooklyn Revue*. Die liest doch kein Schwein. Geht es um …“

Valentina nickte heftig. Bei Maria wäre jetzt alles erbebt, sinnierte Nick, während er Valentinas Brüstchen betrachtete und die Ausgabe der *BR* nicht in die Hand nahm.

„Das sehe ich anders, mein lieber Nick. Und du wirst dich darum kümmern.“

Die Putzfrau und der Tod

Tatjana Todorowa war ein guter Mensch. Lange vor dem sogenannten „Fall der Mauer“ war sie auf abenteuerlichen Wegen vom südöstlichen Zipfel Bulgariens über ein Auffanglager nahe Triest zuerst nach Wuppertal und dann nach Paris gekommen.

Tatjana Todorowa hasste alles, was mit ihrer bulgarischen Vergangenheit zu tun hatte, vor allem die Kommunisten. Und sie liebte alles, was mit ihrem geliebten Westen zu tun hatte, vor allem aber Frankreich, Paris und ihre Arbeit bei und für Gustave Dupont. Jede Woche machte sie einmal donnerstags das stets sehr ordentliche Appartement des stets sehr gepflegten Monsieur Gustave immer noch ein kleines bisschen ordentlicher. Dass Dupont ein Schwuler war, bemerkte sogar sie. Aber das war ihr, sonst nicht zu Toleranz gegenüber Minderheiten neigend, egal. Hauptsache, kein Kommunist.

Wie jede Woche donnerstags grüßte Tatjana Todorowa erst die Concierge, die über eine kleine Luke den Eingangsbereich und den Aufgang zur Treppe des Hauses im Auge behielt, dann den kleinen deutschen Dackelhund *Hitler*.

„Es macht mir einfach Spaß, *Hitler sitz* oder *Mach Männchen, Hitler* zu sagen und zuzuschauen, wie

Hitler dann sitzt oder Männchen macht“, erklärte die Concierge aus einem alkoholweichgespülten Antlitz heraus, lachte dröhnend, wünschte Madame Todorowa einen erfreulichen Tag und verschwand in ihrer weder nach Armut noch nach Kohl riechenden Concierge-Wohnung im Parterre des gepflegten Bürgerhauses. Während sie, die Todorowa, bewaffnet mit einer Tasche voll frischer Putzutensilien und einem nagelneuen Mopp die Treppen zu Gustave Duponts Wohnung hinaufstieg.

Aber heute war alles anders. Die Concierge war nicht da. Zum ersten Mal seit wie vielen Jahren? War die Concierge nicht da.

„Hmm.“ Und dann diese Stille! Ja, sie war nicht einfach nur da, sie herrschte regelrecht. Und natürlich der Geruch. Schon im Treppenhaus, als sie die Tür aufschloss, stieg er ihr noch kaum wahrnehmbar und dennoch alarmierend in die Nase.

„Wonach riecht’s hier bloß?“ Sie schnupperte. Süßlich? Abgestanden? Verdorben? Hatte Monsieur Dupont vergessen, Lebensmittel …?

Wenig später wusste sie es. Zunächst schloss sie wie immer die Wohnungstür von innen, legte ihr fadenscheiniges Mäntelchen ab und hing es an „ihren“ Haken an der Garderobe neben der Tür. Schnuppernd seufzte sie und wandte sich dann dem Objekt ihrer kommenden Aktivitäten, Gustave Duponts

Appartement, zu. Plötzlich blieb sie wie angewurzelt stehen.

„Heilige Mutter Gottes!“ Angriff, Flucht oder Schockstarre waren die drei Alternativen auf eine als lebensbedrohlich wahrgenommene Gefahr.

„Heilige Mutter Gottes!“, rief sie erneut. Noch immer verharrte sie reglos im Flur und starrte auf das Chaos, das sich ihr in der Wohnung von Gustave Dupont bot.

„Monsieur?“ Keine Antwort. Es blieb still ... Tatjana Todorowa fragte kein zweites Mal. Sie hatte diese Art von Stille zuvor nie erlebt. Sie kannte den Geruch nicht, der über dem Boden des Appartements lag. Aber sie wusste: Dieser Geruch, diese Stille, war der Tod.

Tatjana Todorowa bekam es mit der Angst zu tun. Doch zugleich stieg eine nahezu unbesiegbare Neugier in ihr auf. Was zum Teufel war hier ...?

„Oh!“ Wie hypnotisiert blieb ihr Blick an einem dunklen Fleck im Flur auf dem Boden haften. Ein Fleck, den sie noch nie dort wahrgenommen hatte. Hässlich, böse. Ihre gespannte Erwartung stieg ihr so zu Kopf, dass sie beinahe ohnmächtig wurde.

Ich geh besser wieder und hole jemanden. Die Concierge. Ja genau, dachte sie bei sich. Sie machte einen Schritt. Und noch einen.

„Monsieur Dupont. Sind Sie da?“ Sie löste sich aus

dem Flur und ging durchs Wohnzimmer. Nichts. Sie untersuchte das Esszimmer. Nichts. Die Bibliothek. Hier hatte sie einmal eine Peitsche, eine Ledermaske und Handschellen unter einem der Bücherregale hervorgekehrt. Auch nichts. Öffnete die Tür zum Schlafzimmer. Da sah sie ihn.

„Oh mein Gott!" Seltsam gefasst drehte sie um, kehrte über Bibliothek, Ess- und Wohnzimmer zum Flur zurück, griff Mantel und Putzmitteltasche, öffnete die Wohnungstür und verschwand.

Emma, Via Cetara, Positano

Emma verhielt sich in Rom stets wie ein früh-adoleszenter Wirbelwind. Männer, Männer und nochmals Männer.

In ihrer Heimat Positano war das nicht anders. Positano? Ausgerechnet Positano? Ja.

Dort unterhielt Emma neben einem Verhältnis mit Enzo, ihrem Wein- und Spirituosenhändler, neben Gaetano, ihrem Konditor und Bäckermeister, neben Benno, ihrem Milch- und Sahnelieferanten, und neben Emilio, dem Taugenichts ... noch ein kleines, gut frequentiertes Café, das *La Gatta incinta*.

Zugegeben. Emma hatte *L'incinta*, wie alle in Positano Emmas Café respektvoll nannten, von ihrem Großvater Pasquale geerbt. Der wiederum hatte es von seinem Großvater Gesù geerbt. Das war 1932. Und Gesù hatte in den allerersten Jahren des neuen, des zwanzigsten Jahrhunderts beschlossen, anstatt nach New York auszuwandern, wie neun seiner siebzehn Geschwister, in Italien zu bleiben. Gefühlt ebenso weit entfernt von seinem geliebten *La Cassata*, dem Dorf seiner Ahnen und Urahnen. Und so wie die anderen in der Stadt jenseits des Atlantiks, so landete Gesù zufällig in Positano, mit nichts in der Tasche, einem unwiderstehlichen Lächeln auf den Lippen und einem einzigen Rezept im Kopf: für Pistazieneis.

Die leeren Taschen verhalfen ihm zu gar nichts. Der charmante männliche Schmollmund aber zu einem ersten Stelldichein mit Annabella, der Tochter des Apothekers, das ihn schließlich vor den Traualtar der Kirche Santa Maria Assunta führte. Und das Rezept für Pistazieneis?

Gesù hätte es wahrlich schlechter treffen können, zumal Signorina Annabella im Gegensatz zu den meisten Mädchen auf der geliebten Insel keinen Schnurrbart, dafür aber für ihre Zartheit mächtig rollende Schenkel besaß.

In Positano entdeckte der fromme Gesù den Spaß an Sex, und dass sich sein Rezept für Pistazieneis in Gold verwandeln ließ. Die Leute waren verrückt nach der grünen Sünde. Aus einem Eiswagen, mit dem Gesù am Hafen von Positano seine Köstlichkeit feilbot, wurden rasch eine kleine Eisdiele, ein kleines Café und schließlich das *La Gatta incinta*.

Beides, den Spaß an Sex wie auch das Geheimnis seines wunderbaren Pistazieneises vererbte Gesù über die Generationen hinweg an: Emma. Die sich nicht im Geringsten wunderte, als ein blauer Alpha Spider vor dem Café hielt und eine attraktive Frau mit prächtigem schwarzem Haar etwas mühsam aus dem tiefliegenden Wagen kroch.

Maria, Rückkehr nach Rom

Maria hatte Shepherds Angebot und das Erste-Klasse-Ticket natürlich angenommen. Eine Alternative hatte auch nicht wirklich bestanden. Sie hatte einen ruhigen Transatlantikflug in der umsorgten Atmosphäre der Luxusklasse genossen. Die Liebenswürdigkeit der Stewardessen. Der herrliche Wein. Das fast sternewürdige Menü ... So konnte man also auch reisen. Ihre aufgewühlte Seele beruhigte sich etwas vor dem Hintergrund gekaufter Aufmerksamkeit und dem sehr fernen Summen der Flugmotoren. Sie versuchte zu resümieren.

Okay, sagte sie sich, während die freundliche Stewardess ihr lächelnd nochmals Champagner servierte. Was war bisher geschehen? Erstens: Sie hatte nichts dazu beitragen können, die *Mona Lisa* von Paris nach Rom zu holen. Zweitens: Sie hatte ihr Lieblingsbild, den wunderschönen *Narziss* von Caravaggio, als eine – wenn auch geniale – Fälschung entlarvt. Drittens: Sie hatte sich damit die Kunstwelt im Allgemeinen und den Direktor des Metropolitan Museum im Speziellen für immer zum Feind gemacht. Von den Italienern ganz zu schweigen. Viertens: Nick. Ihr größtes Versagen überhaupt. Sie hatte es doch tatsächlich geschafft, einen jungen, sympathischen, gebildeten, wohlerzogenen, perfekt gebauten und käuflichen Traummann von der

Bettkante ihres sexlosen Daseins zu stoßen. Obwohl der noch nicht einmal im Treppenhaus gestanden hatte. Und das bedeutete? Bei Erstens wurde ihr ein wenig flau im Magen. Bei Zweitens wurde ihr noch ein wenig flauer im Magen. Bei Drittens wurde ihr so richtig flau im Magen, und bei Viertens musste sie sich fast übergeben. Was war das bloß für eine Geschichte, die sie da gerade inszenierte?

Nicht einmal Händchenhalten. Geschweige denn ein Kuss. Oh mein Gott, nicht einmal ein Kuss. Dabei weiß jede Siebenjährige: ohne ersten Kuss keine Liebesgeschichte. Zumindest keine mit Happy End.

Verdammtverdammtverdammtverdammt!

Und jetzt redete sie sich auch noch erfolglos ein, froh zu sein, nach Italien zurückkehren zu können. Nach Rom, in ihre Wohnung. Zu ihrem fetten Kater …

„Stopp! Das mit dem Kater nehm' ich zurück!"

Aber Italien, Rom, ihre Wohnung, der Kater … das waren nicht die Dinge, die sie störten. Das alles war schon okay. Wenn nur Nick auch … Ja, sie gab es zu. Das eigentliche, das einzige Problem war: Sie vermisste Nick. Jetzt schon. Und zwar ganz furchtbar.

Dieser „Junger-Hund-Blick". Diese Unbekümmertheit. Dieser verheißungsvolle Körper. Seine scheinbar unsterbliche Jugend. Und sie? Maria Felicella? Fast vierzig. Praktisch schon immer Single. Davongerannt. Ohne Gruß. Ohne Nachricht. Das war doch … Kindergarten war das. Wie um alles in der Welt sollte sie das nur Emma erklären? Einen Mann kennenzulernen, ihn toll zu finden und es dann fertigzubringen alles zu vergeigen? Marias Selbstwert sank dem Nullpunkt entgegen wie die Boeing 747 der American Airlines der Landebahn von Fiumicino, bis beide, Selbstwert und Boeing, hart auf dem Boden der Realität aufschlugen. Sie war da. Zu Hause. *Bonjour tristesse*.

Im Taxi und begleitet von dem vertrauten Gefühl, alles falsch gemacht zu haben, fuhr sie vom Flughafen quer durch ein Rom, das ihr fremd und abweisend erschien, bis in die Vicolo dei Tabacchi, die ihr genauso abweisend vorkam. Sie bezahlte das Taxi, stieg aus, ließ sich den Koffer aus dem Kofferraum reichen und stand vor einem abweisenden Gartentor. Es fing an zu regnen.

„Na toll." Sie ging auf das Gartentor zu, schloss es auf, und, endlich, endlich, hinter dem Gartentor, auf dem Weg durch das vertraute Stückchen Erde, das ihr immer so viel bedeutet hatte, erreichte ihre Seele wieder ein Zipfelchen ihrer selbst. Sie seufzte erleichtert.

Nein, sie würde sich nicht umbringen. Zumindest heute nicht. Sie schloss die Tür zu ihrer Wohnung auf, machte Licht, drehte eine kleine Runde, begrüßte in einem ewig gleichen Ritual die Dinge, die sie liebgewonnen hatte, an denen sie hing und von denen sie sich einredete, sie würden ihre Identität ausmachen: Bilder, kleine Andenken, Fotos mit „ihr und ihrem Kater", mit „ihr und La Mamma", „ihr und Paol …" Ihr und wem?

Maria beendete den Rundgang, drehte die Heizung auf, legte im Schlafzimmer die Kleider ab, betrachtete im Badezimmer ihren Körper im Spiegel und fand sich entsetzlich. Da wackelt ja alles! Sie stieg in die Duschkabine und ließ das heiße Wasser auf sich niederprasseln.

Ahhhh …

Morgen würde immer noch früh genug sein. Warum nicht einen Happen essen gehen, die Nacht endlich einmal wieder im eigenen Bett verbringen, Kater Franziskus beschmusen und in aller Ruhe morgen früh nach Positano fahren. Ja. Genau.

Andererseits: Sie war ausgeruht. Sie hatte fast den gesamten Flug über geschlafen. Außer der Zeit des Grübelns. Und der Kater befand sich in Pension bei den Nachbarn und würde vielleicht eine Depression erleiden, wenn sie ihn für nur eine Nacht zu sich holen und dann gleich wieder verlassen würde. Unentschlossen setzte sie sich an ihren Lieblingsplatz am Fenster. Rom! Was für eine Stadt! 2500 Jahre auf dem Buckel und immer noch pubertär. Ordinär. Albern. Sprachen die Römer jemals über etwas anderes als übers Essen? Wo es die beste Pizza gab? Den cremigsten Cappuccino? Und dann die Männer! Nichts im Kopf als La Mamma und Fußball? Richtig. Und trotzdem. Sie mochte Rom. Die lärmende Arroganz. Die Patina. Die Märkte. Die Straßencafés. Den Schmutz. Sie war hier geboren. Sie würde vermutlich hier sterben. Obwohl – die Stadt hatte sich verändert. So schmutzig war sie gar nicht mehr. Inzwischen gab es Kontrolleure in den Bussen und funktionierende öffentliche Telefonzellen. Vermutlich, weil die – nachdem jeder Italiener im Schnitt drei Handys besaß – keiner mehr benutzte. Aber auch die Zigeuner waren verschwunden. *Wo die Zigeuner sind, da ist die Freiheit,* hatte sie mal gelesen. Irgendein Dichter. Nun, wie stand es also um die Freiheit in Rom? In Europa? Wo waren sie, die Zigeuner? Maria seufzte. Sie war ein Gemütsmensch, keine Politikerin. Und sie mochte Rom, wenn es regnete. So wie jetzt. Die Luft in der Stadt roch dann ganz anders. Wie frisch gewaschene Wäsche. Und der Lärm der Stadt schien dann immer etwas gedämpft. Das irre Tempo verlangsamt. Das Verschwinden von Freiheit irgendwie verkraftbar.

Plötzlich aber stand sie neben ihr. Die Müdigkeit. Die Erschöpfung. Die Einsamkeit. Ein kleines Mädchen, das da auf ihrem Lieblingsplatz saß und von einer leeren Wohnung aus durch den Regen auf eine alte, aber deprimierend vitale Weltstadt blickte. Und genau zwei Wünsche in sich spürte: dass ihr jemand heiße Schokolade zubereitete und dass Nick in Rom wäre. Einfach so, wie durch ein Wunder …

Sie kehrte dem Fenster, dem Draußen und dem Wunderwünschen den Rücken. Sie würde morgen früh nach Positano fahren.

Maria, Via Cetara, Positano

„*Ciao bella*", rief eine vergnügte Emma, als Maria Felicella das Café *Die schwangere Katze* betrat, wischte sich die Hände an einem Küchentuch ab, kam hinter ihrer hundertjährigen Mahagoni-Theke hervor und begrüßte die Freundin – *bacio* links, *bacio* rechts.

„Was für ein Wetter", sagte Maria lächelnd und schüttelte sich das Haar.

„Es ist Herbst, was willst du? Im Herbst ist es ganz normal, dass ... Du siehst aber gar nicht gut aus, Schätzchen. Ein bisschen wie gespiene Milch, wenn ich das mal so ehrlich sagen darf. Das müssen wir ändern. Pistazie? *Con panna*? Eine heiße Schokolade? Obwohl ... Warte mal. Was willst du überhaupt hier? Warum bist du nicht in New York?" Ein liebevoller Blick in Marias große, dunkle Augen. Die beiden Frauen liebten sich, wie sich zwei Freundinnen nur lieben können. Auch ohne sich alles zu erzählen, wussten sie, wie es um die andere stand.

„Oh Emma, ich sag's dir. Aber zuerst brauche ich einen *Weißen Engel*", stöhnte Maria erschöpft und ließ sich seufzend auf einen Stuhl an einem der freien Tischchen plumpsen. Erst jetzt sah sie sich um.

„Nichts los heute."

„Es ist Herbst, Maria. Herbst. Es ist Nebensaison. Tote Hose. Im wahrsten Sinne des Wortes. Also hier im Lokal, meine ich ...", sagte Emma grinsend. Sie verschwand für einen Augenblick hinter ihrer Theke, um gleich wieder mit dem eiskalten Drink zu erscheinen. An zwei Orten der Welt war Emma in ihrem Element. Ihr Tresen war einer davon.

„Du bist ein Schatz", sagte Maria, froh, hier zu sein, und nippte vorsichtig. Ooops – stark! Sie verschluckte sich und hustete. Sie versuchte es noch einmal. Und hustete wieder.

„Mein Gott, was ist denn los mit dir? Hast du das Trinken verlernt? Also. Bist du wegen Paolo hier, da kann ich dir gleich sagen ..."

„Stark, ganz schön stark", keuchte Maria und schüttelte den Kopf. Beim dritten Mal klappte es dann. Na siehst du, schienen Emmas mitleidige Blicke zu sagen.

„Du kannst es also immer noch nicht. Alkohol, meine ich. Und ich hatte schon die Hoffnung, dein Besuch in *Gods own country* hätte dich auf irgendeine Art berührt. Beeinflusst. Wachgeküsst! Die sollen doch alle Arten von Drogen zu sich nehmen, diese Amerikaner. Komisches Land, oder?"

„Auch nicht schlimmer als unseres."

„Na, du musst es ja wissen, Maria. Du warst ja drüben. Mich würden da keine zehn Pferde ... Also: Warum bist du hier?"

„Ich muss *Lo Zio* sehen", antwortete Maria. „Ich brauche seine Hilfe."

„Na dann Prost. *Lo Zio.* Ausgezeichnet. Ich hatte schon Sorge, du bräuchtest meine. Aber es ist *Lo Zio.* Gott sei Dank nicht meine. Ich bin ja nur deine beste Freundin. Mich brauchst du gar nicht erst zu fragen, nicht wahr? Und warum nicht mich, sondern den alten Knacker? Muss ich dir alles aus der Nase ziehen? Gleich kommt vielleicht Kundschaft, dann kann ich nicht mehr zuhören, also los! Erzähl mir alles!“

Und Maria erzählte alles.

Lo Zio di Positanos Haus am Meer

Eine Brille mit Goldrand. Ein besonderes Talent. Viel kriminelle Energie. Das war Gennaro Umberto Enrico di Positano, genannt Lo Zio. Aber so würde ihn niemand beschreiben. Denn eine Vorliebe für Literatur, Anzüge und Seidenkrawatten von gutbürgerlicher Qualität, neapolitanische Slipper sowie *Torta della Nonna* ließen Gennaro wie einen alterslosen Vorzeigeitaliener wirken. Und er war ja auch einer. Einer, von dem keiner, wirklich keiner wusste, was er so tat und wie alt er eigentlich war. Auch Maria nicht.

„Hautfarbe, Religion, Geschlecht und Nationalität haften einem jeden Menschen an. Diese Gegebenheiten sind unabänderlich. Sie zu kommentieren ist Rassismus", so Lo Zio.

„Gilt auch für Alter und Einkommen", ergänzte er stets.

Maria liebte Lo Zio. Wie viele Wochen hatte sie als kleines Mädchen, als Teanager, als Studentin bei ihm in dem Haus in Positano verbracht? Es stand über einem Abhang direkt am Meer. Maria erinnerte sich oft und gern daran, wie sie in den Nächten vor dem Einschlafen dem Meer gelauscht hatte. Dem Heulen der Stürme. Der Rebellion der Wellen. Den Klagelauten der Matrosen, die über die Jahrhunderte vor der Küste Schiffbruch erlitten hatten und jämmerlich ertrunken waren, ohne je zur Ruhe zu kommen. Dem stoischen Schweigen des Strandes. Ein gruseliges und zugleich schaurig-schönes Wiegenlied, das Maria liebte bis zum heutigen Tag.

Nun stand Maria wieder einmal vor diesem Haus.

„Wie schön, dich zu sehen! Komm herein. Es ist schon wieder so lange her. Gut siehst du aus!" Lo Zio lächelte wie immer unter seiner Goldrandbrille. Verbindlich, liebenswürdig und onkelhaft.

„Es sind viereinhalb Monate, Zio."

„Oh, doch schon so lange?" Gennaro Umberto Enrico war, das konnte man mit Fug und Recht behaupten, Marias Lieblingsonkel. Der Held ihrer Kindheit und Jugendzeit. Ihr Einflüsterer. Der Mann, der sie zur Kunst gebracht hatte. Der wahren und einzigen Liebe ihres enthaltsamen Lebens.

Woher Lo Zio sein Geld nahm, wusste niemand. Sein Talent jedenfalls konnte es nicht sein. Zwar hatte Lo Zio angeblich die Accademia di Belle Arti di Brera besucht, das immerhin von Kaiserin Maria Theresia 1776 dortselbst und höchstpersönlich gegründete Mailänder Konservatorium. Doch mit welchem Erfolg? Man wusste es nicht. Denn mehr als fundiertes Dilettantentum schien seinen Blei-, Kohle- und Pastellstiften, seinen Acryl- und Ölfarben nicht entströmen zu wollen. Weshalb er auch so gut wie nie eines seiner Werke verkaufte. Sein Haus glich daher auch eher einem als Museum eingerichteten Abenteuerspielplatz als dem Haushalt eines Erwachsenen. Überall diese mittelmäßigen Skizzen, Gemälde, halbfertigen Skulpturen und antiken Bilderrahmen. Für die kleine Maria aber das Paradies auf Erden. Bis heute.

Lo Zio gab sich, wie stets, ein wenig förmlich. Das war immer so gewesen, das hatte sich nie verändert. Zum Beispiel rückte er immer seine Brille mit Goldrand zurecht, nachdem er Maria begrüßt hatte. Mit Handschlag. Auch die Fünfjährige hatte Lo Zio stets mit Handschlag begrüßt. Und Maria fand das ganz normal bei Lo Zio. Sonst nicht. Dann räusperte er sich. Er rückte die Brille zurecht, gab ihr die Hand, bat sie mit einer altmodischen Bewegung herein und fragte nach dem leiblichen Befinden. Dabei lächelte er immer sehr freundlich. Sie hatte sich immer wohlgefühlt bei Lo Zio. Auch, wenn er die Nichte abends zu Bett brachte. Dass Lo Zio nie, wirklich nie ihr Zimmer betrat, um ihr Gute Nacht zu wünschen oder um sie morgens zu wecken, empfand das Mädchen als wunderlich, war ihr aber ganz recht so. Zudem gab es im Haus von Lo Zio einen Raum, der für sie tabu war: das Atelier. Betreten verboten. Was für das kleine Mädchen ebenso galt wie für die Erwachsene. Die fast Erwachsene erhaschte zwar nicht einen Blick ins

Allerheiligste, sein Atelier, bemerkte aber sehr wohl die verstohlenen Blicke auf ihre großzügiger werdende Brust. Auch heute. Alles wie immer. Wie schon vor über dreißig Jahren. Ob sie länger bliebe, ihr Zimmer sei ja bereit. Ob es ihr gut gehe? Was sie dieses Mal herführte? Die Ruhe? Der Meerblick?

„Nein, Zio. Nicht der Meerblick. Ich brauche deine Hilfe."

„Wenn es weiter nichts ist. Geld?" Er lächelte gütig und etwas provinziell.

„Aber nein, nein." Lachend winkte Maria ab. Es ginge um etwas anderes. Aha. Um Kunst. Um Kunstfälschung, genauer gesagt.

„Was habt ihr euch denn unterschieben lassen?"

„Wie kommst du denn darauf, dass wir uns etwas haben unterschieben lassen, Zio?"

„Nun, nur ein Scherz. Eine kleine Auflockerung. Habt ihr denn?"

„Es ist der *Narziss*."

Komisch. Kein Aha. Kein gar nichts. Lo Zio sah sie nur an, ohne die Brille abzunehmen.

Piazza del Popolo, Rom

Es ist ein seltsamer Platz. Sehr römisch. Sehr gewalttätig. Schon zu Augustus' Zeiten kreuzigten sie hier die ersten Christen. Viel später veranstalteten die Faschisten ihre Aufmärsche auf der Piazza. Als spürte sie die böse Energie auf dem zentralen Platz, der Piazza del Popolo. Nein, Maria mochte diesen Ort nicht.

Maria war über Nacht in Positano geblieben. Lo Zio reizend wie immer. Er hatte sich kommentarlos angehört, was sie über den *Narziss* zu sagen gehabt hatte. Ab und zu hatte er die Goldrandbrille abgenommen und umständlich geputzt, eine Geste der Verlegenheit an dem sonst so gelassenen Mann, wie Maria wusste.

„Eine ausgezeichnete Fälschung, Zio, wirklich ausgezeichnet. Wahrscheinlich ein Schüler Caravaggios. Einer, der gleich neben ihm saß, ihm über die Schulter schaute und dann kopierte. Was sage ich ‚kopieren'! Kongenial gearbeitet hat der. Wirklich. Was für ein Meisterwerk. Fast besser als der echte. Aber eben kein Caravaggio." Sie lächelten beide, und Maria sah etwas in den Augen von Lo Zio aufblitzen.

Sie aßen dann gemeinsam zu Abend. Lo Zio bereitete seine Spaghetti carbonara zu, für die er so berühmt war, holte einen guten Rotwein.

„Vom Ätna“, schwärmte der Onkel, während er die Flasche entkorkte, am Kork schnüffelte und dann genüsslich eingoss.

„Vom Ätna?“

„Ja, meine Liebe. Die Glut der Erde, das Feuer in ihrem Inneren bekommt der Kühle der Trauben. Dieser hier wird im Schutze von Steinmäuerchen auf 800 Metern Höhe geerntet. Stell dir das mal vor. Und es ist eine gefährliche Ernte. Du weißt nichts vom Ätna. Keiner von den Jungen weiß heute noch etwas vom Ätna. Aber der Berg lebt. Er ruft. Jedes Jahr sterben einige bei der Weinlese. Der Schwefel, weißt du? Er kriecht aus den Erdlöchern. Er tötet schnell und geräuschlos. So verlangt Bacchus seinen Tribut für das göttliche Manna, das er den Menschen angedeihen lässt.“ Jetzt dreht er langsam doch durch, hatte sich Maria gedacht und gelächelt. Auf den *Narziss* war man nicht mehr zu sprechen gekommen. Lo Zio hatte nur in Rätseln auf ihre Fragen geantwortet.

„Schau hin, meine Liebe. Schau einfach genau hin. Dann wirst du sehen. Altes chinesisches Sprichwort. Und so wahr.“

Man hatte die Spaghetti gegessen, den Wein getrunken. Und sich recht früh getrennt. Und jetzt? Jetzt saß Maria im Bus zwischen Vatikan und Villa Borghese und das Handy klingelte. Es war Emma.

„Was gibt es denn? Nein, nein. Ich bin schon wieder in Rom. Nein. Seltsam. Er hat sich nicht verändert. Und dann doch wieder. Ja. Ja. Nein. Doch, doch, fast ein bisschen unheimlich. Ja. Ich muss auflegen. Wir sprechen später."

Sie hatte sich einige Tage nach ihrer Ankunft aus New York endlich bei Rocca gemeldet. Obwohl sie sich eigentlich um den Caravaggio kümmern sollte. Und für den Caravaggio war doch Bariello zuständig. Egal.

„Aber natürlich brauchen wir Sie! Kommen Sie sofort herüber. Die *Mona Lisa* ist da. Sie ist da, verstehen Sie?", rief Rocca. Und sie verstand. Die Italiener hatten den Franzosen entweder mit dem Austritt aus der EU gedroht oder damit, dass sie nicht austreten würden, oder mit der Rückeroberung Nizzas oder etwas ähnlich Gewichtigem, sonst hätten die Franzosen nie und nimmer nachgegeben.

„Kann ich sie mal sehen?", fragte Maria.

„Sie?" Rocca. Völlig entsetzt.

„Ja. Ich. Was haben Sie denn? Sie wollten doch auch, dass ich komme."

„Nun ja, Signora. Nun ja. Aber nun sind Sie erstens berühmt und zweitens eine Persona non grata in der Kunstszene."

„Wieso denn das?" Maria. Höchst erstaunt.

„Ja nun. Haben Sie ihn denn nicht gelesen?"

„Wen? *Porco dio*, Rocca, wieso sprechen hier in Italien alle plötzlich in Rätseln mit mir? Machen Sie es nicht so spannend!“

„Nun. Ich sage nur: *New York Times*. Sie sind jetzt berühmt und gefährlich. Zumindest für manche. Sie finden ihn im Internet.“

„Und was hat das alles mit der *Mona Lisa* zu tun?“

„Die *Mona Lisa* wird von äußerst seltsamen Typen begleitet, wenn ich das mal vorsichtig ausdrücken darf. Vermutlich Geheimdienst. Das läuft alles anders als sonst, kann ich Ihnen sagen. Unprofessionell. Ja. Unprofessionell und höchst verdächtig. Wäre die Garibaldi nicht involviert, ich würde die Polizei einschalten.“

Maria lachte. Als ob die Polizei nicht ohnehin stets unter einer Decke stecken würde mit den Mächtigen. Also eins schien ihr jedenfalls klar: Der Reise der *Mona Lisa* mussten Verwicklungen auf höchster Ebene vorausgegangen sein. Und Rocca mittendrin. Aber gut. Wenn sie nicht an die *Mona Lisa* herankam, dann konnte sie sich ja genauso gut um den Caravaggio kümmern. Also Baustellen hatte sie ja zurzeit genügend. An Nick zu denken war da ohnehin nicht drin. Nick? Sie griff zum Telefon und wählte Bariellos Nummer. Er war sofort dran.

Caffè Greco, Via dei Condotti, Rom

Okay, hier hatte schon der alte Goethe gesessen und beim Kaffee seine Blicke auf die Ärsche der römischen Waschfrauen und Dienstmädchen geheftet, Schopenhauer für Randale gesorgt und der arme Gogol im Mantel seine *Toten Seelen* geschrieben. Und noch heute gilt Roms ältestes Café bei amerikanischen und asiatischen Touristen als „Geheimtipp“ oder *Must see*. Wenn ein Römer aber im beginnenden einundzwanzigsten Jahrhundert einen anderen Römer oder eine Römerin eine andere Römerin oder noch schlimmer, ein Römer eine Römerin oder eine Römerin einen Römer ins *Caffè Greco* einlädt, kann es dafür mehrere Gründe geben: Er oder sie will sie oder ihn beleidigen. Er oder sie will sie oder ihn demütigen. Er oder sie will ihr oder ihm die Geschäftsbeziehung, die Liebesbeziehung, die Freundschaft kündigen. Er oder sie will ihr oder ihm den Fehdehandschuh vor die Füße werfen. Oder einfach nur womit auch immer und unter gar keinen Umständen zu keinem guten Ergebnis gelangen. Und nicht nur wegen des unterirdischen Services und der astronomischen Preise. Nein, es ist die ganze Aura, die das *Caffè Greco* zu einer veritablen Zumutung macht.

Maria Felicella wusste also Bescheid, was da auf sie zukommen würde, als Bariello hinterfotzig und kaum verholen feindselig von der Via dei Condotti anfing.

„Via dei Condotti? Sie meinen das …?“, fragte Maria.

„Haben Sie etwas dagegen?“, erwiderte Bariello.

Natürlich hatte Maria etwas dagegen, eine Latte für neun Euro zu trinken, die in der Regel lauwarm war, und von irgendwelchen Asiaten angeglotzt zu werden, die sie für die Auferstehung der heiligen Mutter Gottes hielten. Und aufgrund welcher mütterlichen Attribute wohl?

„Wie Sie meinen“, gab sie scheinbar ungerührt zurück.

„Ja, wie ich meine“, setzte er noch mal nach.

Es würde kein gemütliches Meeting werden. Er würde ihr drohen. Wie kürzlich schon in New York. Er würde von ihr verlangen, dass sie widerrief. Und sie? Was würde sie tun? *Eppure!* Jawohl! Sie dreht sich doch! Wie Galileo Galilei nach seinem historischen Widerruf, würde sie ihm ihr trotziges *trotzdem* entgegenschleudern, wenn er sie dazu zwingen wollte. Er wollte.

„Frau Felicella, Sie wollen also Krieg?“ Er fackelte nicht lange, sondern kam sofort zur Sache. Klar. Der Caravaggio. Was sonst.

„Hören Sie, Bariello …“

„Nein, gute Frau, Sie hören jetzt einmal. Sie sind eine ganz … eine ganz … ja ausgebuffte Spielerin. Nein, ich rege mich nicht auf. Aber Sie sind … ausgebufft. Wie konnten Sie Ihre infame Behauptung an die große Glocke hängen? Die *New York Times*! Also wirklich. Das bedeutet Krieg. Das war eine Kriegserklärung. Und dabei habe ich Sie gemocht, Felicella, ja, gemocht. Und geschätzt. Als … Kollegin. Ja. Aber jetzt, jetzt können Sie sich auf etwas gefasst machen."

„Auf was?", fragte Maria.

Für einen Augenblick war Bariello tatsächlich verdutzt. Ja, genau. Auf was eigentlich konnte sie sich gefasst machen? Nun. Auf allerhand.

„Ich werde Sie der Lächerlichkeit preisgeben. Sie werden in der Welt der Kunst nie wieder einen Fuß auf den Boden bekommen. Sie werden … Hier!" Unter dem Sprühregen einer feuchten, sehr erregten Aussprache legte Bariello einen Stapel Papiere auf das kleine, wackelige Kaffeehaustischchen.

„Beruhigen Sie sich, Bariello. Die Leute schauen schon."

„Ich bin ruhig", erwiderte er.

„Was ist das?"

„Schauen Sie halt nach."

Böse sahen sie einander an.

„Sagen Sie es mir doch einfach."

Zugegeben, ihr Verhalten war albern. Und sie spürte, wie sich der schier unerträgliche Drang loszuprusten in ihr zusammenballte. Aber sie konnte nicht anders. Und Bariello. Sie beobachtete, wie er seine

Fassung wiedergewann und die Fähigkeit, Alternativen zu erkennen und in Betracht zu ziehen. Das verdarb ihr augenblicklich den Spaß. Ein Seufzen. Ein männliches Achselzucken. Ein dezenter Rundblick. In der Tat schienen sie umgeben von lauter Leuten, die keine eigenen Gesprächsthemen hatten.

„Das sind die Papiere der Versicherung. Hermes Art Consulting & Co. Die beste. Die teuerste. Meine. Diese Papiere belegen eindeutig, dass der *Narziss* der wahre *Narziss* ist, so wahr uns Gott helfe."

Wieder starrten sie einander in die Augen. Zwei Duellanten. Ungleiche Waffen. Selbst Bariellos Blick hatte Mühe, nicht tiefer zu wandern. Was Maria für den Augenblick dieses wunderbaren Kräftemessens genoss.

„Papier ist geduldig, Bariello. Ich habe den Caravaggio untersucht. Sehr genau untersucht, wenn Sie es wissen wollen. Und glauben Sie mir: Es hat mir keinen Spaß gemacht festzustellen, was ich festgestellt habe. Das Ding ist hervorragend gemacht. Es ist ein Werk seiner Zeit. Vielleicht sogar seiner Werkstatt. Aber es ist kein Caravaggio. Basta."

„Das kann nicht sein."

„Doch."

„Nein."

„Doch."

„Was zu beweisen wäre. Wo es eine Kopie gibt,

muss es auch ein Original geben. Bringen Sie es mir, und Sie werden als Heldin in die Kunstgeschichte eingehen. Wenn nicht, mache ich Sie fertig.“ Er klatschte mit der Hand auf den Tisch, so dass sein Kaffee überschwappte.

„Ich werde es finden.“

„Dann sollten Sie sich beeilen.“

„Sie drohen mir jetzt bereits zum dritten Mal.“

„Ich drohe nicht.“

„Oh doch. Sie drohen.“

„Wenn ich wegen Ihrer Expertise untergehe, werde ich Sie mit in den Abgrund reißen, verlassen Sie sich drauf.“ Er legte einen Geldschein auf den Tisch und erhob sich.

„Ich bezahle meinen Kaffee selbst, Bariello. Und: Es ist nur ein Kunstwerk. Kein Grund zu töten.“

Sein Blick wurde plötzlich anders. Starr. Keine Ahnung, warum sie das jetzt gesagt hatte. Es war ihr nur so herausgerutscht. *Parole automatique* nannten die Franzosen das. Dummes Gerede jedenfalls. Nicht ernst zu nehmen. Weg damit. Aber zu spät. Bariellos Blick war so kalt, dass es Maria plötzlich mit der Angst zu tun bekam. Hatten Menschen nicht für weniger als ein paar Millionen Euro gemordet?

„Seien Sie nicht albern, Maria, ich mach das gerne“, beharrte Bariello mit trockener Stimme und legte einen 20-Euro-Schein neben seine schwimmende

Kaffeetasse. Gerade mal genug für zwei Kaffee und ein Trinkgeld, auf das der Kellner nur mit Geringschätzung reagieren würde.

Und schon war diese ungute Begegnung vorbei. Maria sah sich um. Von hier aus erreichte man zu Fuß den großen Park der Villa Borghese. Weder zum Vatikan noch nach Trastevere war es wirklich weit. Ein Katzensprung zur Piazza Montecitorio mit dem Parlament und zur *Libreria Herder* am Petersplatz oder zum *Giolitti*, nur wenige Meter hinter dem Parlamentsgebäude, in der Via Uffici del Vicario, Italiens verführerischster Eisdiele. Klar, die Gegend war von Touristen überschwemmt und doch das Herz der Stadt. Ihrer Stadt. Maria hatte für kurze Zeit sogar hier in der Condotti gewohnt. Mit Dachterrasse und Blick auf die Spanische Treppe. Als der hochbegabte Straßenmusikant Luigi dann aber die vierte Woche hintereinander sein einziges, wenn auch fast perfektes *Where do you go to my Lovely* zum Besten gab, und zwar acht Stunden am Tag an unterschiedlichen Stellen der Straße, stets aber hörbar in der geräumigen Wohnschlafarbeitsküche unterm Dach, war's genug. Und dann fand sie ja auch schon ihre Traumwohnung in Trastevere, heute noch ihre Heimat, ihr Refugium, ihr Rückzugsort. Wie so oft in ihrem Leben hatte sich ein Schicksalsschlag, eine Herausforderung, ein Hindernis in einen Glücksfall verwandelt. Würde es ihr mit dem *Narziss*, mit Nick ebenso gehen? Maria trank das letzte winzige Schlückchen kalten Kaffees und dachte darüber nach, was diesen Ort hier in Rom, der schönsten Stadt der Welt, von Manhattan unterschied. Und wie Rom war Manhattan auch nicht, sagen wir: ohne Geheimnisse. Klar fehlte die Magie zweieinhalbtausendjähriger Geschichte. Aber das war es nicht. Etwas anderes unterschied die beiden Orte. Sie sah sich um, beobachtete. Die eleganten Menschen hier, die Römerinnen vor allem. Mamma mia. Stolz und schick auf ihren High Heels, alle Achtung. Beine von Göttinnen, Büsten wie Marmor, der Gang eine einzige Verheißung. Die jungen Männer? Nun, gutaussehend, ohne Zweifel. Aber meistens am Handy. Mit La Mamma. Wollte sie das? Und gutaussehende Menschen gab es in New York auch. Nein, es war die Stille, die sie in Manhattan so bemerkenswert fand. Der Central Park am Morgen, als sie Nick begegnet war.

„Merkwürdig“, sagte sie.

„Wie bitte, was ist merkwürdig?“ Ein adretter kleiner italienischer Angeber grinste vom Nachbartischchen zu ihr herüber. Sie lächelte, erhob sich und reihte sich in den bunten Strom der Menschen ein, der Richtung Treppe floss. Irgendwo in den Tiefen ihrer Handtasche klingelte das Telefon. Sie kramte routiniert im Gehen, suchte, fischte, fand und nahm ab. Lo Zio.

Taxifahrt durch Rom

„Folgen Sie diesem Taxi da vorne, nein, nicht das da, das dort drüben!"

„Das mit dem jungen Ausländer, Signora? Aber mit Vergnügen." Der Fahrer startete mit Enthusiasmus den Motor seines Daimler Baujahr 88 und legte den ersten Gang ein. Krachen.

Maria klopfte ungeduldig auf das Polster des Sitzes. Na mach schon. Fahr los!

Der Fahrer ließ die Kupplung kommen und gab Gas. Kickstart nannte man so etwas. Maria kippte nach hinten gegen ihren Sitz, ohne das fremde Taxi mit dem für sie gar nicht so fremden Ausländer einige Wagen vor ihnen aus den Augen zu lassen.

„Und was gibt das, Signora? Eine Verfolgungsjagd?" Maria seufzte. Ja, was gab das eigentlich? In was für eine Geschichte war sie da hineingeraten?

„Wenn ich das wüsste", murmelte sie.

„Ah. *Ho capito*. Geld oder Amore?" Ihr Chauffeur ließ nicht locker. Klar. Die Römer. Neugierig bis zum Gehtnichtmehr. Also, was ging hier eigentlich vor?

„Wenn ich das wüsste", wiederholte Maria und seufzte. Der Taxifahrer bremste quietschend. Stau.

„Also, Schätzchen. Wenn eine schöne Frau so seufzt wie Sie, ist es immer Amore. Und außerdem:

Auch wenn Geld im Spiel ist oder sonst was. Ist eine Frau dabei, ist es trotzdem Amore. Bei den Frauen geht es immer um Amore!“ Endlich trat er wieder aufs Gaspedal. Der Kollege da vorne mit der für die Lady so wertvollen Fracht würde ihm nicht entkommen. Und so war es auch. Immer zwei, drei Fahrzeuge Abstand lassend legten sie eine *Tour de Force* hin, die jeden Touristen entzückt hätte, und das bei durchschnittlich bestimmt 15 km/h: Kapitol, Forum Romanum, Kolosseum, meist Stop-and-go, manchmal beschleunigend, um bei Rot rasch noch über die Kreuzung zu kommen, oft im Stillstand, aber alles dabei, was die Ewige Stadt an Sightseeing zu bieten hatte. Was war passiert? Ganz einfach. Nick.

Und das kam so: Maria schritt, Lo Zio am Ohr, mäßig gelassen die Via dei Condotti entlang auf die Spanische Treppe zu und dann deren Stufen hinauf. Missmutig stellte sie fest, dass sie inzwischen wohl zu alt geworden war, um von den vielen hier herumhängenden Tagedieben, Aufreißertypen, Drogendealern und Gelegenheits-Gigolos noch angemacht zu werden. Nur einer dieser Kerle fragte doch tatsächlich mit einem albern eindeutigen Blick, ob sie wohl „Feuer“ hätte. Und das auch mehr halbherzig. Sie war wohl inzwischen wirklich zu alt! Erleichterung und Wehmut. Das Leben kam ihr plötzlich schön und verdammt kurz vor.

Am oberen Ende der Spanischen Treppe angekommen, schöpfte sie erst einmal Atem. Puh. Ihr Gym hatte sie eindeutig zu lange nicht mehr zu Gesicht bekommen. Sie spürte Waden und Oberschenkel. Dann, etwas regeneriert, schlängelte sie sich durch Gruppen vergnügter Chinesen, konzentrierter Japaner, kindischer Koreaner sowie an paar- beziehungsweise einzelreisenden Bleichgesichtern vorbei die Piazza di Spagna, die Via di S. Sebastianello und die Piazza della Trinità dei Monti entlang. Ihr wurde warm. Bei ihrem Tempo heizte die Sonne trotz der Jahreszeit ganz ordentlich ein. Nun, das war Rom. Sie kramte ihre Gucci-Sonnenbrille aus den bekanntlich tiefen Untiefen ihrer Damentasche hervor.

Noch nie zuvor war ihr aufgefallen, dass sie eine Gucci-Sonnenbrille trug. Sie hielt es für unter der Würde eines intelligenten Menschen, Marken eine Bedeutung zuzuweisen. Auch hier in krassem Gegensatz zu Emma. Sie hatte das Teil bei *Rinascente* an der Piazza Fiume an einem Drehständer für Sonderangebote erworben und schlicht das billigste genommen. Jetzt aber, den Umständen entsprechend, erschien ihr das Logo der berühmten Firma bedeutungsvoll. Die Gärten von Gucci. Brooklyn, New York. Eine Verheißung? Ein Menetekel für – tja? Was eigentlich?

Wie dem auch sei, dachte Maria und setzte sich die

große Brille auf. Nicht einmal Emma würde sie mit dieser überdimensionierten Camouflage erkennen.

Dachte sie sonst noch etwas? Klar. Dass man ziemlich sicher davon ausgehen konnte: Wenn man einfach so an jemanden dachte, hatte die betreffende Person kurz zuvor auch an einen gedacht. Und so unwahrscheinlich es auch sein mochte: Da war er. Sie traute ihren Augen kaum. Und wusste doch: Er war es. Sein federnd leichter, entspannter Gang. Die breiten Schultern. Das unbekümmerte und doch irgendwie ernsthafte Antlitz, jugendlich und reif zugleich. Die attraktivste Verkörperung des Leibhaftigen, die sie sich vorstellen konnte, Satan in seiner schönsten fleischgewordenen Form, die Versuchung in Person, Gift ihres Blutes, Geißel ihres leider viel zu starken Fleisches: Nick.

Niiiiick?

Für eine unkontrollierte Schrecksekunde war sie kreischender Teenager, Romeos Julia, Pretty Woman und Jeanne d'Arc zugleich. Für eine unkontrollierte Schrecksekunde zeigte sich die Wahrheit. Die nackte Wahrheit. Diesen Mann wollte sie und keinen anderen. Zugleich erkannte Maria, dass sie eben kein Teenager mehr war, nicht wie angewurzelt stehenblieb, nicht über die ganze Viale del Muro Torto schrie und sich auch nicht die Bluse von der Brust riss. Sondern das Objekt ihrer uneingestandenen Begierde an sich vorüberziehen ließ und ihm dann folgte. Warum sie sich ihm nicht zu erkennen gab? Sie wusste es selbst nicht. Weiblicher Instinkt? Es war sicher kein Zufall, dass sich Nick ausgerechnet jetzt hier in Rom aufhielt. Aber so viel war sicher: Er war nicht ihretwegen hier. Zumindest nicht nur. Auch das sagte ihr ihr weiblicher Instinkt. Während sie hinter ihm blieb, ließ sie die Ereignisse in New York Revue passieren. Ja, ein süßer Kerl. Aber auch ein Schlingel. Undurchsichtig. Wenig vertrauenswürdig. Da gab es etwas an Nick. Etwas Halbseidenes. Berechnendes. Unehrliches. Wobei: Er hatte ihr ohne viel Federlesens und sehr freimütig gesagt, dass er ein Callboy war. Peng. Friss oder stirb. Und trotzdem. Da war noch etwas, und das hatte damit zu tun, dass sie ihn jetzt hier in Rom antraf. Vielleicht hatte sie sich deshalb nicht auf ihn eingelassen?

Nick, was spielst du für ein Spiel?, dachte sie. Der Verkehr um sie herum hatte sich inzwischen beruhigt. Die Gegend wurde nobel. Es war das Viertel, in dem die Intelligenzija Roms wohnte, die Filmemacher, Politiker, Künstler.

„*Scusi,* Signora? Was sagten Sie? Das Taxi, Signora. Ich glaube, wir sind da." Marias Taxi kam zum Stehen. Gerade überquerte der schöne junge Ausländer die

Straße. Er schritt auf das Tor eines der Palazzi zu, die hier aufgereiht die gediegene Allee säumten.

Ich kenne diesen Ort. Ich war schon einmal hier. Wer um alles in der Welt wohnt hier? Es ist jemand, den ich kenne. Nur wer? Maria beobachtete Nick. Gleich wird er klingeln, etwas in die Schließanlage sprechen und im Palazzo verschwinden. Aber nein. Maria traute ihren Augen nicht, Nick zog einen Schlüssel aus der Tasche, schloss auf, stemmte sich gegen das schwere Portal und verschwand im Inneren des großen Hauses.

Im Palazzo Garibaldi, Rom

Wie immer küsste sie ihn besitzergreifend, herrisch, ja mit einem brutalen Griff in den Schritt statt einer förmlichen Begrüßung. Falsch: Anstatt überhaupt einer Begrüßung. Und trotz des Schmerzes konnte Nick sich auf sich verlassen. Er stand einfach auf Kommando wie eine Eins.

Ihre Lippen saugten sich derweilen an den seinen fest wie ein Blutegel an den Waden eines hilflosen Thailandtouristen im Dschungel von Chang Rai. Gleich würde sie ihn wieder, autsch, in die Unterlippe beißen.

„Weil ich den Geschmack von Blut sexy finde", hatte sie ihm einmal geantwortet. Sie tat es wirklich jedes Mal. Egal, wie er sich auch anstellte. Nun, wer anschafft … würde sie als Nächstes sagen …

„Und jetzt zieh dich aus. Aber schnell. Nein langsam … So wie nur du das kannst …"

„Warte, ich muss dir …"

„Halt die Klappe, Süßer. Ausziehen! Ich brauch es. Jetzt." Kalte Augen. Kalte Gier. Er war immer wieder fasziniert und geschockt zugleich, wenn er auf sie traf. Nur er konnte es ihr noch besorgen, behauptete sie immer. Was für ein angstmachendes altes Weib. Was für eine üble Geschichte, in die er da hineingeraten war. Wie lange jetzt schon?

Gott sei Dank kam sie schnell. Und ging dann quasi

übergangslos zum eigentlichen Geschäft über. Erst zündete sie sich eine Zigarette an und kam dann gleich zur Sache.

„Los, steh' auf. Ich muss dir etwas zeigen." Nebenbei kramte sie ein Päckchen grüner Euroscheine hervor, warf sie aufs Nachttischchen und hieß Nick mit einer arroganten Kopfdrehung, seinen Liebeslohn einzustreichen.

„*Grazie*", bedankte Nick sich charmant. Er nahm das Geld, ohne zu zählen. Irgendwann zählte er dann doch, aber grundsätzlich nicht vor seinen Kundinnen. Schon gar nicht vor ihr. Noch nie hatte auch nur ein Dollar oder Euro gefehlt. Er blickte zu ihr hin. Sie war alt, nackt und reich. Sollte er nur sehen, wer ihn bezahlte, ganz genau sehen.

Und er sah. Messalina. Katharina die Große. Kleopatra ohne Cäsar. Das Echo Valentinas. Tochter und Mutter ein Leib. Dürr. Gierig. Verdammt. Wesen aus einer Vorhölle, in der er sich bestens auskannte. *So what?*

Endlich warf sich Antonia den seidenen Morgenrock über, nachdem sie nackt im Zimmer auf und ab gegangen war. Es hatte schon immer zu Nicks Berufsehre gehört, dass er sich um das Alter und Aussehen seiner Kundinnen nicht scherte. Er behandelte sie alle gleich. Und das war nicht immer leicht. Er erhob sich und griff nach seiner Jeans.

„Ich leg noch einen Tausender drauf, aber ich habe etwas Hübscheres für dich", zwitscherte die Garibaldi. „Ein Kostüm."

„Okay." Wie war die denn heute drauf? „Bekomme ich ein Feigenblatt?" Er lächelte. Fand sich witzig. Für einen Augenblick. Und erkannte im Blick seiner Herrin, dass er nur zu recht hatte.

„Du bist ein kleiner Hellseher, mein Schatz!" Sie wandte sich ab, kramte kurz in der obersten Schublade einer ihrer Kommoden und kam böse lächelnd mit etwas Grünem in den Händen auf ihn zu.

„*Ecco!*" Ein Feigenblatt. Etwa so groß wie eine Hand, mit leicht herbstlichen Verfärbungen an den Rändern. Und aus Leder. Sie zeigte ihm die Rückseite und den Ring daran.

„Ich steck ihn dir durch das verstellbare Ringlein hier, mein Süßer. Dann hält es und du musst dich nicht schämen ... So ... fertig ... Sixpack mit Feigenblatt. Ein Stein, der da nicht schwach wird ..." Gelassen sah Nick an sich herab. Ein großes, aus grünem Leder gefertigtes Feigenblatt, von einem verstellbaren Ring an der einzig verfügbaren Halterung da unten befestigt. Er grinste. Aber vor ihr bekam er langsam Angst. Hatte er sich vielleicht doch mit dem Teufel eingelassen?

„Worauf warten wir noch?", rief Antonia Garibaldi mit schriller Stimme. Wow, ganz schön hysterisch heute.

Nick folgte seiner Auftraggeberin durch mehrere Zimmer, über ein, zwei Flure und Treppen und wieder durch ein, zwei, drei Zimmer. Man ignorierte das philippinische Dienstmädchen Ann-Lay, das einfach knickste, als sähe sie alle Tage einen perfekt gebauten Mann plus Feigenblatt hinter ihrer Herrin durchs Haus schreiten.

Wahre Schönheit, pralle Jugend, dachte Nick vergnügt, lässt sich doch durch nichts entstellen. Beides war einfach göttlich und über Demütigungen aller Art schlicht erhaben, versuchte sich Nick einzureden. Aber wieso fühle ich mich dann wie Baloo der Bär mit Geschlechtsteil, dachte Nick, beim Gehen doch etwas behindert durch das blöde Blatt. Er war jedenfalls froh, dass sie auf dem Weg zum schönsten und wertvollsten Lächeln der Welt niemandem mehr begegneten. Den Blick Ann-Lays, den sie aus ihrer Verbeugung heraus auf sein verdecktes Teil warf, würde er ein Leben lang nicht mehr vergessen.

„Bekomme ich jetzt eine kostenlose Palastführung, meine Liebe?“, scherzte Nick.

„Alles dabei, alles dabei“, erwiderte die Garibaldi lächelnd.

„Und der Pferdefuß?“

„Alles dabei …“

Schließlich erreichten sie das Ziel ihrer Wanderung. Das schönste und wertvollste … Nur noch eine schwere, hölzerne Tür, breit, aus Eiche, mit Beschlägen aus dem elften Jahrhundert. Vermutlich das ehemalige Portal einer geplünderten und niedergebrannten Kirche. Hinter der Tür, groß und weit, der ehemalige Ballsaal. Oder Folterkeller? Nick konnte sich nicht recht entscheiden.

Auf jeden Fall tat sich ein enormer fensterloser Raum auf, die Wände in Gold gehalten, der Boden aus dunklem Stein und die Temperatur wie der Winter in *Westeros* …

Und wirklich und wahrhaftig, ganz im Hintergrund, sicher zwanzig, fünfundzwanzig Meter entfernt, ein ganz spezifisches Gerät, wie es nur von bestimmten Leuten benutzt wurde. Von Künstlern. Eine Staffelei. Und auf der Staffelei stand ein Bild. Ein Porträt. Um genau zu sein, das bekannteste Porträt der Welt.

Das hässlichste Grinsen der Welt

Da standen sie also, starrten auf ein Bild, das die ganze Welt kannte und liebte, ein Meisterwerk, ohne Frage, der Stolz des Louvre. Und Nick bekam kalte Füße. Man tötete Menschen für geringere Summen als die, mit der die *Mona Lisa* alleine schon versichert war. Zirka 800 Millionen Dollar.

„Überrascht, mein Liebling?" Antonia Garibaldi, Kundin in Liebesdingen und Auftraggeberin in manch anderen Transaktionen, strahlte triumphierend. Nick wiegte lässig den Kopf und machte eine vage Geste. Der Ring. Er engte ihn nun doch langsam ein. Oder war es nicht der Ring, sondern vielmehr – Angst?

„Worauf warten wir?", fragte Nick betont unbekümmert und trat ganz nahe an das Bild heran. Auch die Garibaldi kam ganz nah. Beide starrten sie mit Kennerblick auf die überbezahlte, bemalte Fläche. Die aus dieser Distanz heraus jeden Zusammenhang verlor. Sich auflöste. Farbe, Pinselstrich. Geruch. Firnis. Alter. Eine andere Geschichte erzählte als mit Abstand betrachtet. Eine von Echtheit. Wert. Betrug?

„Na, was sagst du?" Die Garibaldi. Sie genoss die intensive Nähe. Die Überlegenheit, die sich aus dem göttlichen Gefühl speiste, dazuzugehören. Immer schon dazugehört zu haben. Zum verkommenen oberen Prozent. Zu den Schönen und Reichen. Nun, reich war sie immer noch.

„Wozu brauchst du sie?“, fragte Nick.

„Wen?“

„Na die hier. Diese Kopie.“ Nick. Nackt. So nackt, wie ein von einem Feigenblatt bedeckter Körper nur nackt sein konnte. Und so cool wie nur jemand war, der sich seiner Sache sicher fühlte ... Und so fachmännisch. Fachmännisch? Ein Callboy, der fachmännisch über das wertvollste Gemälde der Welt urteilen konnte? Ja. Aber Nick bereute es jetzt ein wenig, niemandem Bescheid gegeben zu haben. Kein Schwein wusste, dass er, statt mit einer Kundin in seinem New Yorker Appartement oder in seinen Chucks im Central Park, hier in Europa war. Hier in Rom. In der Villa Garibaldi. In Gefangenschaft?

Klar. Da gab es ein Flugticket. Immerhin. Und beim heutigen Stand der Datenvernetzung würde es, wenn sie ihn suchten, nicht lange dauern. Die Spur New York–Rom würde rasch gefunden. Wenn sie ihn suchten. Denn wie lange würde es dauern, bis überhaupt jemand sein Verschwinden bemerkte? Die Dumpfbacken vom Stripclub? Nee. Die dachten kaum weiter als bis zum nächsten Bauchmuskel. Seine Mutter? Wann hatte er zuletzt zu Hause angerufen? Zu Weihnachten? Verdammt. Er sollte seine familiären und sozialen Kontakte besser pflegen. Also bis die alle bemerkten, dass es ihn nicht mehr gab, würden seine Fingernägel bereits aufgehört haben zu wachsen. Wenn er sich doch wenigstens gleich bei seiner Ankunft bei Maria gemeldet hätte, so wie er das eigentlich vorgehabt hatte. Warum hatte er sie eigentlich nicht gleich angerufen? Aber: Warum sollte er verschwinden? Nun, vielleicht weil er etwas wusste, was der Aneignung eines Gegenstandes im Wert von mindestens 800 Millionen Dollar im Wege stand ... Herkunft und Verbleib diverser Mona-Lisa-Kopien zum Beispiel.

Hysterisches Lachen unterbrach den für Nicks Verhältnisse erstaunlich uncoolen und leicht defätistischen Gedankengang vom Verschwinden seiner Person. Die Garibaldi hatte ihn verdutzt von der Seite fixiert, war dann vor ihm zurückgewichen und schließlich mental zusammengebrochen.

„Bis du verrückt geworden?", schrie sie zwischen einzelnen krampfhaften Lachattacken.

Nun. Nein. Äußerlich gelassen, innerlich aber ziemlich verunsichert, blickte er in Antonia Garibaldis Augen und sah: den Wahnsinn.

Die ist doch durchgeknallt, dachte er. Und überlegte, ob er sich nicht einfach aus dem Staub machen sollte. Als er plötzlich etwas wahrnahm. Einen Schatten. Eine Gestalt. Eine Männergestalt, die sich im Türrahmen abgezeichnet hatte und die nun langsam quer durch den Raum auf sie zukam.

Die Polizei von Paris

Tatjana Todorowa war, wie schon festgestellt, ein guter und anständiger Mensch. Sie achtete Recht, Gesetz und Ordnung und selbstverständlich auch die französische Polizei. Letztere allerdings, aufgrund ihrer einschlägigen Erfahrungen mit den Behörden im kommunistischen Bulgarien, gern aus der Distanz.

Aus diesem Grund fiel es ihr auch nicht nur schwer, direkt aus der Wohnung Gustave Duponts und nach der Entdeckung von dessen Leichnam ebendiese sofort aufzusuchen. Sie tat es gar nicht.

Mit einem gehetzten „Bonjour Madame“ drückte sie sich an der Concierge Madame Papillon vorbei ins Freie:

„Nein, Hitler, sitz, sitz hab ich gesagt, so ist es brav, braaaav, und jetzt mach Männchen, Hitler, Männchen ...“

Aber das war albern von Tatjana Todorowa. Denn keine zwölf Stunden später wiederholte sich das Drama in Gustave Duponts Appartement. Nur dass die resolute Hausmeisterin nach einem kernigen „Halleluja“ keine Sekunde zögerte, die Polizei zu rufen. Der Leichengeruch, durch die einmal geöffnete und wieder geschlossene Wohnungstür ins Treppenhaus gelangt, hatte sich zwar nicht stark, aber derart alarmierend bemerkbar gemacht, dass selbst Mieter aus den oberen Stockwerken bei der Papillon vorstellig geworden waren und diese zwangen, sich der Sache anzunehmen.

Dreizehn Stunden später stand die Kripo dann in Person des Inspektors Valleroix und dessen rechter Hand, Wachtmeister Morel, vor einem schäbigen Wohnblock in Bobigny, einer der berüchtigtsten Pariser Banlieues, um gleich darauf an eine noch viel schäbigere Wohnungstür zu klopfen, auf der mit dickem schwarzem Filzstift „Todorowa" geschrieben stand.

„Sind Sie …?" Ja, sie war.

„Wir sind von …" Ja, sie hatte das schon erwartet.

„Kennen Sie einen Monsieur …" Ja. Sie kannte. Und natürlich protestierte die nun sehr bleiche Bulgarin mit gültigen Papieren, einer aktuellen Aufenthalts- und Arbeitsgenehmigung plus elfjähriger im Haushalt lebender Enkelin nicht, als die beiden Herren, die aufgrund der sozialen Lage in Bobigny von sechs uniformierten und demonstrativ bewaffneten Polizisten eskortiert wurden, mehr oder weniger ungebeten das peinlichst sauber gehaltene, nur leicht nach fermentiertem Sauerkraut und Prekariat riechende Appartement von Tatjana Todorowa betraten.

„Sie kennen also …?" Ja, ja, wie schon gesagt, sie kannte. Seit mehr als drei Jahren führe sie Gustave Duponts Haushalt. Und natürlich hätte sie einen unverzeihlichen Fehler begangen, die Polizei nicht zu rufen, nachdem sie den Toten in seinem Schlafzimmer entdeckt hatte. Sie wisse jetzt selbst nicht mehr, was in sie gefahren sei.

„Panik, wissen Sie? Einfach Panik."

„Hmmm …" Valleroix, von den Kollegen einschließlich Morel heimlich *Clouseau* genannt, ließ einen langen, einschüchternden Blick auf der verstörten Osteuropäerin ruhen. Die Enkelin spielte scheinbar versunken am Tisch mit einer einarmigen Puppe.

„Verständlich …" Morel, von dem alle einschließlich Valleroix nur als *der Idefix* sprachen, gab so etwas wie den *good cop*. Doch sein hündisches Grinsen ängstigte Madame Todorowa noch viel mehr als der stechende Blick des Chefs. Und so legte sie gleich ein volles Geständnis ab. Zudem erklärte sie sich bereit, Gustave Dupont, der ganz offensichtlich Opfer eines Mordes geworden war, zu identifizieren. Allerdings nicht ohne einen Anflug von Gegenwehr. „Die Concierge kennt ihn doch auch … sogar besser …" Aber es half nichts. Außerdem sollte sie, die Haushälterin, helfen festzustellen, ob etwas und wenn ja, was genau aus der Wohnung entwendet worden war. Ob es sich also um einen Raubmord handelte oder um eine Beziehungstat.

„Beziehungst…?" Große Augen.

„Wo waren Sie am Abend des …?"

„Wo ich war?" Noch größere Augen.

„Ja."

„Na hier. Hier in dieser Wohnung. Wo hätte ich denn sonst sein sollen? Ich bin abends immer hier in meiner Wohnung. Ich gehe nie aus. Ich bin eine alte Frau. Ich habe weder Geld noch Zeit noch Lust, irgendwohin zu gehen außer zu meiner Arbeit. Und da ist ja auch Clementine, meine Enkelin. Hier, sehen Sie? Sie lebt bei mir. Ihre Mutter ist … nun, kein Umgang für das Mädchen … Ich bin für sie verantwortlich. Ich kümmere mich um sie, achte drauf, dass sie sich die Zähne putzt, die Hausaufgaben macht, früh ins Bett geht. Ich … Beziehungstat … also wirklich … also …"

„Danke. Ist gut, Madame. Wir dachten dabei nicht an Sie. Monsieur Dupont ist, nun ja, wussten Sie nicht? So was kommt vor im … im Milieu …"

„Milieu? … Ach so." Jetzt fiel der Groschen. Tatjana Todorowa schien erleichtert. Schnell sah sie zu ihrer Enkelin.

„Ja, ja, natürlich. Diese Schwulen. Ein eigenes Völkchen, nicht wahr? Ich kümmere mich grundsätzlich nur um den Haushalt. Ich stecke meine Nase nicht in …" Valleroix-Clouseau verdrehte die Augen, Idefix-Morel grinste und tat, als notiere er. Sie hatten schon wertvollere Zeugen.

Aber selbstverständlich identifizierte die Todorowa am Folgetag, wenn auch unter Tränen, die ramponierte

Leiche Duponts im Leichenschauhaus: Ja, das war er – *schnief*.

In Begleitung der beiden Polizisten kehrte sie gleich im Anschluss an den Tatort zurück, Duponts Appartement. Die Spurensicherung hatte längst ihren Job getan. Bald würden die Fachleute für die Aufräumarbeiten anrücken, und in zwei Wochen hier neue Mieter leben. Gerade so, als wäre nie etwas geschehen.

Tatjana Todorowa kannte sich erwartungsgemäß im Haushalt bestens aus.

„Ziemlich viel! Anzüge, Schuhe, Hemden, Manschettenknöpfe, sogar Unterwäsche ... und seine Uhr", bestätigte sie auf die Frage, ob etwas abhandengekommen war. Dass sich in der ganzen Wohnung weder Ausweis, Portemonnaie noch Handy finden ließen, behielt die Polizei für sich. Duponts Computer, ein schicker, allerdings fast schon museumsreifer Apple mit plastikblauer Kappe, der war noch da.

„Raubmord?", raunte Idefix am Ende der Begehung außer Hörweite ihrer Zeugin.

„Ich weiß nicht, ich weiß nicht", knurrte Valleroix. Nachdenklich rieb er sich das stets glattrasierte Kinn. Wie schaffte der Mann es nur, 24 Stunden am Tag mit Wangen herumzulaufen wie ein Babypopo?

„Irgendetwas stört mich. Irgendetwas stimmt hier nicht. Die Wertsachen, okay. Aber keinerlei Einbruchspuren. Kein Kampf. Der oder die Täter kannten das

Opfer, so viel ist sicher. Und dann: Warum Wäsche? Sogar Socken? Nein, mein lieber Id… äh Morel. Das hier ist kein Raubmord. Das war eine Beziehungstat, vielleicht als Raub getarnt. Sein Arbeitgeber?“

„Die Stadt Paris, Chef. Dupont war Sicherheitschef des Louvre. Ein gewisser Nemours ist sein direkter Vorgesetzter.“

Valleroix pfiff durch die Zähne und nickte. Ja, er erinnerte sich. An einen gewissen stadt- und landesweit bekannten Nemours. Und daran, dass ebendieser Nemours mit einem Mann auf der Wache Rue de Soundso war. Mit einem Mann, der zu diesem Zeitpunkt längst tot war.

„Morel, ich habe Hunger. Gehen Sie doch mal runter und holen Sie uns was Ungesundes. Und lassen Sie sich eine Quittung geben. Dann geht es aufs Haus. Ich knips derweil den Kasten hier an.“ Valleroix schlurfte zum Computer.

„Bestimmt passwortgeschützt“, brummte er lustlos. Er zog einen Stuhl heran, setzte sich, schaltete ein und war auch schon drin.

Entgeistert stellte der Inspektor fest, dass Dupont entweder ein Narr oder ein Fatalist gewesen sein musste. Kein einziges Passwort, und das als Sicherheitschef einer der gefährdetsten Einrichtungen der Welt.

„*Et volià*, zum letzten Mal war er angemeldet am …

hier, Nachrichtenticker, der Präsident der Republik … Wahlen in Deutschland … Donald Trump … ah ja, hier, da haben wir es, die *Mona Lisa* … Gerangel zwischen Italien und Frankreich … tztz …“, murmelte er halblaut vor sich hin. Sie war also jetzt doch in Italien, die berühmte Frau. Na und? Ihm sollte es recht sein. So ein Theater wegen eines Bildes. Als hätte die Welt nicht andere Sorgen. Nun, Valleroix machte sich nichts aus Kunst. Er ging nie ins Museum, es sei denn aus beruflichen Gründen. Seine Leidenschaft galt der Modelleisenbahn. Da kam er in Fahrt …

Pflichtbewusst checkte der Inspektor Duponts E-Mails, dann Facebook. Dann nochmals die E-Mails. Dann die Angaben der Forensiker zum vermutlichen Todeszeitpunkt.

Merde. Es brauchte wahrlich nicht die Fähigkeiten eines Sherlock Holmes oder Hercule Poirots, um festzustellen, dass Dupont einerseits tot war und sich andererseits in der Weltgeschichte herumtrieb, zum Beispiel auf der Hochzeit des Monats, der von Henry Nemours.

Hallo Gustave, nach unserer geistreichen Unterhaltung in Neuilly wie versprochen der Kontakt. Ich hoffe, wir sehen uns mal wieder. Julie und George. Eine andere Nachricht mit ähnlichem Inhalt hatte ein Foto als Anlage. Valleroix klickte es an, um es zu öffnen. Das Bild zeigte den Herrn Direktor, dessen gerade geehelichte Frau, einen Herrn im Frack und eine Dame in Robe, die Valleroix nicht kannte. Und Gustave Dupont. Noch einige solcher E-Mails. Dann: *Mein Bester, das war ja eine ganz ausgebuffte Nummer, die du da mit dem weltberühmten Fotofuzzi abgezogen hast. Das spannendste der ganzen öden Hochzeit, diesem Jahrmarkt der Eitelkeiten. Herzliche Grüße, Dein Charles.*

„Gustave Dupont", murmelte Valleroix wiederholt, Gustave Dupont. Du bist tot. Und du tanzt auf der Hochzeit deines Chefs. Du bist tot und, da war doch noch etwas, ja, ein Zwischenfall. Eine Schlägerei oder so etwas. Und hatte nicht Nemours direkt interveniert? Der große Mann der französischen Kultur, der Gralshüter des guten, ach was, des besten Geschmacks? Nun, Valleroix würde das herausfinden. Ein Telefonat, mehr nicht. Auf jeden Fall, kombinierte Valleroix messerscharf, haben wir es mit einem höchst lebendigen Toten zu tun. Und mit einer Lady, die überraschend doch auf Reisen ging, unserer geliebten *Mona Lisa*. Ganz plötzlich ist sie doch in Italien, obwohl unser geliebtes Frankreich sie niemals wieder hergeben wollte. Das heißt, du bist nicht tot oder jemand anderes gibt sich für dich aus.

„Idefix, den Wagen …"

„Chef?"

„Morel, den Wagen!"

Der Louvre, Paris

Ein leichter Nebel hing in der Luft und erzeugte auf den Glasscheiben der Pyramide im Innenhof einen geheimnisvollen Schimmer. Valleroix und Morel allerdings hatten kein Auge für dieses beeindruckende Schauspiel. Bärbeißig, muffig, mit grimmigem Gesicht und all den Polizeigesten, die man vom Film her kannte, drängelten sich Clouseau und Idefix an den langen Schlangen der Kulturinteressierten aus aller Welt vorbei. Das von allerlei Terrorwarnungen, Sicherheitschecks, Bombendrohungen und damit einhergehenden, wohlmeinenden Bevormundungen des globalen Staatsapparats längst an vieles gewöhnte Publikum murrte selbstverständlich nicht. Man machte Platz. Erst an den Sicherheitsschranken stießen die beiden Polizisten auf Widerstand. Auge in Auge mit dem in den privaten Phantasieuniformen des museumseigenen Sicherheitsdienstes steckenden, ebenfalls Respekt gewohnten Security-Personal kam es zu einem kurzen, unerfreulichen Kräftemessen, das die beiden echten Polizisten dank ihrer ebenso echten Dienstmarken rasch für sich entschieden.

„Kriminalpolizei." Wenig später stand man im erlesen eingerichteten Büro Henry Nemours'.

„Meine Herren, was kann ich für Sie ..." Man kam sofort zur Sache. Man würde die Überwachungsbänder brauchen. Würde Rom informieren. Interpol einschalten. Nemours trug an diesem Tag einen taubenblauen, auf Linie geschnittenen Zwirn inklusive rosafarbenem Einstecktuch, braune Schuhe sowie ein Hemd mit Umschlagmanschetten, die seine goldenen, mit einem kleinen Brillanten verzierten Manschettenknöpfe dezent zur Geltung brachten.

„Meine Herren, meine Herren. Der Vorfall ist, nun, wie soll ich sagen ... darf ich auf die komplizierte Lage verweisen? Das berühmteste Porträt der Welt, eine Versicherungssumme, die an die Milliarde reicht, und zwei Länder, die sich, Sie verstehen, bei allem europäischen Getue, nicht immer ganz grün sind. Also, äh, die Sache ist, nun ja, *Herrgottnochmal*, etwas heikel, wenn ich das einmal so sagen darf. Wir sollten überlegt vorgehen."

Man würde also als Erstes die Überwachungsbänder auswerten, Rom jedoch nicht informieren. Zumindest nicht sofort. Ebenso wenig würde man Interpol einschalten, sondern erst einmal selbst tätig werden. Und selbstverständlich auf Nemours' Kosten, wenn die Herren so intelligent wären, zu verstehen? Man habe da ein Budget. Ein Not-Budget.

Die Herren verstanden.

„Wir müssen wirklich sehr, sehr umsichtig vorgehen, *Messieurs*", fasste Henry Nemours zusammen.

„Um die notwendigen Formalitäten für einen diskreten Einsatz in der Hauptstadt eines, sagen wir, befreundeten Landes kümmere ich mich höchstpersönlich. Ich sehe den Präsidenten ohnehin heute Nachmittag im *Élysée*. Ein kleiner, informeller Lunch. Alles wird ganz schnell gehen. Sie werden sehen. Halten Sie sich also bitte bereit. Wir bleiben in Kontakt." Sie blieben, und noch am Abend saßen Valleroix und Morel in der Air-France-Maschine, die vom *Charles de Gaulle* in Richtung *Roma Fiumicino* abhob. Man hatte beschlossen, den falschen Gustave und seine Hintermänner – oder waren es Hinterfrauen? – sozusagen *in flagranti* und direkt am Tatort zu überführen und unschädlich zu machen. Nemours würde, falls notwendig, seine Rolle gegenüber dem falschen Dupont weiterspielen. Auch und vor allem, um die *Mona Lisa* nicht zu gefährden.

„Dieser Nemours", sinnierte Valleroix, einen kleinen, soeben von einer adretten Stewardess mit ebenso adrettem Hintern an seinem Business-Class-Sitz servierten Burbon schlürfend.

„Ja, Chef?"

„Dieser Nemours, Morel, ist doch ein feiner Kerl, nicht wahr?"

„Chef?"

„Er spendiert uns nicht nur mit Genehmigung von ganz oben einen Traumauftrag à la 007."

„In der Tat, Chef."

„Sondern auch noch das hier …" Valleroix machte eine theatralische Geste in den leeren Raum hinein.

„Meinen Sie die Business-Class, Chef … oder die Mieze?"

Konsternierter Blick. „Wir wollen jetzt aber nicht zu vertraulich werden, nicht wahr, Morel? Wann sind Sie zum letzten Mal *business* geflogen?"

„Machen Sie Witze? Noch nie."

„Und so eine Mieze?" Valleroix bewegte den Kopf in Richtung der whiskeyspendierenden Schönen.

„Chef, wollen Sie mich veräppeln?" Aha. Also auch noch nie.

„Und ist Ihnen etwas aufgefallen, Morel?"

„Ja."

„Aha. Und was?"

„Nun, Chef, wahnsinnig besorgt schien unser Herr Direktor nicht gerade gewesen zu sein." Volltreffer. Mist.

„Volltreffer, Morel", knurrte Valleroix.

„Aber nicht besorgt in Bezug auf was, Chef?"

Valleroix seufzte, wieder etwas besänftigt, während er verfolgte, wie das milde Feuer seines Bourbon vom Magen her in Richtung Ganglien aufstieg und den Stress löste.

„In Bezug auf alles, Idefix, auf alles." Valleroix versuchte erst gar nicht, wieder einen klaren Kopf zu bekommen. Das würde morgen früh noch reichen.

„Verstehe, Chef." Pause. Ah, dort: die Stewardess. Lächeln hier. Lächeln da. Ein schneller Blick auf einen wirklich atemberaubenden Arsch. Ein weiterer Drink? Ja, gerne.

„Aber, Chef?"

„Ja, mein lieber Morel?"

„Wir haben …", und jetzt lehnte sich Morel flüsternd gegen seinen Vorgesetzten, „… ich meine, wie wollen wir es denn anstellen, so ohne Waffen?"

„Es? Nun, ich …" Im selben Augenblick bat man über Bordlautsprecher, die Tischchen wieder hochzuklappen, die Sitze in ihre aufrechte Position zu bringen, sich anzuschnallen und alle elektronischen Geräte auszuschalten, man befände sich im Landeanflug. Die sexy Stewardess in ihrer rotschärpig taillierten Air-France-Gewandung huschte ein letztes Mal, eine Ahnung von *Chanel No 5* hinter sich herziehend, durch den Gang und sammelte letzte Gläser und schmachtende Blicke ein. Auch die von Valleroix. Kaum eine Taxifahrt später, *„Navona 49 per favore"*, Dusche, frische Wäsche und: Lagebesprechung.

„Kommen Sie herein, Morel", rief Valleroix vom Bad aus, ganz in Weiß gehalten, wie auch das Wohnzimmer der kleinen netten Suite mit Aussicht auf die Piazza Navona, als es klopfte. „Ich bin gleich so weit.

Setzen Sie sich, und nehmen Sie sich einen Drink. Die Minibar ist umsonst, und … Morel?“ Im Augenwinkel sah Valleroix einen Schatten. Er fuhr herum. Verdammt noch mal …

„Verdammt noch mal, Morel, was soll das? Sind Sie schwul oder was? Dachten Sie, ich mach Ihnen einen Hula-Hoop im Spitzenhöschen? Sie haben mich erschreckt! Sie Arschloch!“

„*Excusez-moi*, Chef, ich habe nicht verstanden, was Sie mir …“

„Ach, Idiot. Ich …“

Wieder klopfte es an der Zimmertür. Die beiden Polizisten sahen sich für einen Augenblick an. Was ist denn nur los mit uns, dachte Valleroix voller Ärger. Wir sind doch keine Jammerlappen. Kaum hatten sie mal einen attraktiven Auftrag, schon machten sie sich in die Hosen, oder was?

„Machen Sie halt auf“, blaffte Valleroix.

„Machen Sie doch selber auf“, blaffte Morel so heftig zurück, dass Valleroix ganz verdutzt und wortlos die Tür öffnete. Im Türrahmen standen zwei Männer. Schwarzer Anzug, Sonnenbrille, Hut auf dem Kopf. Valleroix sah noch, dass die Pistolen französische Fabrikate und mit Schalldämpfern bestückt waren …

„Ein Gruß vom Palazzo Farnese.“

Pause.

Vier Polizistenaugen mit großen Fragezeichen drin.

„Die Botschaft, Monsieur. Sie sind doch Monsieur Valleroix?“

Pause. Stummes Nicken. Ja.

„Ihre Ausrüstung.“ Einer der beiden Männer streckte Valleroix einen schwarzen Aktenkoffer entgegen. Valleroix aber rührte sich nicht. Noch immer stand er in der Tür seines Hotelzimmers, erschrocken über die eigene Phantasie, die nichts weiter war als seine Angst.

„Was ist denn jetzt?“, raunzte Morel aus den Tiefen der Suite, die Nemours seinem neuen Freund und Kommissar hatte reservieren lassen. Morel selbst hatte sich mit einem normalen Standardzimmer zu begnügen, daher die Laune.

„Ja, was ist denn nun?“, wurde nun auch der Mann mit dem Koffer ungeduldig. „Mir fällt gleich der Arm ab. Also mach schon.“ Endlich griff Valleroix nach dem schwarzen Koffer.

„Oh Mann, ist der …“

„Wir brauchen dann noch eine Quittung.“

„Klar, ich hol nur was zum …“

„War ’n Witz! Viel Spaß mit dem Spielzeug. Und immer schön Handschuhe tragen. Ihr wisst ja. Auf Wiedersehen.“ Weg waren sie. Die Herren von der Botschaft.

Valleroix schloss die Tür und kehrte zu seinem

Untergebenen zurück. Vorsichtig stellte er den Koffer auf den gläsernen Couchtisch.

Klack.

Klack.

Zwei nagelneue, wunderhübsche kleine Kanonen.

„Plus Schalldämpfer, was, Chef?“

Familienbande

„Ich hätte mehr von dir erwartet, meine Liebe.“ Antonia Garibaldi war die Ruhe selbst. Eine eisige Ruhe. Denn im Gegensatz zu den meisten Menschen, die in der Wut die Beherrschung verloren, ausrasteten, drohten, um sich schlugen, Mobiliar zertrümmerten, verwandelte sich die Garibaldi in einen Südpolarwind. Und es war genau diese Garibaldi, vor der ihre Tochter Valentina noch als Erwachsene erschauderte.

„Mutter“, flehte das Unglückslamm am anderen Ende der Leitung, „ich hatte das ja auch ganz anders geplant …“

„*Ich* hatte geplant, mein Schätzchen, *ich*. Du hättest lediglich dafür sorgen sollen, dass dieser Tölpel uns während unserer Aktion nicht in die Quere kommen kann“, unterbrach Antonia Garibaldi ihre Tochter.

„Ich weiß, Mutter, aber Nick …“

„Schätzchen“, Frost in der Stimme, „weißt du noch immer nicht, in welchen Zeiten wir leben? Also bitte, am Telefon keine Namen. Und schon gar nicht diesen.“

„Okay, okay, du hast ja recht. Und was soll ich jetzt machen? Ni… er ist wie vom Erdboden verschwunden. Sein Club weiß nicht, wo er ist, keiner seiner Freunde … es ist wie verhext und so gar nicht … so gar nicht seine Art. Brauchen wir ihn denn noch?“

„Noch mal, Schätzchen. Du sollst einfach deinen Job machen. Nicht CIA spielen. Erstens, weißt du schon von Ni… oh, Pardon, du machst mich nervös, Schätzchen. Und zweitens: Rumlaufen und Fragen stellen kann man natürlich machen. Aber ist das sinnvoll? Ist das schlau? Das zieht die Aufmerksamkeit auf dich. Und damit auf mich, Himmel noch mal, du solltest diesen Kerl einfach nur unschädlich machen …"

Pause. Unschädlich? Was meinte sie damit? Von *unschädlich* war nie die Rede gewesen. Verwirrt wollte Valentina den Mund aufmachen.

„… für eine Weile zumindest. Dass ich auch alles alleine machen muss …" Antonia Garibaldi kannte ihre Tochter. Und sie wusste, dass sie einen Fehler gemacht hatte. Ihre Tochter war schwach. Zu schwach zumindest, um diesem Job gerecht zu werden. Sie hätte es wissen müssen.

Am anderen Ende der Leitung machte sich dagegen eine gewisse Erleichterung breit. Für eine Weile zumindest. Gott sei Dank. Wenn es um die *Mona Lisa* ging, war Mutter alles zuzutrauen. Sie würde auch töten. Das war der Tochter klar. Also würde sie, Valentina, etwas unternehmen müssen.

„Mutter?"

„Was?"

„Du hast doch nicht ...?"

„Was?"

„Du hast doch nicht etwa dafür gesorgt, dass ein gewisser Jemand ...?"

„Alles muss man selber machen. Was sind Kinder doch für undankbare Geschöpfe."

„Übertreib es nicht, Mutter!" Stille. Valentina spürte, wie dieses ihr vertraute Kindheitsgefühl in ihr hochstieg. Angst.

„Mach deinen Job so, wie ich es von dir erwarte. Hast du verstanden? Alles andere muss dich überhaupt nicht interessieren. Und denke an Mister Johnson."

Es war, wie immer, Antonia, die das Gespräch grußlos beendete. Eine gefühlte Ewigkeit starrte sie, gelähmt vor Wut, auf die kleine, mykenische Vase, eine sogenannte Kriegervase, zirka 1500 vor Christus, ein Sammlerstück, Schwarzmarkt natürlich, die auf einer eigens für sie gebauten Stele stand. Sie verspürte eine beinahe unbezwingbare Lust, dieses noch vom Göttergatten erworbene Kleinod einfach ... Schließlich fasste sie sich. Nicht umsonst war sie die Garibaldi. *Die* Garibaldi.

Also, die Fakten. Fakt eins: Flavio hatte sie betrogen. Oder versucht, sie zu betrügen. Zumindest aber hatte er einen Fehler begangen. Einen Riesenfehler. Zugegeben. Flavio war strohdumm. Fakt Nummer zwei. Aber so dumm, dass er wie vereinbart zwei einfache, aber sehr wichtige Pakete nicht würde auseinanderhalten können? Die beiden *Mona Lisas*? Vielleicht. Vielleicht aber auch nicht. Wenn nicht, dann mochte er am Ende ein viel geringerer Dummkopf sein, als sie dachte? Immerhin ging es auch um 800 Millionen Euro. Sie hätte diesem Dummkopf niemals eine so einfache, aber entscheidende Aufgabe zumuten dürfen. Sie wusste, dass sie es war, die versagt haben würde, sollte die ganze Aktion am Ende schiefgehen. Und dafür würden sie büßen. Beide. Valentina und dieser Dummkopf. Und ihr Toyboy, dieser Nick, sowieso.

Aber noch war, und da hatte Valentina durchaus recht, noch war Polen nicht verloren. Immerhin: Die *Mona Lisa* war in Rom. Die echte. Und zwar dort, wo sie hingehörte. In der Villa Borghese. Und es war die echte. Musste die echte sein. Denn wenn nicht ... Oh mein Gott, dann hatte sie sich eines der furchtbarsten Verbrechen schuldig gemacht, das sie sich vorstellen konnte, eines Verbrechens, das nicht zu sühnen wäre, schlimmer als, nun, schlimmer als ... der Mongolensturm und Hiroshima und Nagasaki und die Falten in ihrem Gesicht zusammen ... dann hatte sie sich am Höchsten vergangen, am Allerhöchsten ... an allem, was ihr heilig war, an der Kunst ... und damit am Menschsein schlechthin ... ihrem Menschsein vor allem … sie verlor für einen Augenblick jedes Maß. Ihr wurde schlecht, schwindelig …

Stopp! Stooooopp!

Daran durfte sie gar nicht denken. Nicht jetzt. Denn – es war ja das Original, das in der Villa Borghese hing, ganz und gar unzweifelhaft und wirklich und wahrhaftig. Und dort saß ja Flavio. *Ihr* Flavio. Der dümmste aller Flavois, aber: ihrer!

War er *ihr* Flavio? Über Flavio, solange er *ihr* Flavio war, hatte sie jederzeit Zugriff auf das Original. Sie brauchte also lediglich eine weitere Kopie.

Lediglich? Der war gut. Weil das ja so einfach war. Immerhin. Sie wusste: Die zweite, die im Umlauf war, hing irgendwo in New York. Hoffentlich. Und da war ihre Tochter. Dann konnte der Tausch also doch noch klappen. Musste klappen. Musste. Sie würde sonst verrückt werden. Sterben. Sie musste die *Mona Lisa* haben. Die echte. Koste es, was es wolle. Wozu hatte sie schließlich ihre Tochter in die Welt gesetzt? Und mit Valentina kam auch Mister Johnson ins …

„Verdammt noch mal, Flavio … ich habe dir schon tausendmal gesagt, dass du dich nicht anschleichen sollst wie ein Meuchelmörder! Du machst mir Angst! Was willst du?“ Sie spürte, wie ihr Herz pochte. Sie schien ein wenig nervös.

„Verzeihung, Signora." Mit einem Wimpernschlag brachte sie ihn zum Schweigen. Sie hatte eine Eingebung. Sie würde ihn testen. Jetzt.

„Wir haben ein kleines Problem, Flavio. Wir brauchen noch eine."

„Noch eine was?"

„Eine *Mona Lisa*, Dummkopf. Wir benötigen eine neue Kopie der *Mona Lisa*! Verstanden? Wir werden sie erneut tauschen."

„Erneut?" Peng. Und: Test bestanden. Der Dummkopf. So blöd, wie der aussah, das konnte man nicht spielen, das war echt. Es war also ein Versehen gewesen. Er hatte die beiden Bilder nicht absichtlich vertauscht. Er war kein Verräter. Er war nur ein Dummkopf. Glück gehabt, mein kleiner Flavio.

„Wie jetzt? Einfach so? In Ordnung." Flavio grinste. Er war stolz. Er hatte einen Witz riskiert. Gegenüber der Chefin. Das hatte er bisher noch nie gewagt.

„Oh, mein lieber Flavio!" Zuckersüßes Lächeln, dümmliches Grinsen und „Peng" und „Peng", hatte die Garibaldi ihrem Flavio links und rechts eine gescheuert. Sie hatte eine feste Hand.

„Aua! Wieso?" Und nochmals „Peng".

„Die dritte war fürs Fragen. Du hast einen Fehler gemacht, du Trottel. Einen unverzeihlichen Fehler." Dann erklärte die Garibaldi ihrem Sohn, der nicht wusste, dass er ihr Sohn war, wieso.

Die Garibaldi. Leise: Zwei Gemälde, zwei Wagen, zwei Ziele, ein Fehler. Die Verwechslung.

Flavio: Eine Kehle, ein Schnitt. Nur so ein Gedanke. Rasch verflogen. Ein winziges Flackern in den treuergebenen Augen, das der Garibaldi entging.

„Ein Transport ist mit der Kopie ins Museum gefahren. Das Original aus dem Louvre mit dem anderen hierher“, wiederholte Flavio.

„Leider nein“, zischte die Garibaldi.

„Aber ich habe sie wieder und wieder angeschaut.“

Verächtliches Mienenspiel. Was verstand denn der schon von Kunst.

„Wir müssen sie noch einmal tauschen?“, kam Flavio die Erleuchtung. „Peng“. Aua!

„Richtig.“ Die Garibaldi schäumte vor Wut.

Und Flavio? Flavio war loyal. Flavio reagierte langsam. Mit der nächsten Ohrfeige würde die Garibaldi einen Feind haben. Einen, der sich an seine Gedanken erinnerte. Einen fürs Leben.

„Okay“, sagte er unterwürfig, „wie bekommen wir eine neue Kopie her, also um die andere auszutauschen?“

„Bitte?“

„Also um die echte auszutauschen.“

„Wie beim letzten Mal. Johnson.“

„Hat die Signora diesen Herrn schon angesprochen?“

„Nein."

„Soll ich es vielleicht tun?"

„Oh, mein süßer Flavio, das ist lieb von dir, dass du mir das anbietest. Aber ich denke, das sollte Valentina tun."

„Warum diese Schlam... Warum nicht ich?"

Weil du zu allem zu blöd bist, wollte die Garibaldi sagen. Schon zuckte es ihr wieder in den Fingern. Man konnte sich wirklich daran gewöhnen, diesen Trottel zu ohrfeigen. Aber etwas hielt sie zurück. Ihr weiblicher Instinkt? Etwas in Flavios Blick? Sie sah ihn sich an. Adrett, ja geradezu geschmackvoll gekleidet. Die teure Uhr. Die ganze geliehene, nur im ersten Augenblick beeindruckende Gestalt. Ergeben, devot. Aber dennoch gefährlich. Ein Werkzeug in ihrer Hand. Aber gefährlich.

„Ich brauche dich hier. Hier an meiner Seite", sagte sie ruhig und bestimmt. Ganz Herrin der Lage.

Flavio sagte nichts.

„Hast du mich verstanden?"

„Ja." Doch ein echtes „Ja" klang anders.

„Aber?"

„Warum hat die Signora das getan?", fragte er vorsichtig. Lauernd. Er schien offensichtlich mit etwas ganz Wichtigem beschäftigt.

„Was?" Sie klang jetzt wieder ungeduldig.

„Na das." Flavio deutete mit seinem Kopf links

hinter sich in Richtung der Treppen. Er meinte damit den großen Saal, in dem bis vor kurzem noch die Staffelei und dieser Nackte gestanden hatten.

„Sie hätten das Gemälde nicht zerschneiden dürfen."

Kurze Pause. Blinzeln.

Antonia Garibaldi zog die Augenbrauen in die Höhe. Starrte ungläubig auf ihren Homunculus und suchte nach Worten. Was maßte der sich an?

„Woher wussten Sie, dass es nicht das Original war?", fuhr Flavio fort.

„Ich hatte das im Gefühl." Antonia Garibaldi konnte selbst kaum glauben, dass sie diesem Kretin antwortete. Sie musste gehörig aus der Fassung geraten sein. Die Dinge begannen, in die falsche Richtung zu laufen. Das war offensichtlich.

„Im Gefühl? Sie wollen damit sagen, Sie wissen nicht, ob es nicht vielleicht doch das Original gewesen ist?"

Antonia antwortete nicht auf seine Frage.

„Signora, sprechen Sie mit mir!"

Jetzt horchte sie auf. Da war er. Dieser Ton. Das Echo ihrer eigenen Kälte. Sie sahen sich an. Kräftemessen. Meuterei? Da sprach kein dummer, gefügiger Frankenstein. Da sprach ein Garibaldi. Eine maßlose Wut stieg in Antonia Garibaldi auf. Und Angst. Hier standen nicht mehr Herrin und Sklave, hier standen Dompteuse und Tiger. Ein Tiger, über den sie im Begriff war, die Kontrolle zu verlieren. Und mit einem Schlag kam ihr die Erkenntnis: Sie würde ihn töten.

„Sie wissen nicht, ob Sie nicht zufällig die echte …?“

Sie würde ihn töten, ganz gewiss, und mit dieser Gewissheit gewann sie ihre Fassung zurück.

„Er hätte nie zugelassen, dass ich die echte *Mona Lisa* aufschlitze. Mach’ dir keine Sorgen.“

„Wer ‚er‘? Der nackte Schönling? Wer ist das überhaupt? Was macht der hier? Warum ist er nackt? Und dann dieses Feigenblatt. Das ist doch Lasphebie.“

„Blasphemie, mein lieber Flavio, Blasphemie. Lass’ das mit den Fremdwörtern, wenn du sie nicht richtig kennst!“

„Was wollen Sie damit sagen: ‚Er hätte es nicht *zugelassen*‘?“ Die Situation kippte, das spürte Antonia Garibaldi ganz genau. Betont gelassen blickte sie dem Tiger in die Augen. Wenn ich jetzt eine Pistole hätte, ich würde ihn auf der Stelle erschießen, dachte sie bei sich. Und dass dieser Tiger recht hatte mit seinen Zweifeln. Es waren die ihren. Dieser gemeingefährliche Schwachkopf hielt ihr nur den Spiegel vor. War ihr Echo. Der Widerhall ihrer eigenen Schlechtigkeit. Nick hatte sie in der Tat provoziert. Also hatte sie das Skalpell genommen und es dieser falschen Da-Vinci-Hure an die Kehle gesetzt. So konnte sie am einfachsten erfahren, ob es sich nun um eine Kopie handelte oder nicht. Schließlich hatte Nick ihr über diesen Johnson die Kopie ja besorgt.

„Dieses reizende kleine Problemchen existierte im Übrigen nicht, hätte nicht ein gewisser Jemand – oder sollte ich besser sagen: Niemand? – die Kisten vertauscht", schrie sie plötzlich in einer Lautstärke, die Flavio traf wie ein Faustschlag. Ja, das war die andere Garibaldi. Die gab es auch. Und niemand sollte vergessen, dass es sie gab. Flavio machte buchstäblich einen Satz in die Luft. Der Tiger kuschte. Die Dompteuse hatte die Kontrolle zurückgewonnen.

„Und ... und er hat dich wirklich nicht angelogen?" Flavio rang ein wenig um Fassung.

„Ich weiß es nicht. Aber er hätte sicher nicht zugelassen, dass ich das Original zerstöre. Und dann bist du ja aufgetaucht." Zuckersüß jetzt, und wieder Herrin der Lage.

„Warum diese seltsame Verkleidung?"

„Das Feigenblatt? Das hat dich nichts anzugehen, mein Lieber. Du kümmerst dich um deine eigenen Perversitäten, klar?"

„Klar. Und um den Jungen, richtig?"

„Richtig. Aber erst, wenn ich es sage, hast du mich verstanden? Ich mach mein Spielzeug kaputt, wann es mir passt."

Flavio nickte. Und grinste unangenehm. Antonia erkannte: Für dieses Mal hatte sie ihn noch mal in den

Griff bekommen. Ob ihr das ein weiteres Mal gelingen würde? Die Bestie hatte den Aufstand gewagt, den Duft der Freiheit gekostet. Sie würde mehr davon haben wollen. Alles. Sie würde sich um ihn kümmern müssen. Na und? Die *Mona Lisa* war es wert. Die *Mona Lisa* war alles wert. Alles.

„Also wohin mit ihm?“, fragte Flavio.

„Ich weiß es nicht. Erst mal da lassen, wo er ist“, erwiderte Antonia.

„Er wird frieren. Es ist nicht sehr gemütlich dort unten. Soll ich ihm eine Decke bringen? Etwas zu trinken vielleicht?“

Die Garibaldi schüttelte den Kopf. „Du bleibst ihm fern, bis ich etwas anderes zu dir sage.“ Und dann: „Gibst du auch Antworten oder stellst du nur Fragen! Ich hätte da nämlich auch eine. Wie konntest du nur die beiden Kisten vertauschen? Hattest du etwas Bestimmtes vor? Du weißt, dass ein Dummkopf wie du mit einem solchen Objekt wie der *Mona Lisa* rein gar nichts anfangen kann. Um so ein Objekt in Geld zu verwandeln, braucht es Köpfchen. Und Kontakte. Richtige Kontakte. So ein Jahrhundertwerk kann man nicht einfach mal eben so verscherbeln gehen wie ein Collier oder einen Diamantring. Sag: Hast du die beiden Kisten absichtlich vertauscht?“ Aber Flavio hatte im Traum nicht daran gedacht, seine Herrin zu hintergehen. Die Enttäuschung, ihn dazu für fähig zu halten, und das in ihrer Unterstellung liegende offene Misstrauen verwandelten das Gesicht des Verbrechers in eine Fratze kindlicher Hilflosigkeit. Gleich heult er, dachte sie, und wandte den Blick ab. Zu hässlich war der blöde Kerl in seinem Schmerz, zu verabscheuungswürdig. Bei Gott, ich verachte diesen Kretin, ich ertrage ihn keine Sekunde länger. Aus dem Weg mit ihm. Für immer.

„Nein“, flüsterte Flavio ganz kleinlaut.

„Bist du dir sicher?“, rief sie kalt und überlegen.

„Ja.“

„Lauter“, schrie sie. Aber dieses Mal zuckte Flavio nicht mehr. Die Bestie hatte sich bereits an den Peitschenknall gewöhnt. Mit verengten Augen sah Flavio seine Herrin an.

„Jaaaa!“, brüllte er, wild, animalisch, überraschend. Antonia verzog keine Miene. Er ist mein Sohn, dachte sie, und dass sie ihn würde beseitigen müssen. Dem Brüller von Flavio folgte ein langes Schweigen. Beide waren sie noch nicht bereit, dem anderen an die Gurgel zu gehen. Es war Flavio, der schließlich das Schweigen brach.

„Ich will sie noch mal sehen.“

„Von mir aus.“ Antonia zeigte zur Tür. „Geh nur. Du kennst den Weg.“

Ja, Flavio kannte den Weg. Er ging die Flure entlang, passierte unzählige Kunstwerke und Sammlerstücke, die kaum weniger wert waren als die *Mona Lisa*. Er fragte sich, warum die Menschen immer das haben mussten, was sie nicht besaßen. Er sah auf die teure Armbanduhr, die einmal jemandem gehört hatte, dessen Namen er schon nicht mehr wüsste, würde er ihn nicht selbst benutzen. Und die jetzt seine war. *Man freut sich ein Leben lang an ihr, aber eigentlich bewahrt man sie schon für die nächste Generation.* Sie war seine, weil er sie sich genommen hatte. Er, der Stärkere. So waren die Menschen nun einmal. Sie wollten, was sie nicht hatten, weil es die gab, die schwach waren, und die, die sich alles nehmen konnten. Und weil es Spaß machte. Und da lachte er.

Endlich stieg er die Wendeltreppe zu den unteren Gemächern hinab. Hier ging es auch zum Indoor-Pool. Eine wunderschöne Anlage, weiß und golden gekachelt. Nicht, dass dort je irgendwer schwamm. Und in den Weinkeller mit seinem gestampften Lehmboden und den vielen unbezahlbaren Schätzen. Château Lafite Rothschild. Brunello di Montalcino. Château Pétrus oder Cheval Blanc. Die ganz teuren. Versteht sich.

Am Ziel kam er sich vor wie ein Howard Carter an der Grabkammer des Tutanchamun. Der große Raum wirkte eigenartig durcheinandergebracht, obwohl eigentlich leer.

Langsam trat Flavio näher. Jetzt stand er direkt vor

dem Bild, das keines mehr war. Gedankenverloren berührte er die rauen Kanten der aufgeschlitzten Leinwand, strich mit den Fingerkuppen über die fühlbaren Flächen, schüttelte den Kopf. Wie das Antlitz Christi auf Golgatha. Er bekreuzigte sich. Dann trat er von der Leinwand zurück.

„Jetzt stell dich nicht so an!" Antonia war ihm gefolgt. „Das ist nicht mehr als Leinwand und etwas Farbe."

„Und wenn nicht?" Er drehte sich nicht nach ihr um. Mit eingesunkenen Schultern und gesenktem Haupt stand er da. Ein Firmling in einem viel zu schicken Anzug.

„Unsinn! Das hätte er nicht zugelassen."

Jetzt wandte er sich ihr zu. Blickte ihr in die Augen. Und sagte die Wahrheit. „Aber ich habe keinen Fehler gemacht. Alles ist nach Plan gelaufen. Die Kopie ist im Museum und das Original hier. Es gibt keine andere Möglichkeit. Ich habe alles überprüft."

Gedankenverloren sah Antonia diesen gefährlichen Sohn an. Sie nickte.

„Offenbar hast du die Kisten vertauscht. Deswegen müssen wir jetzt das Original hierherbekommen", entgegnete die Garibaldi.

„Ich habe die Kisten nicht vertauscht. Es muss etwas anderes geben. Einen Grund, den wir nicht kennen oder noch nicht in Betracht gezogen haben. Aber wie du meinst. Ich bin dumm", antwortete er. „Ich weiß allerdings nicht, wie lange meine Tarnung noch hält." Er dachte an Gustave. Der war inzwischen fast so etwas wie seine zweite Haut. Sie mussten ihn längst gefunden haben. Nach seinem Mörder suchen. Bald, sehr bald würde sich einiges ändern. Die Garibaldi nickte. Auch das Jüngste Gericht war nur eine Frage der Zeit.

„Nemours ...?" Ohne dass sie es beeinflussen konnte, wackelte ihr Kopf. Plötzlich wirkte sie verletzlich, alt.

„Nemours ...", antwortete Flavio wieder und sah, dass Antonia Garibaldis Kopf wackelte, ohne dass sie etwas dagegen tun konnte.

„In Ordnung, Signora. Ich habe Zugang zu ihm. Ich bin sein Sicherheitschef. Ich fliege zurück nach Paris und knöpfe ihn mir vor ..."

Antonia seufzte. Nein, das war sicher nicht der richtige Weg. „Du bleibst, wo du bist. Er wird herkommen."

Erstaunt sah Flavio auf. „Er wird herkommen?"

„Er wird herkommen. Ich weiß es. Bald. Aber wie dem auch sei, uns rennt tatsächlich die Zeit davon. Entweder wir bekommen eine zweite Kopie und tauschen oder ..." Wieder wackelte ihr Kopf deutlich sichtbar hin und her.

„Oder ...?" Flavio wartete. Antonia machte eine Pause.

„Oder es wird einen stinknormalen Diebstahl geben. Das wäre zwar wirklich nur die zweitbeste Lösung, aber was soll's. Wir haben ja alle Fäden in der Hand. Wo liegt letztlich das Problem?"

Flavio war überrascht. „Aber ich habe ... ich meine ... spätestens dann muss Gustave von der Bildfläche verschwinden. Denn Gustave ist für die Sicherheit der *Mona Lisa* verantwortlich ..."

„Prima, Flavio, wie du das sofort verstanden hast. Ich bin sehr stolz auf dich. Und sorg' dafür, dass du morgen Abend allein bist, ich möchte mir das Schätzchen ansehen. Das echte ..."

„*D'accordo*."

„Und keine Mätzchen. Du weißt, was man mit Bastarden macht, die nicht mehr funktionieren?"

Flavio nickte.

Im Keller

Ein Kellerraum. Ein winziges, unerreichbares verglastes Fenster. Eine eiserne Türe. Eiserne Ringe in die Wände eingelassen. Ein albernes Feigenblatt, noch immer an seinem Platz.

Nick ging es nicht besonders gut. Nicht, dass er seinen unerschütterlichen amerikanischen Optimismus verloren hätte. Schließlich war er, zwar nackt bis auf dieses alberne Ding, fröstelnd, wenn nicht gar frierend, in der Gewalt einer durchgeknallten Eliterömerin und deren gemeingefährlichem Homunculus, aber am Leben. Und ja, ein wenig Durst bekam er auch. Und aufs Klo gehen wäre jetzt auch kein Luxus. Aber deswegen gleich den Kopf hängen lassen? Nein. Das war nicht Nicks Art. Er war am Leben und würde das auch bleiben.

Also begann er eifrig zu überlegen, wie er sich aus dieser Lage befreien konnte. Was sein Trumpf war. Das Ass im nichtvorhandenen Ärmel. Die Waffe, die den Helden immer im rechten Augenblick zur Verfügung stand. Das Pferd zum Davonreiten. Der große, zufällig herumliegende Steinbrocken zum Schädeleinschlagen. Das von irgendjemandem unachtsam liegengelassene Schwert …

Nun? Was?

Auf Maria konnte er nicht zählen. Erstens waren sie

nicht gerade im Guten auseinandergegangen. Zweitens wusste sie ja nicht einmal, dass er hier in Rom, geschweige denn von der Bildfläche dieser schönen Stadt verschwunden war. Also überlegte er weiter. Seine Passiva: Eine verdammt solide gebaute Türe. Ein finsterer Kellerraum. Eine Luke nach draußen, eine Art Souterrain-Fenster. Verglast. Vergittert. Der einzige Mitwisser in einem kriminellen Komplott von 800 Millionen Euro Gesamtwert. Seine Aktiva: Nun? Er war amerikanischer Staatsbürger. Ha! Beeindruckend.

Einem kurzen Augenblick der Verzweiflung folgte der Seufzer der Erleichterung. Na klar. Sein Verstand. War er nicht brillant intelligent? Nein, war er leider nicht. Er sah eigentlich vor allem gut aus. Was dann? Na klar! Nick begann sich zu entspannen. Das Schwert. Er besaß eines. Ein ganz besonderes. Aus valyrischem Stahl sozusagen. Eines, das die Frauen in den Wahnsinn trieb. Wenn auch lächerlich dekoriert momentan. Die Garibaldi war ja Gott sei Dank nicht mehr und nicht weniger als sexuell von ihm abhängig. Nicht die einzige. Nicht die letzte. Hoffentlich. Aber ganz plötzlich die allerwichtigste.

Sexuelle Hörigkeit kam in seinem Metier immer wieder vor. Manche dachten, das wäre praktisch. Dann kämen diese Weiber immer wieder und wieder. Sichere Einnahmequelle sozusagen. Stimmte, war aber gar nicht nötig. Kundschaft hatte er zur Genüge. Und die Süchtigen bereiteten immer Probleme. Denn bei denen geriet die Sache nur allzu leicht außer Kontrolle. Etwa bei Geldnot. Denn er tat es ja nicht umsonst. Der Alltag dieser Frauen geriet dann völlig durcheinander.

Aber im vorliegenden Fall verhielt es sich anders, denn Geldmangel war ganz sicher nicht das Problem. Die große, gefährliche Garibaldi verzehrte sich nach ihm. Wollte ihn. Brauchte ihn. Er war ihr schönstes Spielzeug. Und ein so schönes Spielzeug wie ihn würde sie doch nie und nimmer kaputt machen. Nicht wegen lumpiger 800 Millionen Dollar, klar?

Klar.

Allerdings – die Gesamtsituation hatte sich verändert. Die Garibaldi hatte sich verändert. War sie ihm bislang als eine zwar hysterische, narzisstische und zu manchem fähige Wohlstandsziege erschienen, reich, verwöhnt, launisch und machtgeil, so erkannte er in ihr nun die zu allem fähige Verbrecherin.

Nick dämmerte, dass er ziemlich in Schwierigkeiten steckte. In ernsten Schwierigkeiten. In wirklich ernsten.

Denn so wie es aussah, war er tatsächlich in einen 800-Millionen-Dollar-Kunstraub verwickelt. Und jetzt mal ganz im Ernst: Er hätte es kommen sehen können. Wozu brauchte die mächtigste Kuratorin Italiens, vielleicht Europas, denn so dringend eine *Mona-Lisa*-Kopie? Er hatte es aber nicht kommen sehen.

Jedenfalls: Bei einem 800-Millionen-Ding verloren manche Menschen die Nerven, während sich andere sehr leicht verletzten. Oder verschwanden …

Antonia Garibaldi seufzte gottergeben. Die Polizei hatten ihr jetzt gerade noch gefehlt. Aber sie war vorbereitet. Eine Garibaldi war auf die Polizei immer vorbereitet.

„Ist gut. Ich lasse bitten." Die Philippinerin knickste, wie man es ihr im Hause Garibaldi eingetrichtert hatte, und verließ rückwärts den Salon. Es dauerte nicht lange, bis sie wieder erschien, zwei Herren im Schlepptau. Valleroix und Morel. Beide in offensichtlich nagelneuen Leinenanzügen. Die Garibaldi hatte, Luftlöcher starrend, auf deren Ankunft gewartet. Mit unverhohlen gespielter Höflichkeit ging sie den beiden Männern mit ausgestreckter Hand entgegen. Sie machte sich nicht die geringste Mühe, ihren Überdruss zu tarnen. Gleichzeitig wusste sie, ganz egal, wie lächerlich Polizisten und ähnliche Vertreter der Staatsmacht aussahen oder wirkten, sie blieben Polizisten oder Vertreter der Staatsmacht und deshalb gefährlich.

„*Signori*, wie kann ich Ihnen dienen?", fragte sie höflich.

Valleroix und Morel stellten sich beinahe ebenso höflich vor, zeigten der Garibaldi ihre Dienstausweise, die sie keines Blickes würdigte, und sahen sich um. Weiter geschah erst einmal nichts.

„Schön haben Sie es hier", bemerkte Valleroix schließlich. Morel sagte nichts.

„Wirklich. Sehr schön." Wieder Valleroix. Morel sagte immer noch nichts. Auch die Garibaldi erwiderte nichts. Wozu auch. Irgendwann würden die beiden Herren schon mit der Sprache herausrücken, und dann konnte sie immer noch reagieren. Und außer einer zerschnittenen *Mona Lisa* und einem nackten, nur mit einem Feigenblatt bekleideten Gefangenen sowie einem vermutlich inzwischen international gesuchten Schwerverbrecher und Mörder hatte sie in ihrem Hause ja nichts zu verbergen.

„Wir wollten Ihnen ganz herzliche Grüße ausrichten."

Ein fragendes Nicken.

„Henry Nemours. Sie kennen sich."

„Selbstverständlich. Danke", antwortete Antonia Garibaldi nach angemessener Zeit.

„Hmm ... ja, ja ... nun, die *Mona Lisa* ...", begann Valleroix und nickte dabei mit dem Kopf. Höfliches Lächeln auf beiden Seiten. Und die Garibaldi die Ruhe selbst.

„Wie Sie ja sicher wissen, befindet sich das Gemälde nicht weit von hier. In der Villa Borghese. Sicher aufbewahrt. Zumindest so sicher wie im Louvre. Das garantiere ich Ihnen. Und nicht nur ich."

„Sondern? Wer noch?"

„Wer noch? Nun. Äh. Ganz Italien, wenn Sie so wollen.“ Die Garibaldi, ein winziges bisschen aus dem Konzept.

„Ah. Wir dachten da an Gustave Dupont. Den Sicherheitschef von Nemours. Wir würden ihn gerne sprechen.“

„Hier? Sie vermuten einen Angestellten des Louvre hier in meinen Privatgemächern?“ Sie zog eine Augenbraue hoch.

„Sie verfügen über eine veritable Sammlung bedeutender Kunstwerke. Dürften wir die mal sehen?“

„Aber selbstverständlich. Hier ist sie. Sie stehen mittendrin.“ Die Garibaldi machte eine einladende Bewegung. Überall bedeutende Werke der Kunstgeschichte an den Wänden, auf dem Boden, in den Regalen.

„Fehlt nur noch die *Mona Lisa*.“ Morel. Überraschend. Beide, die Garibaldi und Valleroix, sahen überrascht zu ihm.

„Möchten Sie noch mehr sehen? Eine kleine Führung vielleicht?“

„Gerne. Wie schützen Sie das eigentlich?“ Immer noch Morel.

„Ablenkung, ganz einfach. Alles, was Sie hier oben sehen …“

„… sind Kopien …?“, ergänzte Valleroix frech den Satz der mächtigen Frau. Leichtes Kopfwackeln bei der Garibaldi. Der Besuch wurde ihr nun doch so langsam lästig. Warum rückten die Herren nicht endlich mit ihrem wahren Anliegen heraus? Oder hatten sie etwa gar keins? Sie würde sich noch etwas in Geduld üben. Sie kannte die Befugnisse der französischen Polizei hier in Italien nicht. Aber in Zeiten von Geheimdienstklüngel und Europäischer Union wusste man ja nie so recht. Also besser geschmeidig bleiben.

„Selbstverständlich. Es ist nicht so unüblich. Man zeigt, was man besitzt, riskiert aber nichts. Und es ist ja auch egal, ob Besucher nun einen echten oder falschen Monet sehen. Die meisten erkennen ja nicht einmal einen solchen, wenn man es drunterschreibt. Nicht wahr?“

„Aber Sie wissen, dass der echte im Keller ist. Nicht wahr? Und das macht Freude.“

„Haben Sie keine Angst, den Überblick zu verlieren?“, fragte Valleroix.

Die Garibaldi verzog keine Miene bis auf die rechte Augenbraue, die unkontrolliert nach oben schnellte.

„Es ist doch anstrengend, immer danach zu schauen, was echt ist und was nicht. Es gibt heute so gute Kopisten, dass man gar nicht mehr sicher sein kann, wann man ein Original erwirbt und wann man einem Betrug aufsitzt.“

„Mein lieber Herr … äh … Valleroix? Danke. Nun, ehrlich gesagt gab es schon immer sehr gute Kopisten, nicht nur heutzutage. Im Gegenteil. Die Kopisten werden, wie alles andere auch, heutzutage immer schlechter. Immer schlampiger. Immer leichter zu erkennen. Was nicht unbedingt an der mangelnden Kunst der Kopisten selbst als vielmehr an der lieblosen Konsistenz industriell gefertigter Farben liegt."

„Wem vertrauen Sie bei Ihrer Auswahl?"

„Niemandem. Ich hole mir immer mehrere Expertisen. Aber sagen Sie, Herr … äh … wollen wir nicht zur Sache kommen?"

„Nun. Dies ist keine Durchsuchung. Wir sind ganz inoffiziell hier. Aber … Mögen Sie mir vielleicht ein paar ihrer Originale zeigen?"

„Ich bin etwas beschäftigt, Herr … äh … Herr Valleroix, danke … Wissen Sie? Aber nun gut, warum nicht. Welche?"

„Vielleicht die, deren Kopien hier oben hängen?"

„Gut, folgen Sie mir."

Sie führte die beiden Polizisten in eines der Depots im Kellergeschoss. Es lag gefährlich nahe an den Räumen, in denen sie Nick festgesetzt hatte. Nicht sehr wahrscheinlich, aber doch möglich, dass ihr Gefangener sie hören konnte.

Ihr Gefangener. Zum ersten Mal nannte die Garibaldi das beim Namen. Egal.

Im privaten Depot der Garibaldis sahen sich die drei um. Originale von Monet, van Gogh, Giacometti, Léger, Picasso, Liebermann, aber auch von Breughel, Rubens und sogar von Caravaggio waren darunter.

„Ich verstehe nicht viel von Kunst“, brummte Valleroix, während er sich die Werke im Wert von über einer Milliarde Euro ansah. „Aber ich nehme an, dass das hier eine hübsche Summe wert ist.“

„Geld ist nicht alles, Herr … äh …“

„Eine imposante Ausstellung! Wirklich. Fehlt nur noch die *Mona Lisa*.“ Einen winzigen Augenblick herrschte eisiges Schweigen.

„War es das, meine Herren? Dann läute ich jetzt nach dem Mädchen.“

„Ja, das war’s. Vielen Dank.“ Ohne jede Eile verabschiedeten sich die beiden Kriminalbeamten. Die Garibaldi wusste, dass sie bis zur letzten Sekunde unter Beobachtung stand. Sie machte selbstverständlich keinen Fehler. Für wen hielten sich diese beiden gallischen Trottel eigentlich? Die beiden beschlossen allerdings beim Hinausgehen, nicht nur die Garibaldi, sondern gleich das ganze Anwesen im Auge zu behalten.

„Wie lange hast du gewartet?“ Fasziniert von der abenteuerlichen Geschichte, die sich rund um die Freundin zu entfalten begann, hing Emma an deren Lippen. Marias Kater Franziskus schmiegte sich derweil voll Hingabe in ihren Schoß.

„Nun, eine ganze Weile. Zuerst blieb ich im Taxi sitzen. Das wurde mir dann aber zu teuer. Dann habe ich mich auf die Bank an der Bushaltestelle gesetzt, die sich schräg gegenüber der Villa befindet …“

„Und?“

„Nichts. Rein gar nichts. Das ist es ja eben. Bis halt dieses Auto vorfuhr. Ein Mietwagen, würde ich sagen. Zwei Typen stiegen aus. So ein Gespann à la *Pink Panther*, weißt du?“

„Bullen?“

„Wahrscheinlich. Aber sie waren in Zivil.“

„Und dann …?“ Emma platzte vor Neugier und dachte gleichzeitig: typisch Maria. Wenn sie sich schon verliebt, dann wenigstens kompliziert.

„Kamen die wieder heraus? Die beiden Typen, meine ich? Und was war dann?“ Herrlich, wie Franziskus so in ihrem Schoß lag und schnurrte.

„Nichts. Ich hab gewartet und gewartet. Irgendwann, so mein Gedanke, muss Nick ja mal wieder herauskommen. Kam er aber nicht.“

„Und dann?“

„Bin ich abgezogen. Da wurde es bereits dunkel. Ich saß bestimmt sechs, sieben Stunden auf meiner Bank an der Haltestelle. Gott sei Dank war da mal Schichtwechsel. Der Busfahrer kam ja mehrmals wieder vorbei, und ich saß immer noch auf der Bank. Ich dachte schon, der ruft die Polizei …“

Die beiden Frauen schwiegen für einen Augenblick.

„Und jetzt?“ Maria fühlte sich hilflos, niedergeschlagen, verlassen. Mit großen Augen sah sie die Freundin an.

„Jetzt? Jetzt machen wir einen kleinen Ausflug, los komm …!“

Ausflug mit Hindernis

„Gib Gas“, rief Emma der Freundin voll kindlichem Übermut zu. Es war doch jedes Mal wieder zu schön, nachmittags um kurz nach zwei mit Marias Ape durch Rom zu brausen und sich durch den Verkehr zu schlängeln, den Fahrtwind im Haar. Die Ewige Stadt hielt Siesta, die Staus hielten sich im Rahmen, einfach herrlich. Sie durchquerten diese Stadt und ignorierten mit der gelassenen Arroganz der Einheimischen Kulturdenkmäler von Weltrang wie: Kolosseum, Circus Maximus, das Ghetto, das Kapitol, die Piazza Montecitorio, die Engelsburg und den Vatikan.

Einen Straßenzug entfernt von der Villa Garibaldi stellten sie die Ape zwischen einem roten Ferrari und einem tiefblauen Alfa Romeo der Luxusklasse ab. Leichtfüßig und ein wenig überdreht – sie trugen beide ihre ältesten Jeans und bequeme Sneakers – bogen sie um die Ecke.

„Was hast du vor?“, fragte Maria, angesteckt von der Abenteuerlust der Freundin und zugleich aufgeregt und besorgt wegen Nick.

„Wir werden uns die Villa Garibaldi noch mal etwas genauer ansehen“, erwiderte Emma.

„Ich weiß nicht, warum wir das tun sollten. Ich habe so ein Gefühl, dass … Oh!“ Die Freundinnen waren gerade um die Ecke in die Via Francesco Crispi gebogen, um dann wie angewurzelt stehenzubleiben.

„*Porco dio*", rief Maria überwältigt.

„*Vaffanculo.*" Emma. Einem Menetekel gleich stand da in riesigen roten Lettern ein offensichtlich hastig über die gesamte Gartenmauer des Garibaldischen Anwesens geschmiertes: *Adore and endure*. Hässlich. Und irgendwie erhaben zugleich.

„Ich kann kein Englisch. Was heißt das?", fragte Emma.

„Ich ... warte, Emma. Ich kenne das. Das habe ich schon einmal gelesen. Nur wo bloß? Jetzt hab ich's. In New York! Die Subway-Station! Der Tag, an dem wir uns kennengelernt haben. Ich meine Nick und ich. Emma ..."

„Was?" Gespannt wartete sie, dass die Freundin weitersprach. Na los!

„Ich meine ... Nick ... ich ... New York ... Das hier, der Spruch an der Wand ist ein Zeichen! Verstehst du? Nick! Er ist da drin, Emma. *Adore and endure* – unser Motto, unser Wahlspruch! Er ist immer noch drin. Und er ist in Gefahr. Wir müssen da rein!" „Unser" Motto? Emma musste lächeln. Sie war jedoch zu allem bereit. Vergnügt rief sie: „Ein Einbruch. Na also! Worauf warten wir?"

„Wo steigen wir über die Mauer?", fragte Maria.

„Na hier, direkt an der Durchgangsstraße ... War ein Witz!“

Kichernd sahen sie sich um. Den wenige Meter entfernt parkenden Mietwagen sahen sie nicht.

„Dort. Die kleine Gasse. Da, siehst du?“, rief Emma.

„Oh ja. Wie geschaffen für eine Schandtat. Auf geht’s!“

Ein weiteres, nicht ganz unwichtiges Detail, das die Freundinnen übersahen: die zwei Typen in dem Mietwagen. Inspektor Clouseau und Idefix, die beiden französischen Polizisten. Zwar nicht im Auftrag des Herrn, aber doch immerhin im Auftrag Henry Nemours’.

„Schauen Sie mal die beiden Täubchen da vorne an.“

„Die führen doch etwas im Schilde. Sagen Sie bloß ... die wollen ... die suchen eine Möglichkeit, über die Mauer ...“

„Oh, Chef, meinen Sie ...?“

„Ich meine. Ich meine sogar absolut. Die haben was vor.“

„Sollen wir eingreifen, Chef?“

„Aber nein, wieso denn? Wir lassen die mal machen. Wir warten. Wir warten ganz gemütlich. Vielleicht erledigen die ja etwas für uns ...?“

Geld oder Leben

Antonia Garibaldi mochte Nick. Die Vorstellung allerdings, zwischen ihm und der *Mona Lisa* wählen zu können, war so absurd, dass sie ihr gar nicht erst kam. Wenn es um die *Mona Lisa* ging, hatte die Garibaldi eben keine Wahl. Notfalls ging sie dafür auch über Leichen. Sie musste ihn einfach haben, diesen Schatz. Und war sie diesem Ziel nähergekommen? Nein. Die zugegebenermaßen hervorragende Kopie – hatte sie zerstört. Das Original hing in der Villa Borghese, also vor ihrer Nase, aber dennoch im Augenblick so fern wie der Mond. Sogar die Polizei war schon da. Französische zwar. Viel zu sagen hatten die hier in Rom – EU hin oder her – sicher nicht. Hatte sie durch diese beiden Clowns allerdings die *Guardia di Finanza* am Hals – Stichwort „Amtshilfe" –, würde es schwierig werden. Auch für eine Garibaldi. Geld allein half dann nicht mehr. Die Trottel von der *Finanza* galten allgemein als korruptionsresistent. Aber was, wenn nicht Geld?

„Nun, Gewalt", rief sie und schnippte boshaft mit den Fingern. Sie fasste zusammen. Ihre Probleme: Die Polizei. Flavio, der zu viel wusste. Nick, der alles wusste. Die Lösung: Die Polizei. Sofern man sie richtig köderte. Flavio. Sofern man ihn richtig köderte. Und Nick. Sofern man ihm für immer das Maul stopfte. Sie griff zum Handy.

„Flavio? Hol den Jungen und komm in den großen Salon. Ja. Nein. Nicht nötig. Nein, er ist doch … nein, nein, das Blatt genügt vollkommen, nein. Das erledigen wir auf die stille Art. Ja klar. Darfst du …“

Über die Mauer

„Du bist verrückt geworden“, zischte Maria nervös, „die werden uns sofort erwischen. Kameras, Stolperfallen, Hunde … Was glaubst du, wie so eine Villa gesichert ist?“

Aber Emma zuckte nur mit den Schultern. Schaute nach oben, die Gartenmauer entlang. Sah eine Videokamera. Sah Draht. Sah die Lücke.

„*No risk, no fun*, Süße. Schau. Dort.“

„Was? Wo?“

„Na da …“

Jetzt sah es auch Maria. Zwischen dem Stab, auf dem die in spitzem Winkel nach links zeigende Videokamera installiert war, und dem Gebäude des Nachbargrundstückes klafften zirka sechzig bis siebzig Zentimeter ungesicherten Raumes.

„Genau dafür liebe ich unser *bella Italia*“, flüsterte Emma euphorisch und kicherte. Sie flüsterte jetzt, da sie doch im Begriff waren, ein wunderbares Verbrechen, nämlich einen Einbruch zu begehen und ein tolles Abenteuer zu erleben.

„Was? Du meinst doch nicht etwa, wir klettern da rauf und zwängen uns durch den Spalt da?“ Maria sah die Freundin entgeistert an.

„Doch.“

„Da komme ich nie durch.“

„Zieh halt den Bauch ein.“

„Den Bauch kann ich einziehen … Aber …“ Beide Frauen blickten nachdenklich auf Marias Hüften.

„Nun. Keine Ahnung. Du schaffst das schon irgendwie. Schließlich geht es um deinen Herzbuben. Also. Auch wenn Sport noch nie deine große …“

„Ich laufe …“, empörte sich Maria.

„Ja. Stimmt. Und deshalb machst du mir jetzt das ‚Treppchen‘. Du hilfst mir nach oben und ich zieh dich dann rauf. Und sind wir erst einmal auf der Mauer, bekommen wir dich da schon irgendwie durchgefädelt.“

„Meinst du?“

„Äh, warum mache ich das hier gerade? Weil *mein* Süßer oder … Na also. Los, mach schon, Süße.“ Abenteuerlust im Blick sah Emma die Straße hinab. Nichts als parkende Fahrzeuge. Mittagsleere. So unschuldig wie der Blick eines Labradors lag die Straße da.

„Das ‚Treppchen‘? Wie damals mit elf?“ Maria kicherte. Ja genau.

„Los. Jetzt. Halt still. Ja. Super. Ich hab’s. Ich bin oben. Los. Gib mir deine Hand, looooos …!“ Uff war die schwer. Dann eine kurze Hängepartie. Ein Bauchaufzug. Geschafft!

„*Parbleu*! Sind das Profis?“ Morel und Valleroix hatten die beiden Frauen fest im Blick.

„Was machen wir jetzt?“, fragte Morel.

„Abwarten.“, erwiderte Valleroix. Wer um alles in der Welt sagte denn heutzutage noch *„parbleu“*?

Derweil. Auf der anderen Seite der Gartenmauer.

„Was machen wir jetzt?“ Marias Herz klopfte fast hörbar.

„Keine Ahnung“, sagte Emma. Auch Emmas Herz klopfte jetzt bis zum Hals.

Wachen? Hunde? Nichts geschah. Die Kamera? Zeigte, wie Emma präzise erkannt hatte, in spitzem Winkel die Gartenmauer entlang und ließ ein breites Stück frei, ein Dreieck zwischen Mauer, Nachbarhaus und Garibaldi-Villa war somit unbewacht. Also: Keine Hunde. Keine Kamera. Sogar einige Büsche gab es und natürlich die Pinien und Palmen, die man von der Straße aus über die Gartenmauer ragen sah. Von Busch zu Busch pirschten sich die beiden Frauen immer näher an die Villa heran. Etwas atemlos erreichten sie die Grenze der Bepflanzung. Vor ihnen lag jetzt, so frei und breit wie Omaha Beach in *Der Soldat James Ryan*, eine sechzig, siebzig Meter tiefe Rasenfläche bis hin zur Terrasse der Garibaldi-Villa.

„Los komm ...!“ Ohne eine Antwort abzuwarten, rannte Emma los in Richtung Haus, als wäre sie in einem der vielen Hollywoodfilme, die sie gesehen hatte, in denen die Heldinnen und Helden stets über gefährliche Untiefen und Freiflächen einem Happy End entgegenspurteten. Dort angelangt, duckte sie sich, nur wenige Meter von den Steinstufen entfernt, die zur Terrasse nach oben führten, unter eines der großen, bis unter die Decke reichenden Fenster. Erst jetzt schien sie zu bemerken, dass sie alleine losgerannt war und dass ihre feige Freundin Maria noch unentschlossen hinter den Büschen stand und ratlos um sich blickte.

„Komm schon … mach jetzt … *pronto-pronto*!“, zischte Emma.

Maria zögerte. War sie denn schon immer ein solcher Waschlappen gewesen?

Ja.

Maria sah mit zunehmender Gewissensnot, wie die Freundin immer hilfloser gestikulierte. Sie wandte sich um und erkannte an der Höhe der Mauer, dass Rückzug nicht nur äußert unehrenhaft, sondern auch unmöglich war. Sie fasste sich gerade ein Herz, um der fuchtelnden Kameradin nachzueilen, holte Luft und – hielt erschrocken inne. Emma hatte sich, ohne sich noch um sie zu kümmern, ganz flach an die Hauswand gedrückt und lauschte, den Kopf nach oben gedreht, zum geschlossenen Fenster. Da passierte etwas: Spontan und somit im falschesten Moment legte Maria los. Keuchend erreichte sie Emma und warf sich neben sie gegen die Hauswand.

Emma legte den Zeigefinger auf die Lippen, was heißen sollte: Still! Dann die Hand ans linke nach oben gewandte Ohr: Horch! Und Maria horchte. Und hörte zunächst – gar nichts. Dann, nachdem ihr Atem sich beruhigt und ihre Sinne sich an die ungewohnte Detektivarbeit zu gewöhnen begannen, Stimmen. Erst eine. Eine, die ihr bekannt vorkam. Eine Frauenstimme, die sie kannte. Die Garibaldi? Die Garibaldi.

Dann noch eine. Eine Männerstimme. Ein Mann. Jung. Fest. Knackig. Ein ihr sehr bekannter Mann.

„Nick …!“, wollte sie schreien. Aber Gott sei Dank kam es nicht so weit. Schon hatte Emma, ahnend, was jetzt gleich kommen würde, der Freundin die Hand auf den Mund gepresst.

„Schhhhhh! … Sei leise!“ Langsam, vorsichtig, Maria fest im Blick, löste sie die Hand vom Mund der Freundin. Ratlos sahen die beiden Frauen sich an. Was ging da drinnen vor sich? Mit einer Geste, als hätten sie es jahrelang einstudiert, gab Emma Maria ein Zeichen. Synchron schoben sie sich an der Hauswand entlang nach oben, um durch das Fenster ins Zimmer blicken zu können.

„Oh mein Gott“, flüsterte Maria und traute ihren Augen nicht.

„Oh mein Gott“, wiederholte Emma. Und dass man sie jetzt bitte kneifen möge, sonst würde sie nicht glauben, was sie da drinnen sah.

„Was geht da vor?“, fragte Maria.

„Keine Ahnung“, sagte Emma. Jedenfalls standen

die beiden, Nick und die Garibaldi, ganz komisch nah beieinander im Raum wie zwei Kampfhähne.

„Und wieso ist der nackt?"

„Keine Ahnung."

Obwohl das Fensterglas leicht spiegelte, war alles, was drinnen vorging, genau zu erkennen. Da stand Nick und präsentierte den beiden Frauen unter dem Fenster seinen muskulösen V-förmigen Rücken. Ein Gladiator. Ein mykenischer Sklave. *Wow* zu denken konnte sich auch Emma nicht verkneifen. Die Garibaldi ganz römische Kaiserin. Gebieterisch und ihrer Sache sicher. Eindrucksvoll fies, ihre Fratze. Eindrucksvoll tief ihr Griff.

„Aber wo greift sie denn …" Jetzt sahen die beiden Frauen, dass Nick nicht nur nackt war, sondern auch gefesselt. Was hatte das zu bedeuten?

„Ach du Scheiße", flüsterte Emma noch, als sie den kalten Stahl an der Schläfe spürte.

„Was? Was ist denn?" Maria konnte den Blick nicht abwenden von der eigenwilligen Szenerie da drinnen.

„Du, Maria …" Sanft legte sich Emmas Hand auf Marias Unterarm.

„Was denn?" Dann sah auch Maria den Lauf der Pistole, registrierte endlich den großen Schatten, der auf sie fiel. Komisch. Ganz langsam drehten sich die beiden Frauen um.

„Und ja, wir können uns alles erlauben. Das ist ja das Gute an der aberwitzigen Kapitalkonzentration des einundzwanzigsten Jahrhunderts. Während Internet, Facebook und wie der ganze Mist noch so heißt euch allen weismacht, einander näher zu kommen, miteinander zu kommunizieren, in demokratischen oder demokratischeren Verhältnissen zu leben, herrschen wir einfach. So wie im Mittelalter. Werden wir Reichen einfach immer – nun, um es in der Sprache der Demokratie auszudrücken – gleicher!" Die Garibaldi grinste verklärt, geradezu verzückt. Dann fuhr sie fort:

„Wir haben euch eingeseift. Mit dem Smartphone. Die beste Erfindung seit der Streckbank ... Nun ja, wir leben in, wie nannte Voltaire es, in der besten aller möglichen Welten, in der Feudalität zweipunktnull ..." Die Garibaldi lachte jetzt schrill, während sie Nicks bestes Stück ... ähnlich den markantesten Szenen von *Spartakus*, *Caligula* oder *Game of Thrones*, in denen es die Mächtigen mit den Ohnmächtigen trieben ... auf und ab ... auf und ab ...

„Jetzt holen wir uns all das wieder, was uns diese verdammte Demokratie in den letzten hundert Jahren gestohlen hat. Alles. Unsere Ländereien. Unsere Privilegien. Unsere Macht. Und all die fremden jungen

Körper, die unser waren und unser wieder werden sollen … werden müssen … so wie deiner, mein Schatz … wie deiner, mit dem ich mache, was ich will, sei es mit Geld, sei es mit Gewalt … Und du, und all ihr anderen könnt nichts dagegen tun. Gar nichts. Nicht wahr, mein Süßer? Ich hole dir einen runter und du kannst nichts dagegen tun. Du willst es nicht, du hasst mich und mein altes Gesicht und trotzdem wird er steif … So machen wir es mit euch allen, euch Schluckern, Habenichtsen, Weicheiern …"

Nick schluckte. Die ist ja völlig durchgeknallt. Ihm war mulmig. Ziemlich mulmig sogar. Denn das war jetzt, das begriff er langsam, keines der üblichen Schickeria-Spielchen mehr. Er hätte Flavio, als dieser ihn zuvor kalt, aber höflich und mit einer Waffe in der Hand gebeten hatte, sich umzudrehen, und – klack-klack – ihm mit einer überraschend schnellen Bewegung Handschellen anlegte, eine reinschlagen und abhauen sollen. Nick machte sich Vorwürfe. Er hatte die Situation gründlich falsch eingeschätzt.

Fuck!

Und da stand er nun, Hände am Rücken, und eine Garibaldi, die an ihm herumfingerte. Und langsam driftete er dabei auch noch in Richtung … Gefahr. Vielleicht sogar Lebensgefahr. Wenn er hier lebend herauskommen sollte, würde er den Callboy an den Nag…

Peng!

Das Geräusch einer Ohrfeige riss Nick aus seinen Gedanken. Verdutzt sah er auf. Wow. Das war ja er. Sie hatte ihn tatsächlich geschlagen.

„Ja oder nein?" Gift und Galle im Blick starrte sie ihn an. Eine Viper, dachte Nick. Eine alte und gefährliche Viper.

„Was wolltest du wissen, Antonia?", fragte Nick betont gelassen. Für einen Augenblick hatte er es mit der Angst zu tun bekommen. Jetzt aber begriff er: Sie brauchte ihn noch. Denn ohne ihn kam sie nicht an das, was sie sich offensichtlich so sehr wünschte und auch mit all dem Geld, das die Garibaldis im Laufe der Zeit zusammengestohlen hatten, nicht kaufen konnte. Die *Mona Lisa*. Die einzige, wahre, echte *Mona Lisa*. Die Garibaldi brauchte ihn. Denn nur er, ihr verdammtes Love-Toy, konnte ihr weiterhelfen. Nick, so wurde ihm genüsslich klar, würde höchstwahrscheinlich nicht sterben. Zumindest nicht …

„Was ist denn das für ein Radau, Flavio … Flaviooooo …?"

Der Lauf der Dinge

„Nick!“
„Maria!“

Mit gezückter Pistole schubste Flavio die beiden jungen Frauen vor sich her und in den Salon der Garibaldi'schen Villa. Für einen Augenblick herrschte ein Tumult wie am Jahrmarkt. Selbst die Garibaldi drohte kurz den Überblick zu verlieren, während Emma interessiert-belustigt, Maria aber voller Entsetzen auf die Stelle starrten, welche die Garibaldi noch immer auf das Stattlichste mit Nick verband. Alle redeten gleichzeitig. Maria kreischte, die Garibaldi schrie, was zum Teufel eigentlich hier los sei und woher all die Leute kämen, Flavio fuchtelte mit der Waffe herum, öffnete den Mund, wollte etwas sagen, schloss ihn dann aber wieder, überlegte, ob er einfach einen Schuss abgeben sollte, so zur Klärung der allgemeinen Lage, verwarf das aber wieder, und plötzlich klingelte ein Handy. Ohne auch nur eine Sekunde nachzudenken, griff Maria in ihre Jeanstasche, fingerte nach dem Smartphone und nahm ab:

„Zio … du bist es … nein, ich kann jetzt nicht, nein, wirklich nicht … ich … später, Zio, später …“ Sie brach ab und legte auf. Alle starrten sie an. Niemand sagte ein Wort. Mit sehr entschlossenem Blick hatte

Flavio die Waffe auf sie gerichtet. Eine falsche Bewegung, und der Dummkopf würde abdrücken. Ob sie wohl geladen war? Schließlich könnte der Trottel jemanden verletztten. Noch immer herrschte diese Stille in dem zuvor von menschlichem Durcheinander, Stimmengewirr und einem nackten Mann erfüllten Raum.

Ohne die Waffe herunterzunehmen, sagte Flavio in die Stille hinein, was er schon die ganze Zeit hatte sagen wollen:

„Schau nur, Boss. Das habe ich gefunden. Im Garten. Unter dem Fenster da."

„Das sehe ich selbst, du Idiot", schrie die Garibaldi wieder so unvermittelt los, dass alle erschraken. Dann, ganz ruhig, Maria zugewandt:

„Ich konnte dich noch nie leiden, du eingebildete, alberne Gans mit deinen ordinären Möpsen und dem Geruch von Armut und Anmaßung, der dir aus jeder Pore dampft."

„Ganz meinerseits, Signora, aber wenigstens rieche ich noch nicht nach Friedhof …" Emma sah die Freundin bewundernd an. So kannte sie die stets höfliche, stets korrekte Maria ja gar nicht.

Alle sahen, wie die Garibaldi puterrot anlief. Es schien so, als würde sie sich jeden Augenblick auf Maria stürzen und sie an den Haaren ziehen.

„Oh, du Miststück, du …", keifte die Garibaldi.

„Selber Miststück …“, fauchte Maria zurück.

Nick, noch immer mit seiner Kundin verbunden, verstand nur Bahnhof und blickte von einer Frau zur anderen.

„Du wirst mir nicht die Tour vermasseln, du kümmerliches Schinkenbrot, das sage ich dir …“, schrie die Garibaldi, schäumend vor Wut.

„Schinkenbrot? Hast du das gehört, Maria, sie hat dich Schinkenbrot genannt …“, rief Emma empört.

„Ja, hab ich …“

Dann krachte ein Schuss.

Alle starrten auf Flavio. Dann zur Decke. Von dort rieselte sanft ein Stück jahrhundertealter Stuck sandförmig auf die verrückt gewordene Gesellschaft herab.

„Ich war's nicht", sagte er, zeigte die prachtvollste Unschuldsmiene und wedelte mit der Waffe in der Luft.

„Keiner kommt hier lebend raus!" Alle starrten auf Valentina. Wie aus dem Boden gewachsen stand sie in der großflügeligen Tür zum Salon, die Pistole in beiden Händen auf Flavio gerichtet, dem Einzigen im Raum, der außer ihr bewaffnet war.

„Valentina, um Himmels willen, wo kommst du denn her?"

„Aus New York, wenn du es genau wissen willst. Was ist hier los? Wieso ist Nick gefesselt? Wieso ist Nick nackt? Wieso lässt du ihn nicht sofort los? Sofort!" Sie schwenkte langsam mit dem Pistolenlauf von Flavio in Richtung ihrer Mutter. Die bekam große Augen. Alle sahen mit einem Schlag die Ähnlichkeit der beiden Frauen. Auch Antonia Garibaldi. Sie lenkte ein. Ließ los. Machte eine Geste mit beiden Händen. Ist ja gut, Schätzchen, ist ja gut.

„Was möchtest du denn?" Kaum zu glauben. Eben war ein Schuss gefallen. Ein gemeingefährlicher Verbrecher befand sich neben Valentina noch im Besitz einer Waffe. Und die Garibaldi sprach mit ihrer Tochter im Ton ihrer Kinderzimmervergangenheit.

„Hast du mit ihm geschlafen?“, fragte Valentina. Und jetzt, ganz genau jetzt wurde es gefährlich. Richtig gefährlich. Die Garibaldi wechselte die Farbe. Auch sie spürte, dass jetzt etwas anders war.

„Bist du verrückt geworden, meine Liebe. Sieh mich an. Und sieh ihn an. Wie könnte ich?“

„Hast du oder hast du nicht.“ Valentina mit eisiger Stimme. Das Echo meiner selbst, dachte Antonia.

„Nein.“

„Nick. Sag es. Hast du oder hast du nicht? Hast du mit ihr getan, was du versprochen hast nur mit mir zu …“

„Nick?“, brach es aus Maria hervor.

„Maria!“, rief Nick und wandte sich mit einem „Können diese Augen lügen“-Blick Maria zu.

„Nick!“, rief auch Valentina.

„Natürlich nicht! Valentina, nimm doch das blöde Ding runter, du verletzt noch jemanden, ich schwöre dir …“

„Gut. Und jetzt bindet ihn los, Mama, ich darf doch bitten, ja?“

„Klar, mein Schätzchen …“

„Und nenn’ mich nicht ‚mein Schätzchen‘!“

„In Ordnung mein … mein Kind, in Ordnung.“ Die Garibaldi hatte ihre Fassung wiedergefunden.

„Den Schlüssel bitte.“ Ganz gelassen wandte sie sich an Flavio. Klar doch, nickte der, griff in die Hosentasche und fingerte nach dem Schlüsselchen für die Handschellen. Nick rieb sich die Handgelenke. Jetzt könnte ich eigentlich irgendwohin schlagen, dachte er. Auf ein Kinn zum Beispiel. Aber die Garibaldi war eine alte Frau und Flavio … wirbelte herum, zielte mit seiner Waffe auf Valentina, feuerte Schuss Nummer zwei, überhörte den gellen Schrei der Garibaldi, überhörte Schuss Nummer drei, spürte diesen aberwitzig schmerzhaften Pfleng am linken Ohr, schrie auf, ließ die Waffe fallen und griff an die Stelle, die wenige Sekundenbruchteile zuvor noch sein linkes Ohr beherbergt hatte, und brach schreiend zusammen.

„Los“, schrie nun Nick. In einem Affenzahn waren Nick, Maria und Emma an der Terrassentür, am Rasen, über den Rasen an der Gartenmauer, über der Gartenmauer … Nein. Halt. Die Gartenmauer.

„Wie kommen wir denn da bloß drüber? Wenn Flavio uns erwischt, macht der Hackfleisch aus uns!“, jammerte Emma.

„Die sind erst mal mit sich selbst beschäftigt. Ich mach euch ‚das Treppchen‘, und ihr steigt drüber. Okay? Na los. Worauf wartet ihr?“ Verdutzt sah Nick von Maria zu Emma, von Emma zu Maria.

„Äh, Nick …“

„Was?“

„Dein Feigenblatt ist verrutscht.“

Zum Teufel mit den Weibern. Können die sich nicht mal auf das Wesentliche konzentrieren? Dachte Nick, konnte aber nicht verhindern, dass er ein wenig errötete. Rasch zurrte er das Kostümchen zurecht, stellte sich an die Gartenmauer und formte mit beiden Händen das „Treppchen“. Es sah so süß aus, dass die beiden Frauen vergaßen, dass es zu flüchten galt.

„Loooooos! Macht schon!“ An der Terrassentür tauchte bereits Valentina auf, gefolgt von einem blutenden, sehr wütend wirkenden Flavio. Offensichtlich aber hatte er ihr den Verlust seines linken Ohres verziehen. Sie schienen jetzt gemeinsame Sache zu machen. Beide hielten sie ihre Waffe in der Hand. Aber benutzen wollten sie diese anscheinend nicht. Egal. Weg hier.

Erst setzte also Emma ihren Fuß in Nicks „Treppchen“ und schwupp, war sie auch schon nach oben katapultiert. Dort oben verursachte sie einen Staub-, Laub- und Dreckregen und war verschwunden. Auf die Videokamera zu achten war nicht mehr nötig, was den Ausstieg aus dem Garten gegenüber dem Einstieg deutlich vereinfachte.

Dann kam Maria. Auch sie setzte ihren Fuß in Nicks „Treppchen“ und hielt sich an seinen definierten, nackten Schultern fest. So nah gekommen waren sie sich noch nie zuvor. Sie spürte seinen Atem auf ihren brennenden Wangen, roch seinen Körper, sah vor ihrem inneren Auge, wie sich dieser wunderbare Körper über Valentina beugte und ... Nick lächelte. Dachte aber: Beeil dich! Maria lächelte auch. Sie dachte aber nur daran, dass er Valentina ... und das sicher, während er mit ihr schon am Anbandeln gewesen war. Dieser Schuft. Sie konnte nicht anders, sie musste ihm eine knallen. Sie knallte ihm eine. Eine von der ganz festen Sorte, sagte „los" und ließ sich wie zuvor Emma von Nicks Armkraft nach oben auf den Sims der Gartenmauer katapultieren. Wieder Staub, Laub, unschöne kleine Teilchen. Dann war auch sie auf der anderen Seite der Mauer verschwunden. Komisch. Valentina und Flavio waren ihnen nicht zur Mauer gefolgt. Überstürzt, so dass sie beinahe übereinander gefallen wären, waren die beiden zurück ins Haus gerannt. Die führten doch etwas im Schilde. Irgendetwas ganz Mieses. Aber egal. Nick machte jetzt einen auf *Greystoke*, ging wie ein Affe in die Hocke, spannte all seine Muskeln an, und zack. Oben war er.

Viel Verkehr auf der Via Francesco Crispi, Rom

Valleroix und Morel hatten die beiden Frauen in das Grundstück der Garibaldi einsteigen sehen. Sie hatten, wenn auch dumpf, drei Schüsse gehört.

„Meinen Sie wirklich, das waren Schüsse?“, fragte Morel.

„Na klar waren das Schüsse“, erwiderte Valleroix.

„Und jetzt?“

„Nix und jetzt. Wir warten. Wir sind ja schließlich nicht zu Hause. Wir warten, was passiert.“

Sie sahen die beiden Frauen das Grundstück der Garibaldi wieder verlassen. Auf dem gleichen Weg, auf die gleiche Art. Begleitet von den gleichen Sprüchen.

„Was ist das denn? Ich glaube, mich laust der Affe. Chef, sehen Sie, was ich auch sehe?“ Klar sah Valleroix auch, was Morel sah: einen jungen Mann, verdammt gut gebaut, der oben auf der Gartenmauer erschien wie ein bleicher Schimpanse, sich nach rechts und links umsah und dann mit einem anmutigen Sprung sportlich federnd auf dem Gehweg landete.

„Ah. Man kennt sich“, stellte Valleroix fachmännisch fest, „man schätzt sich sogar.“

„Woher wollen Sie das wissen, Chef?“

„Na schauen Sie doch hin, die Dunkle, wie die mit den Wimpern klimpert.“ Die beiden Frauen und der

Nackte sahen sich um. Kein Mensch auf der Straße. Von ferne kam ein Wagen. Dann liefen sie die Gartenmauer entlang. Jetzt ging alles ganz schnell. Valleroix und Morel beobachteten von ihrem Posten aus, wie das eigenartige Trio plötzlich kehrtmachte und die Straße entlang die Gartenmauer hinunterrannte. Ihnen nach ein Mann, bewaffnet. Nach vielleicht fünfzig Metern verschwanden der Nackte und die Frauen hinter einem parkenden Lastwagen, um gleich danach hinter diesem hervorzuschießen und über die Via Francesco Crispi zu spurten. Es dauerte nicht lange, höchstens zwanzig, vielleicht fünfundzwanzig Sekunden, bis der Bewaffnete es ihnen nachtat und dann wegen des parkenden Lasters ebenfalls aus dem Blickfeld der beiden Polizisten verschwand, um hinter diesem dann auf die Fahrbahn zu sausen.

„Ach du Schande … oh, là, là … au verflucht …“, Bumm hatte es gemacht und nochmals Bumm. Das Fahrzeug, ein großer Renault mit französischem Kennzeichen, war inzwischen näher gekommen, hatte den Mann, der ja kein Geringerer war als Flavio Malandrolo, mit vollen fünfzig Sachen aufgegabelt und über die Kühlerhaube in die Luft geschleudert.

„Merde!“ Bremsen quietschten, Fahrertür auf, Fahrertür zu, ein Mann stieg aus und beugte sich über den in unschönen Verrenkungen auf der Fahrbahn liegenden Unglücksraben.

„Aber, Chef … das ist ja … aber das ist doch …"
„Hol mich der Teufel, ja. Los, kommen Sie mit!"
Jetzt entstand hektische Aktivität bei den beiden französischen Staatsdienern auf italienischem Boden. Beinahe wäre Valleroix von einem weiteren, mit deutlich überhöhter Geschwindigkeit die Via Francesco Crispi entlangrasenden Wagen angefahren worden. Ein „Plötzlich ganz schön was los, Chef" blieb Morel im Halse stecken, und selbst Valleroix, der abgebrühte Valleroix, schrie weibisch auf, als der Wagen den auf der Fahrbahn liegenden Flavio Malandrolo überrollte.
„Jesus, Maria und Joseph", sagte einer der drei Männer, die um einen in einem bis vor wenigen Augenblicken noch feinen Anzug steckenden Leichnam standen und den Blick nicht von diesem Unglück abwenden konnten.
„Monsieur Nemours, was machen Sie denn hier?"
„Dass ich wieder wegkomme, verdammt noch mal. Valleroix, Morel, Sie Versager! Ich habe Ihnen doch gesagt, macht sie fertig. Muss man denn immer alles alleine machen? Los, steigen Sie ein. Schnell, und dann dem Peugeot nach. Sie dürfen uns nicht entwischen."

In den Straßen von Rom

„Wo laufen wir denn hin?" Keuchend rannten Emma, Maria und der nackte Nick die Via Francesco Crispi hinunter. Außer einer älteren Dame, die ihren kleinen Fifi Gassi führte, einem jungen Studenten, der eine Gitarre geschultert hatte wie einen Revolutions-Karabiner, und zwei in sich gekehrte, im rechten Augenblick ganz besonders freundlich nach unten grüßende Nonnen begegnete ihnen niemand, der oder die sich am Aufzug einer der drei hätte stören können. Und schließlich war da ja auch das Feigenblatt. Na also!

„Willst du nicht mal drangehen, das Geklingel nervt entsetzlich", keuchte Emma der Freundin zu und rang nach Luft. Tatsächlich hatte Marias Smartphone inzwischen vier- oder fünfmal lange seine schmalzige Melodie gedudelt, irgendetwas von Pierre Richard oder so, jedenfalls etwas Sentimentales. Emma fragte sich gerade, ob Maria immer schon diesen Hang zum Sentimentalen gehabt hatte, oder ob das erst seit Paolos Abgang so war, also erst seit zehn Jahren. Erschöpft hielt das Trio an.

„Keine Zeit. Wir müssen etwas unternehmen", überlegte Maria fieberhaft.

Die drei hatten inzwischen völlig vergessen, dass Nick zwar mit einem Feigenblatt bedeckt, dennoch eigentlich nackt durch die Ewige Stadt spazierte.

Aber da hielt auch schon jener Wagen, der Flavio kurz zuvor überrollt und ihm vermutlich damit den Rest gegeben hatte. Die Scheibe auf der Beifahrerseite senkte sich so automatisch wie leise. Was ist das denn nur für ein Auto?, dachte Maria. Der Mann im Inneren des Wagens sagte:

„Hallo, meine Lieben, kann ich euch ein Stück mitnehmen? Außer Landes vielleicht?“ Die drei starrten den Mann ebenso überrascht wie neugierig an. Diese Stimme kenne ich doch, dachte Maria. Na klar!

„Zio!“, riefen Maria und Emma fast gleichzeitig.

„Na los, ich nehme euch mit, wo immer ihr hinwollt.“

Die drei sahen sich an. Dann die Straße hinauf. Ganz oben, noch quasi ein Punkt in der Stadtlandschaft, aber doch ein Statement, sahen sie ein Auto auf sich zurasen. So instinktiv wie kollektiv entschieden Emma, Maria und Nick, Lo Zios Angebot anzunehmen.

„Ins Ausland, bitte! Fiumicino!“ Die beiden Frauen kreischten vergnügt, Nick begriff noch immer nichts, und Lo Zio gab Gas. Er raste bis zur nächsten roten Ampel. Denn leider war Lo Zio ein korrekter Fahrer. Von denen es nicht viele gab in Rom. An jeder roten Ampel hielt Lo Zio also an, anstatt, wie jeder echte Römer, einfach zu hupen und drüberzubrettern. Und so holte sie der Wagen, von dem sie sich zu Recht verfolgt fühlten, der pompöse Leihwagen Nemours', bereits an der übernächsten Ampel ein. Grimmig lächelnd, wie nur Polizisten zu lächeln vermögen, die vom rechten Weg abgekommen waren, zielten sie mit den Präsenten aus der französischen Botschaft auf Lo Zio.

„Was wollen die denn?", kreischte Emma. Und: „Fahr los, fahr endlich los!"

Lo Zio tat, wie ihm geheißen, trat auf Gas und Bremse zugleich und – würgte den Wagen ab.

Inzwischen war die Ampel längst auf Grün gesprungen. Die wenigen Fahrzeuge, die am Rande des feinen Viertels eine Schlange gebildet hatten, veranstalteten ein eher pflichtgemäßes Hupkonzert. Einige gestreckte Mittelfinger wurden gezeigt und lustlose Beschimpfungen abgesondert. Und dann war da auch schon der lässige Beamte von der *Polizia Municipale.* Der interessierte sich jetzt für den Idioten in der ersten Reihe, der offensichtlich vom Autofahren im Allgemeinen und vom Autofahren in Rom im Besonderen keine Ahnung hatte. Und klopfte kurz, aber bestimmt an das Fenster des Fahrers, also an das von Lo Zio. Ob man etwas zu verbergen hätte. Wieso das denn? Nun, weil kein anständiger Mensch je bei Rot den rückwärtigen Verkehr blockiert, indem er anhält. Also? *No, no, naturalmente NO!* Und ja, man würde ab sofort anständig und überhaupt, *Arrivederci* und *Ciao*. Das

Gute an der Sache: Sie hatten Nemours verloren, oder umgekehrt, denn die Franzosen hatten nicht länger neben Lo Zio und dem schmucken jungen Mann von der *Policia* warten können. Sie wären, auf der zweiten Spur stehend, erstens aufgefallen und zweitens gelyncht worden.

Die vier fuhren ein paar Minuten schweigend durch den Stadtverkehr. Dann öffnete Nick plötzlich den Mund:

„Ich kann dir alles erklären", sagte er und blickte mit seinem gewinnendsten Kleiner-Junge-Lächeln auf die schmollend neben ihm sitzende Maria.

„Du kannst mir erklären, warum du nackt in Antonia Garibaldis Palast herumstolzierst. Und warum du mit ihrer Tochter Valentina … ach, *vaffanculo*. Ich will es gar nicht wissen. Du bist erwachsen. Du kannst machen, was du willst!"

„Die *Mona Lisa*, Maria. Darum geht es doch." Maria seufzte. Lo Zio horchte auf.

„Na, dann bin ich jetzt mal gespannt. Schieß los. Ich höre!"

„Es ist ganz einfach. Alles ist ein großer Schwindel!"

„Wie meinst du das?"

„Im Keller der Garibaldi hing eine Kopie."

„Ja. Und?" Maria schwankte nun doch zwischen dem starken Interesse für Nicks muskulösen Körper und der Neugierde in Bezug auf die *Mona Lisa*.

„Wenn ich hier unterbrechen dürfte?“, mischte Lo Zio sich ins Gespräch.

„Nein!“, riefen die drei unisono. Er durfte nicht. Denn vor ihnen galt es, einem Lieferwagen mit Schinken aus Parma auszuweichen, ohne dabei einen mobilen Eishändler zu rammen, um anschließend an einer Touristengruppe aus Nordkorea vorbeizukommen.

„Nun ja. Und in der Villa Borghese hängt auch eine Kopie.“

„Was?“, riefen nun Maria und Lo Zio gleichzeitig.

„Das, das kann nicht sein. Die Garibaldi, Nemours, dann sind sie alle getäuscht worden. Aber von wem?“

„Nun, zu ihrer Verteidigung: Sie wurden von einem der besten getäuscht. Es handelt sich um eine Arbeit aus dem Hause Valfierno“, triumphierte Nick.

„Woher weißt du das?“

„Das weiß eigentlich jedes Kind. Aber gut. Valfierno hat seine Kopien nummeriert. Ganz klein, aber er hat’s gemacht. Es gibt winzige Markierungen, die man nur bemerkt, wenn man mehrere Kopien nebeneinanderstellt.“

Skeptisch sah Maria zu Nick auf. Das soll ich dir glauben? „Und das war ja nicht vorgesehen, weil es für niemanden außer für Valfierno mehr als eine *Mona Lisa* gab, richtig?“

„Genau richtig, Maria. Aber ich kenne jetzt immerhin zwei der Kopien, also eine, die ich für die Garibaldi besorgt habe, und eine zweite: die in der Villa Borghese. Ich habe mir beide genau anges…“

„Warte mal, warte mal, was soll das heißen, die ‚ich für die Garibaldi besorgt habe‘? Nick! Du bist ein Callboy, ein, entschuldige bitte, zwar süß aussehender, charmanter, charismatischer …“

„Was wird das jetzt, Maria, eine Liebeserklärung?“, unterbrach Emma die Freundin. „Ich fasse es nicht, Maria zeigt Gefühle! Gefühle für einen anderen Mann, als diesen *Stronzo* von Paolo … Entschuldige, Nick …“

„Wer ist Paolo?“

„… Dummkopf!“, fuhr Maria fort. „Nick. Du bist ein Dummkopf. Wieso solltest du der Garibaldi eine *Mona-Lisa*-Kopie besorgen können …?“

„Ich kann es dir beweisen.“

„Wie?“

„Ich habe Fotos auf meinem Handy.“

„Aha. Und wo ist das?“

Nick sah an sich herab.

„Irgendwo. Ich weiß es nicht.“

Pause. Langsam verließ man die Innenstadt Richtung Flughafen.

„Aber wenn ich es finde, kann ich es dir zeigen. An den Gemälden siehst du eindeutig klitzekleine

Zeichen, die habe ich selbst erst gar nicht bemerkt. Zuerst fallen sie nämlich nicht auf, sehen eher aus wie Spuren, wie Gebrauchsspuren oder so etwas. Aber wenn du diese Zeichen nebeneinander siehst, dann merkst du plötzlich, dass da einmal *IIVI* steht und einmal *IVVI*."

„Glaube ich erst, wenn ich es sehe."

„Auf den Fotos?"

„Auf den Fotos. Oder, noch besser, an den Originalen. An den Original-Kopien, wenn du so willst."

„Erst dachte ich ja, dass das nur irgendwelche Striche sind, aber es sind Zahlen. Valfierno hat die Kopien nummeriert. *IIVI* bedeutet zwei von sechs in römischen Zahlen: also II/VI, und *IVVI* heißt vier von sechs."

„Das heißt also, es gibt hier in Rom zwei Kopien?"

„Ja. Oder vielmehr: gab. Die Garibaldi hat eine zerstört."

„Aha. Aber wo kommt die zweite Kopie her? Du hast doch nur die Nummer *zwei* – besorgt. Wieso ist hier die Nummer *vier*?"

„Ich habe keine Ahnung!" Hundeblick. Pfadfinderehrenwort.

„Wirklich?"

„Pfadfinderehrenwort."

„Weißt du, ob die Garibaldi noch deine Kopie hat?" Nick zog die wohldefinierten Schultern hoch und sagte nichts. Plötzlich fiel den dreien auf, dass Lo Zio wie tot vor seinem Lenkrad hing. Das Fahrzeug schlingerte gefährlich über die Fahrbahn.

„Zio? Was ist los, Zio?“

„Äh … Ich wollte die ganze Zeit schon etwas sagen. Also der Caravaggio, der *Narziss* …“

„Oh nein, Zio, bitte nicht auch das noch. Wir sind gleich da, und das ist zu viel. Mehrere *Mona Lisas*, mindestens zwei Caravaggios, und am Ende erzählst du mir, dass du den *Narziss* selbst nochmals gemalt hast. Nein danke, ein andermal.“

„Wie du willst“, murmelte Lo Zio in sich hinein.

„Nick, ich versteh das nicht, wieso zeigt uns der Louvre auf dieser Ausstellung eine Kopie? Oder halt! Oh mein Gott! Kann es sein, dass die es selbst nicht wissen, dass sie nur eine Kopie haben? Ist damals bei der Rückgabe nach dem Raub vor gefühlt hunderttausend Jahren das Original vielleicht nie wieder zurück in den Louvre gelangt?“

Nick und Maria sahen sich an. Emma sagte nichts.

„Daher die Franzosen?“

„Daher die Franzosen. Wer weiß, vielleicht wissen sie es und wollen verhindern, dass jemand anders, die Welt, es erfährt?“

„Weißt du, was so eine Behauptung bedeutet? Da geht es nicht mehr um Kunst, meine Liebe. Das ist Politik. Es wurden schon aus geringerem Anlass Kriege begonnen.“

Sie erreichten Fiumicino. Roms Flughafen. Italiens Tor zur Welt.

„Alles raus hier", rief Emma vergnügt.

„Bombenblitzgranatendonnerwetter ...", antwortete Maria prompt aufs Vergnügteste. Die Freundinnen liebten beide diesen wunderbaren Comic *Sturmtruppen*, in dem verblödete Nazisoldaten allerhand Mist bauten und so richtig schön verarscht wurden.

„Maria, mein Kind, ich muss dir wirklich etwas Wichtiges sagen. Der Caravaggio ..."

Aber weiter kam Lo Zio auch dieses Mal nicht. Sehr lässig schlenderte einer von den berühmten Carabinieri auf die Gruppe zu. Mit einer wirklich römischen Geste bedeutete der stolze Beamte wortlos, dass Nick noch immer nackt neben Zios Auto stand. Man entschuldigte sich wort- und berührungsreich bei dem Gesetzeshüter und, ja, und?

„Ich habe noch einen Regenmantel im Kofferraum", erklärte Lo Zio.

„Und ich habe noch eine Kreditkarte in der Tasche", rief Emma. Allgemeiner Jubel.

„Dann gehen wir doch diesem Halbgott hier eine Gewandung kaufen", deklamierte Lo Zio, vergaß seinen Caravaggio, öffnete den Kofferraum, langte nach dem blauen Brioni-Regenmantel und warf ihn dem nackten Gladiator mit einem eleganten Schwung um die Schultern.

„*Ecco!*“ Und dann sahen sie alle, wie sich der schwarze Renault von Nemours’ französischen Privatbullen über die Anfahrt schob.

„Los jetzt, ihr dürft keine Zeit verlieren! Auf zu Armani!“

Turbulenzen auf dem Flughafen in Rom

Unter den mäßig interessierten Blicken einiger weniger Zeitgenossen schritt die kleine, illustre Gruppe mit dem verdammt gut aussehenden, unter seinem Regenmantel nackt daherkommenden Nick entschlossen durch die Abfertigungshalle des römischen Flughafens in Richtung *Shopping Area.*

„Für den Herrn im Brioni?", fragte die Verkäuferin in der Armani-Boutique.

„Wow, woher wissen Sie?" Emma wedelte so albern wie vergnügt mit ihrer Kreditkarte.

„Die Größe des jungen Herrn …?" Es war Maria, der die rein professionell gestellte Frage, seltsamerweise direkt an sie gerichtet, die Röte ins Gesicht steigen ließ. Sie hielt dem gleichgültigen Blick der Wächterin über Armanis Reich tapfer stand, stammelte aber etwas von „keine Ahnung".

„*Large*", kam Emma ihr zu Hilfe. Alle lachten. Auch Nick, der eigentlich gar nichts mitbekam. Doch er war das gewohnt. Sowie zwei Frauen in seiner Nähe standen, ging es in irgendeiner Art und Weise immer um ihn.

Aber wo steckte eigentlich Lo Zio plötzlich? Nun, egal. Ein paar Griffe hier, ein paar Griffe dort, und schon verschwand Mister Brioni hinter einem Vorhang, um als Signore Armani wieder zum Vorschein zu kommen.

„Oh mein Gott, Nick, dieser Anzug steht dir hervorragend!“ Wieder war es Emma, die Worte fand, während Marias Herz hinter ihrer Brust versank. Dieser Mann ist viel zu schön für mich.

„Sag doch auch mal etwas, Maria, na los!“

„Ja. Nun … er braucht noch Schuhe!“ Schließlich war sie ja nach wie vor sauer auf den verdammten Kerl.

„Richtig. Schuhe.“ Das, so die Armani-Dame, gern nebenan, bei *Boss*. Emma schwang die Hüften zur Kasse. *Ecco!*

„Grazie.“ Karte her, Karte hin, ich kaufe, also bin ich. Und dann wurde es plötzlich verdammt eng in der Flughafenboutique von Italiens großem Modemann.

„Wir möchten ja nicht stören …“ Da waren sie also, Nemours, Valleroix und Morel, die beiden französischen Polizisten auf privater Mission nebst Auftraggeber.

„Lauft!“, schrie Emma in einem Anfall von Hysterie und so laut, dass sich in der Abflughalle jetzt doch ein Anflug von Gänsehaut breitmachte. Ein Anschlag? Feuer? Der Dritte Weltkrieg?

Und schon hatte Emma Nick an seinem schönen neuen Kragen sowie die Freundin am Ärmel gepackt und Richtung Ausgang geschubst. Dort prallten sie mit dem von irgendwo her zurückkommenden Lo Zio zusammen. Es entstand ein Tumult, der im nächsten Augenblick die Sicherheitskräfte alarmieren musste. Doch nichts geschah.

„Aber meine Herren“, ertönte jetzt Nemours’ angenehm tiefe, beruhigend wirkende Stimme, als die beiden Polizisten gewohnheitsmäßig mit der Rechten unter die linke Jackettunterseite fassten.

„Meine Herren, meine Damen, bitte! So kommen wir doch nicht weiter. Signora Felicella, bitte!“ Die Signora Felicella kümmerte sich einen Dreck um Nemours und seine Urlaubs-Cops. Besorgt wandte sie sich ihrem Onkel zu.

„Zio, wo hast du denn gesteckt?“ Niemand achtete auf die beiden Herren im feinen Zwirn, die draußen vor dem Ladengeschäft kurz anhielten, zögerten, sich die Binder zurechtrückten und weitergingen. Rocca und Bariello.

„Nun, wenn ich auch einmal zu Wort kommen …“, lächelnd hielt Lo Zio zwei Kuverts hoch, die er in der Hand gehalten hatte.

„Herrschaften, ich muss Sie bitten, unser Geschäft jetzt zu verlassen und Ihre Angelegenheiten andernorts zu klären“, machte sich Madame Armani recht energisch bemerkbar.

„Aber die kenne ich doch!“, sagte jetzt plötzlich Morel. Valleroix folgte seinem Blick.

„Die kenne ich. Das ist doch die, das ist doch die

Dings …“ Alle starrten auf Madame Armani. Ja? Und? Wer jetzt?

„Das ist doch die Putzfrau von diesem, wie hieß er noch gleich … den sie umgebracht haben, dieser … Gustave! Gustave Dupont!“

Valleroix kniff die Augen zusammen. Tatjana Todorowa. In der Tat. Jetzt sah es auch Valleroix.

„Gustave? Sie kennen Gustave? Meinen lieben, guten, schmerzlich vermissten Gustave?“, schaltete sich Nemours ein. Ihm schienen fast die Tränen zu kommen. Die beiden Polizisten schauten ihn entgeistert an.

Und während Frau Armani alias Tatjana Todorowa zwar hochroten Kopfes, aber ohne mir der Wimper zu zucken wortlos auf den Ausgang wies, tuschelten Lo Zio, Maria und Nick konspirativ miteinander. Schließlich achtete im Augenblick kein Schwein auf sie.

„Hier“, Lo Zio wedelte erneut mit den Kuverts.

„Was ist das? Tickets?“, fragte Maria.

Lo Zio nickte: „Nach New York.“

„Nach New York?“, fragte Maria ungläubig.

„Nach New York“, wiederholte Lo Zio, „hast du deinen Pass?“

Maria strahlte. Und nickte.

„Nicht ohne meinen Pass. Den habe ich quasi immer an der …“ Lo Zio blickte hin. Nick blickte sowieso dauernd hin und auch Emma blickte hin.

„Und dein Kerl?“ Doofe Frage. Bis vor wenigen Minuten war der Kerl nackt bis auf ein Feigenblatt.

„Er ist nicht mein Kerl“, sagte Maria kleinlaut. Der Kerl zuckte mit den Achseln.

„Und jetzt?“ Dann alle: Oh! Da war er ja. Nicks kleiner, wertvoller US-amerikanischer Reisepass. In der Luft schwebend sozusagen und doch an einer Hand, die ihn hielt, an einem Arm, der zu zwar mageren, aber schönen Schultern führte, die zu einer allseits bekannten Persönlichkeit gehörten: Valentina Garibaldi.

„Ich habe ihn Mutter entwendet. Es gibt Dinge, die kann ich nicht dulden. Für alle *Mona Lisas* der Welt nicht. Und jetzt haut schon ab.“

„Na los, haut ab!“, zischte jetzt auch Emma, schubste das begriffsstutzige Pärchen zur Armani-Boutique hinaus und seinem Schicksal entgegen.

Flug von Rom nach New York

„Erschöpft ließen sich die beiden in die extrabreiten Flugfauteuils der American-Airlines-Maschine fallen, begleitet vom charmantesten Business-Class-Lächeln, zu dem amerikanische Stewardessen fähig waren. Maria war noch ganz außer Atem. Aber sie musste es wissen. Sie musste ihn fragen. Jetzt. Ohne eine ehrliche Antwort würde sie nicht mit ihm losfliegen können. Sie fasste sich das wummernde Herz:

„Nick …“

„Nein, sag jetzt nichts …“

„Nick … ich muss dich …“ Weiter kam sie nicht.

„Das war jetzt aber kitschig“, sagte sie atemlos, als sich ihre Lippen eine gefühlte, wie im Flug vergangene Ewigkeit später voneinander und quasi erst im Sinkflug auf *John F. Kennedy* lösten.

„Kitsch as Kitsch can“, gab Nick selbstzufrieden von sich. Er wusste ohnehin, dass auch der längste Kuss der Welt diese Frau von nichts, was ihr wirklich wichtig war, abhalten würde. Und so war es auch.

„Also wo?“, bohrte Maria, nachdem sie sich frisch gemacht und wieder an ihren Platz zurückgekehrt war.

„Also wo was?“ Nick stellte sich dumm, wusste aber, dass er das Spiel verloren hatte.

„Also wo ist sie. Die Echte. Ich meine: Die echte

Echte! Und lüg mich ja nicht an." Zeigefinger. Drohend. Kein Spaß.

Nick seufzte. Er würde dieser Frau ohnehin nichts mehr abschlagen können. Nie mehr.

„Ich bringe dich zu ihr. Versprochen."

„Happy End?"

„Und wenn sie nicht gestorben sind …"

Epilog

Ohne jede Regung sah sie vom Balkon ihres Schlafzimmers hinunter auf die Straße. Sie sah, wie die beiden jungen Frauen und Nick über die Mauer kletterten. Zwei junge Kätzchen und ein dummer Kater.

Sie sah, wie Flavio über die Straße rannte, von dem Wagen erfasst wurde und durch die Luft segelte. Wenig später der zweite Wagen, der ihn überrollte. Sie sah ihn liegen. Sie sah, wie die Polizei kam, die Rettung, eine kleine Menschenmenge zusammenlief.

Sie hörte, wie Valentina in ihr Schlafzimmer eindrang, sich hinter sie stellte und fragte, wo sich Nicks Pass befände. Sie wandte sich nicht um. Sie sagte es ihr. Später würden die Carabinieri kommen und sie befragen. Manches würde sie zu Protokoll geben. Anderes nicht. Sie wusste, wie diese Geschichte für sie ausgehen würde. So wie all die anderen zuvor auch. Sie war eine Garibaldi. Sie stand jenseits der Matrix. Sie war die Matrix. Sie war unantastbar. Sie lächelte nicht. Die Schlacht war verloren. Nicht der Krieg. Flavio hatte versagt. Aber Paolo würde sie nicht enttäuschen. Sie drückte eine Schnellwahltaste auf ihrem Handy.

„*Pronto*?“

„Mach dich bereit. New York.“ Sie legte auf. Die *Mona Lisa*. Sie musste sie haben. Sie würde sie bekommen.